普 天 之 下 · 盡 是 好 書

普天出版家族
Popular Press Family

淩雲文創
A-Plus Creative Company

三個年輕人結伴來到陰氣森森的荒山孤樓，碰巧遇見前來避雨的獄警馬麗和剛剛出獄的女孩小葵。
淅瀝的雨夜，神秘的孤樓，驚心動魄的鬼事，三男兩女圍著炭火開始長夜詭談，也開啟了一段段匪夷所思的驚悚怪談。
傳說中的鬼宅詛咒，究竟暗藏著什麼秘密？不斷循環的死亡遊戲，又該如何破解？
荒山孤樓，環環相扣的詭異故事才剛剛上演，誰能活著走出這個驚魂謎局……

徹底揭開人性偽[illegible]
驚悚推理小

風雨如書——

A Horror Reasoning Novel

凶宅怪談

《孤樓詭談》全新修訂

【出版序】

步步驚心的凶宅詭事，徹底揭開人性醜陋面

《孤樓詭談》以細膩的筆法、流暢的劇情，深入一個個凶宅恐怖傳說，揭發離奇命案背後錯綜複雜的真相，帶給讀者截然不同的驚悚推理體驗……

三個年輕的藝術工作者為了尋找靈感，結伴來到陰氣森森的荒山孤樓，碰巧遇見進入樓內避雨的獄警馬麗和剛剛出獄的女孩小葵。

淅瀝的雨夜，神秘的孤樓，驚心動魄的鬼事，三男兩女圍著爐火開始長夜詭談，也開啓了一段段匪夷所思的驚悚歷程。

熱愛推理故事的兒子即將死亡，父親為了滿足他的最後願望，設法將幾個懸疑作家聚到封閉的深山古宅講述懸疑推理故事，隨著時序推演，彼此究竟會擦撞出什麼火花？為了測試兒女潛藏的心思，生性多疑的億萬富翁竟不惜詐死，要求他們在荒山祖

宅為自己守靈，孰料自己卻離奇被人殺死，真正的兇手究竟是誰？為何一定要置他於死地？

傳說中的「四人鬼宅」，究竟暗藏著什麼秘密？面對不斷循環的死亡遊戲，又有什麼方法可以破解？令人顫慄的拍鬼遊戲、招鬼術，兇手到底如何暗中搞鬼？那些隱藏在凶宅中的恐怖傳說是真是假？背後又隱瞞著多少不為人知的秘辛？

環環相扣的詭異故事揭開一連串命案的序幕，誰能活著走出這個驚魂謎局……

凶宅詭事結合驚悚推理，這樣的題材無疑十分吸引人，《凶宅怪談》集合了幾個駭人聽聞的凶宅故事，深度解剖人性的黑暗面，緊湊的情節層層推演，推理解謎過程可說步步驚魂。

眞相總是無比殘酷，事實每每讓人震驚！

實力派懸疑驚悚作家風雨如書的小說向來有著令人驚歎的懸念，離奇的故事與意外的結局，讓人欲罷不能，全新力作《凶宅怪談》以細膩的筆法、流暢的劇情，深入一個個凶宅恐怖傳說，揭發離奇命案背後隱藏的眞相，即將帶給讀者截然不同的驚悚推理體驗……

• 本書為《孤樓詭談》全新修訂本，謹此說明

夜晚遇上大雨，她們完全可以重新返回監獄，怎麼可能專門走進這裡？是不是馬麗和小葵在說謊呢？現在我該怎麼證明自己的清白，又或者揭穿馬麗的謊言呢？

最後的謝幕

每個人的心裡都住著一個惡魔，等待被喚醒。周國昌把何英身上的繩子慢慢綁緊，何英的臉色越來越蒼白，看著周國昌戴上手套，拿起一塊濕毛巾，面目猙獰地蓋向自己的鼻口間。

孤樓夜話

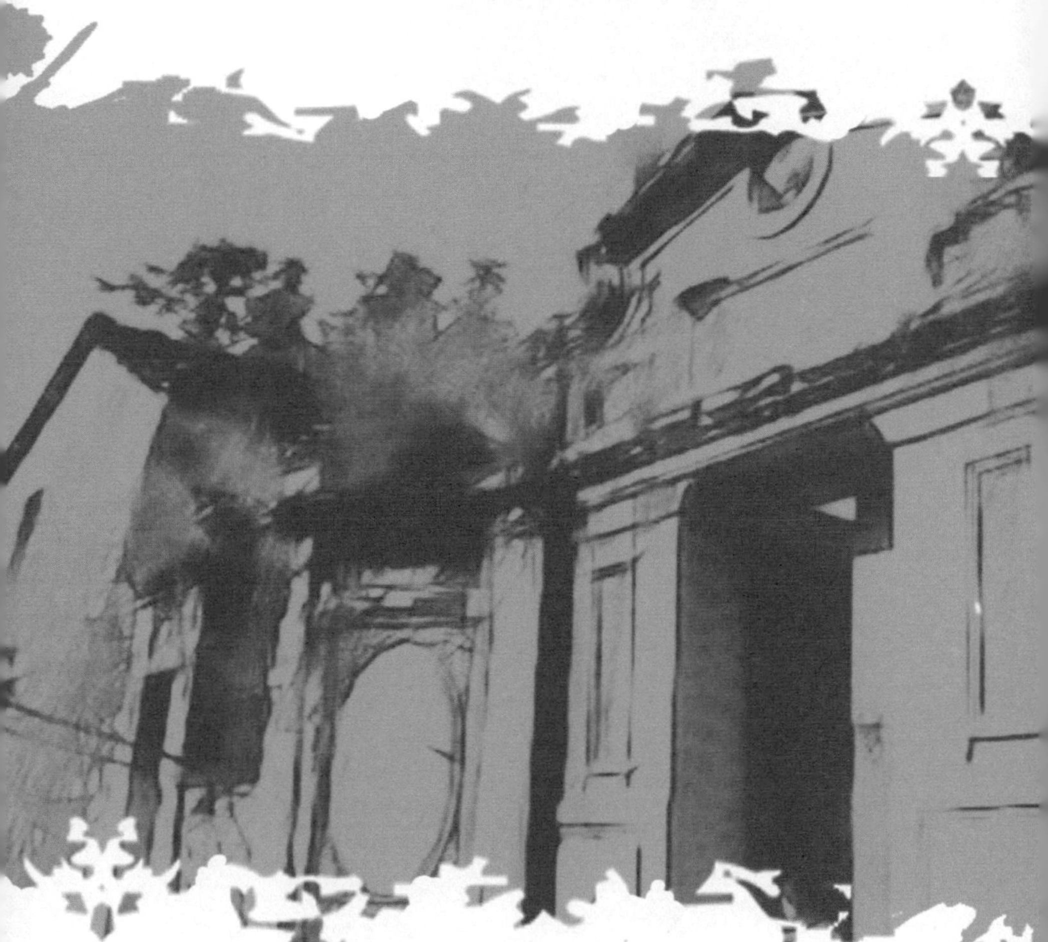

門外傳來一個細微的女聲。

我們三人對視了一眼，不禁有些疑惑。

蘇子明剛準備站起來，門卻被推開了，

一個女孩走了進來。女鬼啊！

第 1 章

鬼宅

桌子上那幅畫像上的女人，竟然變了模樣。本來笑容嫣然的樣子，此刻竟然變成了怒目而視。整個宅子的燈突然全滅了，嗚……嗚……幽怨的哭聲響了起來。

雨夜・孤樓・鬼事

雨下大的時候，我們正好看見了矗立在前面的孤樓。白茫茫的雨簾下，那棟樓看起來有些模糊，旁邊都是一人高的荒草，顯得鬼氣森森的。

蘇子明抹了一把臉上的雨水說：「就是那兒了。」

「終於他娘的到了。」旁邊的李峰啐了一口唾沫，長長地舒了口氣。

天空又響了個炸雷，我們不禁快步向前跑去。

走到孤樓前才發現，這個樓房占地可不小，雖然外觀有些陳舊，但是依然可以看出它曾經的霸氣和富貴。

「臭屁明，看來你祖上是富貴人家啊。」李峰打量著眼前這棟二層小樓感歎道。

「是啊，不過到我父親這一代就不行了。這樓地點太偏了，要是放在北京城，那哥們現在可是千萬富翁了。」蘇子明笑著說。

「好了，我們快進去吧。」我看了他們一眼，推開了門。

樓房的建築風格整體偏西式，一樓是一個寬大的客廳，因為長時間沒有人住，到處都是灰塵。

蘇子明不怎麼來，不過還是很熟悉這裡，走到桌子後面摸出幾根蠟燭，點著，整個房子頓時明亮了起來。

「這房子還真是有些年頭了。不知道外面有人經過，忽然發現這裡亮著燈會不會被嚇到？」李峰說。

「放心吧，這附近白天都沒人來的，更何況這個時間了。」蘇子明白了他一眼，走進了客廳旁邊的房間裡。過了一會兒，他拿著一個炭盆走了出來，裡面放著一些陳年黑炭。

我打開行李箱，拿出盛滿水的水壺和便攜架放到了炭盆上。很快，暖烘烘的炭火在大廳裡燃燒起來，我們身上的寒氣一掃而光。

水開了，李峰從包裡拿出一包茶葉，放到水壺裡，一邊放一邊說：「這可是上等的好茶，從民國開始，這茶就沒離開過我們家餐桌。」

「那是你們浙江人，民國的時候，北京人喜歡喝花茶。」我看了他一眼，拎起水壺倒開水。

「說起民國，這樓可有些年頭了。那時候這附近可沒這麼荒涼，到處都是人呢！這樓曾經還發生過一件事，你們敢不敢聽啊？」蘇子明笑著說道。

「雨夜，孤樓，鬼事。不錯，三個大老爺們陽氣重，講講鬼故事招個女鬼給我們助助興。」李峰嘿嘿一笑，端起熱茶喝了一口。

「這故事還是聽我爺爺說的，這樓以前的主人姓秦……」蘇子明攪動了一下炭盆裡的炭，講了起來。

凶宅

天剛濛濛亮，巷子裡便傳來了急促的馬蹄聲，兩輛馬車一前一後駛了進來。馬蹄踏在青石板上，達達作響。

前面的馬車上坐著一名男子，一塵不染的白色西服，胸前打了個黑色的領結。不時地四處打量著巷子裡的情況，一邊看，一邊嘖嘖稱讚。

「少爺，我們眞的是來這裡嗎？」後面的馬車上坐著一個小男孩，穿著標準的長袍馬褂，雙手緊緊扶住兩只黑色大皮箱。

「蘇小，你看這裡的環境多好啊！眞沒想到，現在兵荒馬亂的，還有這麼清幽的地方。」前面馬車上的男子說道。

「蘇少爺，這裡可一點都不清幽啊！」趕車的馬夫忽然勒住了韁繩。

馬車突然一停，坐在車上的蘇少爺打了個趔趄。不過，他並沒有生氣，望著馬夫問道：「你是不是知道些什麼？」

馬夫四下望了望，然後貼到蘇少爺的耳邊，輕聲說道：「梅花巷二十號，據說以前是一戶秦姓人家的宅子。後來，不知道什麼原因，秦家一夜之間全死了。接著，便一直鬧鬼。」

「鬧鬼？」蘇少爺眉毛一揚，嘴角隱隱帶著一絲興奮。

「是啊！這裡的人一到晚上都足不出戶的。蘇少爺，你是外地來的，還是小心為妙啊！」馬夫一臉神秘地盯著他。說罷，馬夫將蘇少爺扶下馬，隨後駕著馬車拐了個彎，離開了梅花巷。

蘇小雙手各提著一只箱子看著眼前的宅子說：「少爺，馬夫說這裡鬧鬼啊！」

「蘇小，我們來這裡是做什麼的？」蘇少爺盯著前面的門牌，問道。

「少爺要來開什麼蒸所。」蘇小想了想說。

「笨蛋，是偵探所，就是專門調查案子的。這裡鬧鬼，我們就從這裡開始。如果把事情搞清楚了，那麼，我蘇亞君可就紅了。」

忽然，背後傳來了一聲沉悶的關門聲。蘇亞君回頭看了看，只見對面的那門上貼著一張紙，上面寫著幾行字：

「天惶惶，地惶惶，我家有個夜哭郎；過路君子念一念，一覺睡到大天亮。」

這是什麼意思？蘇亞君還是第一次見。

正在疑惑的時候，那道門又開了。有個婦女探出了頭，看見蘇亞君盯著門上的那張紙，一把將紙拽了下來。

蘇亞君先是愣了一下，隨後友善地笑了笑：「妳好，我叫蘇亞君。今天搬到梅花巷二十號，請多多指教。」

「你……搬到對面了？」婦女一怔，不敢相信地看著他。

「是啊，以後大家都是鄰居，多多照顧啊……」

蘇亞君話還沒說完，那個婦女卻一把把門關上了。跟著，裡面傳來了尖銳的喊叫聲，似乎還有嬰兒的哭聲。

「少爺，這裡的人怎麼一個比一個怪啊？」蘇小看著他問。

「還不都是因爲戰亂。唉，我們進去吧。」蘇亞君歎了口氣，往宅門走去。

對面的門悄無聲息地開了條縫，縫裡露出一雙冰冷的眼睛。看見蘇亞君二人走進宅子，那眼睛裡閃過一絲攝魂的寒意。

詭異的畫像

眼前是一座西式的二層木樓，房子雖然破落卻掩蓋不了曾經的闊氣——假山、花園、走廊、石亭，甚至還有個乾涸的人工湖。只是，因爲長年沒有人住的關係，院子和花園裡長滿了野草，風一吹，簌簌作響。

蘇亞君環視了一下四周，說道：「看來，我們今天要好好打掃一下了。」

推開一樓的房門，一股濃重的灰塵味撲面而來。

蘇亞君不禁捏了捏鼻子，怪不得房產署這麼爽快地把房子租給了自己。現在看來，這個房子已經很多年沒人住過了。

一樓似乎是會客廳，除了幾張暗紅色的桌子、椅子，再無其他東西。木質的樓梯踏上去吱嘎作響，蘇亞君走得很小心，生怕一不留神栽下去。

二樓是臥房，一共四個房間。其中一間竟然上著鎖，這讓蘇亞君有些意外。他翻了翻身上的口袋，拿出一個鑰匙扣，在鎖上鼓搗了幾下。「啪」的一聲，鎖被打開了。

「啊！」樓下傳來了蘇小的驚叫聲。

蘇亞君轉身跑向樓下。

蘇小蜷縮著身體，指著前面戰戰兢兢地說：「鬼……有鬼！」

蘇亞君順著他的指向望去。

昏暗的光線下，只有一幅畫像掛在牆上。畫上是一個女人，眼睛怒視，似乎很生氣的樣子。

「什麼鬼？一幅畫像而已。」蘇亞君不禁啞然失笑。

「不……不是的。剛才，畫像上那個女人是笑著的，她的表情會變！」蘇小顫抖著說道。

「好了，跟我上樓吧！」蘇亞君看了他一眼，轉身向樓上走去。

樓上的四間臥房，所有的擺設看起來都一模一樣。唯一不同的是，剛剛蘇亞君打開的那間乾淨的臥房，裡面的傢俱、地面竟然乾乾淨淨的，房間裡甚至還有一股淡淡的幽香。

蘇亞君打量了一下那間臥房，冷笑了一聲，「看來，這裡鬧鬼，鬧的還是女鬼啊！」

「少爺，你說什麼？」蘇小一臉迷茫地看著他。

「好了，蘇小，我們收拾下吧！今晚，我要睡這間臥房。」蘇亞君大聲說著，好像故意說給誰聽似的。

蘇小四下張望著，房間裡死一樣沉寂，所有的物體似乎都散發出一股說不出的恐怖氣息。

「少爺，我覺得這個地方很邪啊！要不，咱們出去住吧？」蘇小心裡一毛，聲音顫抖著說道。

「蘇小，你難道忘了我們是幹什麼來了嗎？振作一點，不要自己嚇自己。」蘇亞君搖著頭說。

「少爺，那我這就去收拾。」蘇小鼓起勇氣說道。

蘇小是蘇亞君來江城的路上遇見的。正值兵荒馬亂之際，街旁路邊到處都是背井離鄉的流浪者，蘇小也混雜在人群中。不知道爲什麼，蘇亞君第一眼看見他便覺得有些親切，就收留了他。

「唉……」

一聲輕歎忽然從房間某個角落裡傳出來。

蘇亞君一驚，四處掃了一眼。

房間裡除了安靜矗立的傢俱，並沒有人。正當他懷疑自己是不是幻聽的時候，看見床底下有件東西。

拿出來一看，那是一幅畫像，畫上的人和一樓廳堂裡那幅畫上的女人一樣。不同的地方是，一樓那幅畫上的女人怒目而視，這幅畫上的女人卻是滿臉笑意地看著蘇亞君。

蘇亞君一下想起了蘇小在一樓說的話——剛才，畫像上那個女人是笑著的，她的表情會變！

鬼影

天黑了，深邃的宅子籠罩了一層莫名的詭異。蘇亞君從皮箱裡拿出一台唱片機，輕手拿起一張唱片，放進去，輕柔甜美的音樂隨之響了起來，似一條涓涓流淌的小溪，緩緩流過臥房。

蘇亞君看著桌子上那幅畫像，心裡有些疑惑。畫上的女人是誰呢？會是以前的秦家人嗎？

不知道為什麼，蘇亞君看著畫上女人的眼睛，感覺十分生動、逼真。不知道是畫師的技藝高超，還是那雙眼睛本來就是一雙真人的眼睛。

砰砰砰……

一陣急促的敲門聲傳來。

蘇亞君愣了一下，剛站起來便聽見樓下響起了蘇小的聲音：「你們是誰？你們幹什麼？」

蘇亞君走下樓，看見蘇小正和兩個男人推推搡搡。

「蘇小，不得無禮。」蘇亞君走過去拉住了蘇小。兩個男人也停了下來，年長的一個看著蘇亞君，問道：「你就是那個搬過來的偵探？」

「哦，正是。我叫蘇亞君，敢問先生怎麼稱呼？深夜造訪，有何事？」蘇亞君笑了笑。

「我？梅花巷裡的人都喊我福伯。這是馬二。我們來，是想讓你搬走。」福伯開門見山，道明來意。

「爲什麼？我可是按照房產署正當手續租下這裡的。」蘇亞君愣了愣。

「那個房產署光知道掙錢。他們根本不知道這裡的情況，這裡……鬧鬼！」旁邊的馬二急躁地說道。

「這個我知道。」蘇亞君平靜地微笑著。

「你知道？那還不搬走！今天是初七，秦家老三會回來哭魂的，梅花巷的人都知道。」馬二看著蘇亞君的樣子，不禁有些急了。

「謝謝兩位的好意，但我不會搬走的。我堂堂正正男兒郎，怎麼會信這些？如果兩位沒其他事的話，就請回吧！」蘇亞君擺了擺手，下了逐客令。

福伯歎了口氣，拉了拉馬二，轉身走了。

門被關上了，蘇小看了看蘇亞君，膽怯地說道：「少爺，你說會不會眞的有……那個啊？」

「一派胡言！你要是害怕，那你搬出去吧！」蘇亞君白了他一眼，拂袖向樓上走去。

推開臥房門的時候，蘇亞君恍惚間看見一個黑影閃到了一邊。床上空蕩蕩的，唱片機依然響著。

難道自己看花眼了？

蘇亞君疑惑著坐到桌子邊。突然，他的目光死盯著前面，額頭上竟然沁出了一層細細的冷汗。

桌子上那幅畫像上的女人，竟然變了模樣。本來笑容嫣然的樣子，此刻竟然變成了怒目而視。

整個宅子的燈突然全滅了，周圍瞬間陷入了黑暗中。

嗚……嗚……

驀然，幽怨的哭聲響了起來，彷彿是從宅子的各個角落裡傳出來似的，啜泣的餘音四散飄移。

蘇亞君摸索著走出了臥房，喊著蘇小的名字，卻沒有人回答。哭聲越來越近，似乎是從蘇小的房間裡傳出來的。蘇亞君走到房間門口，哭聲戛然而止。接著，裡面響起了說話聲。

「你回來了？」一個女人帶著不勝的嬌媚說道。

「我回來了，淑媛，讓妳久等了。」一個男人說道。

蘇亞君透過門縫往裡偷偷看了一眼，猶如遭雷擊般怔在了那裡。

回魂

時間剛過正午，空氣中瀰漫著一股淡淡的水汽。這也是這個地方的一大特點，不論陽光怎麼強烈，空氣總是濕潤的。

麥克醫生用力做了個深呼吸。睜開眼的時候，他看見一個身穿白色西服的男子拉著一個素色長衫的男孩向自己走來。

麥克接過男子遞過來的名刺，用讚許的目光看著他，「蘇先生，好魄力啊！能把偵探所開到這裡。」

蘇亞君笑了笑，「麥克醫生不也同樣把西方醫術帶到了中國嗎？」

「少爺，他……他怎麼會說我們的話？」旁邊的蘇小一臉驚奇地看著麥克。

「不得無禮，還是先看你的病吧。」蘇亞君說道。

「我沒病。你看，我不是好好的嗎？」蘇小說著捋了捋自己的胳膊。

「你呀，快讓醫生看看。」蘇亞君一笑。

聽著蘇亞君的敘說，麥克的臉色越來越凝重。思索片刻後，他從抽屜裡拿出幾本厚厚的英文書，仔細查起了資料。

時間一分一秒地過去，麥克的額頭上滲出了些許汗珠。

終於，他從書堆裡抬起頭，神情嚴峻地盯著蘇亞君，「蘇先生，你確定你說的是眞實的？」

「當然。我在西方求學三年，對於鬼魂之說，一直都不信。可是，昨天的事情眞的讓我……」蘇亞君沒有再說下去。

昨天晚上，他親眼所見男女對話的那一幕，竟然是蘇小一個人做出來的，這讓他震驚不已。

「蘇先生，你說的這種情況的確很怪異。不過，在我們西方國家也有一些對此現象的解釋。究竟是不是鬼魂作祟，我還不能確信。不過，你的這番話讓我想起一件事來。」

蘇亞君心裡一緊，直直地看著麥克醫生，不知道他會說出什麼。

「那是半年前的一個雨夜……」麥克醫生陷入了深深的回憶中。

那是麥克來這裡遇到的第一場雨。

大雨滂沱，瘋了一樣沖刷著窗櫺。就在麥克醫生準備睡覺的時候，診所的大門被敲響了。

進來的是一男一女兩個人。男的穿著一件黑色的斗篷，身體孱弱，說句話都要停頓半天。

看見他身體狀態奇差，職業敏感讓麥克伸手去把了他的脈。

豈料，麥克的手剛搭到他的脈上一會兒，同行的女人便瘋了一樣推開麥克，拉著男人匆匆出了門，衝進了茫茫雨幕中。

等麥克反應過來的時候，那兩個怪異的人已經離開了。來得急，去得快，真讓人匪夷所思。但更讓麥克驚訝的是，在他把住那個男人的脈搏時，竟然發現他沒有脈搏。

麥克怎麼也想不通，人怎麼可能沒有脈搏？除非……

除非他是死人。

兩天後，麥克的一名記者朋友來到了他的診所。她正在收集一些資料，路過江城，順道來看看麥克。聊天的時候，朋友告訴他，這裡有一個叫梅花巷的地方，那裡有一個鬧鬼的宅子。

本來，麥克對這種傳聞並不感興趣。可是，當朋友拿出她拍攝的影像資料時，麥克愣住了，他看到了昨天來自己診所的那個女人。

「那個女人叫白淑媛，是梅花巷那個鬧鬼宅子裡的人，已經死了兩年了。當時，我只能祈禱上帝保佑。」麥克醫生說完，虔誠地做了個禱告。

「你是說，你見鬼了？」蘇亞君迷惑地看著他。

「我不知道，但願那天的場景只是一場怪夢。但是，你今天說的事情著實讓人費解，再加上又都是在梅花巷宅子裡發生的。所以，我才講了出來。」麥克醫生悵然說道。

從麥克診所回來的路上，蘇亞君一直沉默著。

難道秦家宅子眞的有鬼？麥克醫生肯定不會胡亂編瞎話。如果一切眞如福伯所說，那麼，秦家到底發生了什麼事情呢？思來想去，蘇亞君決定去找福伯問問秦家的事情。

秘密

福伯開門看見門外的蘇亞君，臉一下拉得很長，興許是昨天晚上的事情讓他無法釋懷。

「福伯，我想找你問點事。」蘇亞君說著，從口袋裡拿出了一盒煙遞給福伯。

福伯接過煙，臉色緩了下來，「說吧，什麼事？」

「秦家當年到底發生了什麼事？」蘇亞君問道。

福伯身體微微一顫，盯著蘇亞君，「秦家？你問這個幹什麼？」

「你知道，我是個偵探，對任何事情都好奇，再加上，昨天晚上宅子裡確實有些不安分。」蘇亞君乾笑了兩聲。

福伯似乎下了很大的決心，說道：「也罷！我把秦家的事情告訴你，也許你就不會再待在那裡了。秦家是兩年前搬來的，大大小小一家有二十來口人。當時，可以說是梅花巷的一大熱鬧事。尤其是秦家老爺的三兒媳婦白淑媛，長得那個俊啊，博得很多有錢公子哥的青睞。可惜，秦家似乎有很多秘密，一天到晚都關著大門。就連我這個梅花巷的管理員，進去一次也很難。」

福伯頓了頓，接著說道：「出事的前一天晚上，秦老爺把所有的鄰居都請到了家裡，很多人都喝得爛醉。第二天，我剛打開房門，便聽見馬三瘋一樣喊叫著，『秦家死人了！秦家死人了！』當我們走進秦家宅子的時候，全都驚呆了。秦家大院到處都是死人。秦老爺仰躺在一樓廳堂，身邊是秦夫人，還有一些其他人。當時的情景，眞是慘不忍睹。後來員警署來了三輛警車，折騰了挺長時間，才把現場清理乾淨。秦家二十三口人，除了在外求學的老三，全死了。」

福伯歎了口氣，繼續說道：「秦家出事後，宅子便荒廢了。梅花巷的人時不時聽見有哭聲從秦家傳來，特別是夜裡，還會聽到腳步走動的聲音。於是，鬧鬼的說法便流傳開了。」

「那……有人親眼見過……鬼嗎？」蘇亞君不知道該怎麼表達。

「有。那是去年的初七，有人看見一個男人提著皮箱走進秦家宅子裡。起先，還以爲是誰走錯了地方，便跟了進去。卻在裡屋門口，看見那個男人抱著一個女人在哭，聲音淒慘無比。那個女人，竟是秦家的媳婦白淑媛……」

「是她？」蘇亞君愣住了。

「並且我還可以告訴你，那個親眼看見這一幕的，不是別人，正是我。」福伯苦笑了一下。

從福伯家出來，蘇亞君的心情更加沉重了。沒想到這個秦家宅子竟然有這麼多秘密，更讓人疑惑的是那個神秘的白淑媛。

會不會，她根本就沒死，一直留在秦家宅子裡呢？

蘇亞君忽然想起那個一塵不染的臥房，還有那個畫上的女人。一些畫面倏然在他腦子裡閃過，頓時覺得有些暈。

回到家，蘇小竟然不在。偌大的宅子，空蕩蕩的，顯得有些陰森。蘇亞君吸了口氣，向二樓走去。

猛地，蘇亞君頓住了腳步，他清晰地聽見樓上響起一道腳步聲。可以確定，那是屬於一個女人的腳步聲。

走廊裡暗乎乎的，似乎有雙眼睛在窺視著他。蘇亞君好像能夠聽見自己的心臟咚咚咚劇烈的跳動聲。

死靈

月光飄進來，光影四散。女子抬起了頭，眉目如畫，雙眸似清幽的黑寶石。一襲錦色的旗袍，長髮束在腦後，端莊卻不失嫵媚。

她正是畫上的女子，此刻如此眞實地站在面前，讓蘇亞君瞠目結舌。

「秦郎。」女子淺淺一笑，似有萬種風情搖曳而生。

「妳是……白淑媛？」蘇亞君腦子裡閃過一個名字，脫口喊道。

「你走了之後，老爺一直很掛念你，秋兒也一直哭啊哭。後來，鄰居大嬸說孩子夜裡哭是因爲沒有人保護。她給了一張紙，上面寫著四句話：天惶惶，地惶惶，我家有個夜哭郎；過路君子念一念，一覺睡到大天亮。結果，秋兒眞的睡著了，再也沒有夜哭過。老爺爲了感謝鄰居們的幫忙，便宴請他們。嗚嗚……沒想到……沒想到……」

白淑媛哭了起來，哭泣聲伴著穿堂風一聲蓋過一聲。

「白……姑娘，我……」

「少爺，少爺！」樓下忽然響起了蘇小的喊叫聲。

蘇亞君一驚，再回過頭的時候，眼前哪裡還有白淑媛的影子？風吹著兩邊的門把聲聲作響，一幅畫像從地上飛起。

蘇亞君伸手撈住一看，上面的女子正是白淑媛，穿著一襲華麗的旗袍，裝束打扮和剛才自己見到的一模一樣。

蘇亞君呆住了。

「少爺，你在怎麼不出聲啊！」身後傳來了蘇小的埋怨聲。

「哦，蘇小，你回來了？」蘇亞君漫不經心地看了他一眼。

「麥克醫生說讓我去他診所做什麼檢查，少爺，我……能不能不去啊？」蘇小央求著。

「那怎麼可以！麥克醫生還等著你呢，你跟我說回來拿東西，結果也不見人。」

蘇亞君這才想起和麥克醫生說好晚上幫蘇小做個身體檢查的事情。

「少爺，我這不是病。我去問了問街坊，他們說我這是鬼附身。」蘇小一臉神秘地說道。

「別胡說！」話一說出口，蘇亞君想起了剛才見到的情景，不禁打了個冷顫，「你聽我的就對了，麥克醫生還在等著呢。」

「那……好吧！」蘇小悻悻地點了點頭。

蘇小走了，整個房間又陷入了沉寂中。

蘇亞君拿著那幅畫像走進了臥房。來到這裡發生的事情，讓他覺得似乎墜入了一個看不見底的深淵。

他陷入了沉思中……

「亞君，你真的要回國嗎？現在軍閥紛爭、戰事四起，恐怕會有性命之憂啊！」導師望著他。

「可是……我不能一直待在這裡，我想知道自己的國家究竟是怎樣一個國家。並且，我也想找回以前的記憶。」

「是啊，我想你的身世一定非常淒慘。我認識你，至今也有兩年多了。既然你決定要走，我也不攔你了。」

蘇亞君抿了抿嘴唇，神情有些黯然。

「唉……」耳邊又響起了一聲幽怨的哀歎。

蘇亞君從回憶中驚醒，不禁有些生氣，衝著房間大喊：「妳是誰？是妳嗎？白淑媛？」

蘇亞君話剛說完，一道白煙詭譎地從桌子上升騰起來。白煙散盡，蘇亞君又看見了白淑媛。

「妳到底想幹什麼？」蘇亞君看著她問道。

白淑媛怔了怔，輕步走到了蘇亞君身邊，兩隻清眸盯著他，「秦郎，你眞的不記得我了？」

蘇亞君彷彿陷入了深邃潭水之中，腦子裡一片空白。

鎖魂術

那一年，秦雲和幾個記者朋友一起去採集新聞，途中遇到一隊亂兵打劫，秦雲失足從雲南一座山上跌落下去。

醒來的時候，秦雲發現自己身在一個奇怪的寨子裡，不太記得之前發生了什麼事情。寨子裡的人穿著打扮很不一樣，照顧秦雲的，便是白淑媛。她告訴秦雲，這個地方叫修羅寨。

秦雲在修羅寨裡靜養了一個月。慢慢地，他和白淑媛相愛了。不久，修羅寨裡的人們爲他們舉行了盛大的婚禮。

婚禮後，秦雲漸漸想起了以前的事情，不知道和自己一起遭到亂兵襲擊的朋友情況如何，更擔心自己的家人。秦雲的煩躁與不安，白淑媛看在眼裡。於是，她便去央求族長，希望能和秦雲一起離開修羅寨。

在白淑媛和秦雲苦苦哀求下，族長答應了他們的請求。秦雲和白淑媛再醒來的時候，已經到了寨子外面。只是，除了白淑媛，秦雲對於在修羅寨裡的其他記憶，一點都沒殘留。

秦家很快接納了這個漂亮的兒媳。一個月後，秦雲接到了一個國外朋友的電話，希望秦雲能到國外留學。秦雲雖不捨家人，但機會難得，最終離開了家，離開了白淑媛，去國外留學。

後來，因爲戰亂，秦家遷到了江城。

忽然，有一天，秦雲接到了國內傳來的噩耗——秦家二十幾口人，一夜之間全部離奇死去。他第一時間便趕回家裡，面對家裡的慘劇，悲痛欲絕。

可是，秦雲並沒有發現白淑媛的屍體。

就在他準備去員警署瞭解情況的時候，秦家宅子來了幾個人。他們看見秦雲，二話不說，舉起長槍向他射來。驚恐中，秦雲跑到了江邊，慌亂之下，縱身跳進了滔滔江水中。

蘇亞君身體猛地一顫，想起了一切。

原來，自己竟是秦家的老三——秦雲。

「可是，淑媛，妳怎麼會……」秦雲淚眼婆娑地看著自己心愛的女人。

「修羅寨，本是修練巫術的地方。正因如此，當年我們出來的時候，族長才會洗去你的記憶。我跟你離開寨子之前，族長教會了我鎖魂術。那天夜晚，我把自己的魂魄鎖在畫像裡，等你回來。」白淑媛輕聲抽泣著。情郎已經歸來，是幸福，還是酸楚，她已經分辨不出來。

「究竟是誰？是誰要滅我秦家？」秦雲猛地站了起來，器憤悲痛地喊道。

白淑媛抬起了眼睛，怒火從眼睛裡升騰起來，道出那個慘絕人寰的悲劇。

梅花巷三十號，本是秦家透過正當手段從房產署購買過來的。可是，秦家安頓下來後，某天一個外國人敲開了秦家的大門，並向秦老爺說明來意。聽完外國人的要求，秦老爺勃然大怒，讓人把他趕了出去。

後來，秦老爺的孫子秋兒夜裡經常哭鬧到天明，無論怎麼哄都止不住，找了一些醫生都束手無策。就在一籌莫展的時候，鄰居一位大嬸給了他們一個偏方，秋兒果然不哭了。秦老爺非常感激鄰居的幫忙，於是，在秦家設了宴席，請鄰居們過來做客。

悲劇就發生在那天晚上，酒足飯飽的鄰居們離開後，十幾個人衝進了秦家大院，把秦家所有的人都殺了。

秦雲彷彿看見自己的父母、親友一個一個被殺害的情景，顫抖著嘴唇，泣聲喊道：「是那個外國人？他究竟要幹什麼？」

「他想利用秦家宅子做鴉片生意。老爺說那是出賣國家的事，絕對不允許，若是那個外國人不肯收手，便要告官。所以，他才起了殺心，還想霸佔秦家宅子。」

白淑媛擦了擦眼淚。

「這些年，秦家宅子鬧鬼，是妳怕秦家被人霸佔做的吧？」秦雲柔聲看著白淑媛問道。

「是的，那個外國人也來過。我聽他身邊的人叫他麥克醫生。」

「麥克醫生？」秦雲驚呼，呆住了。

真相

蘇小覺得有些不舒服，真不明白只是做個檢查，爲什麼要把全身都綁起來，眼睛還要蒙著？

隱約，有燈光亮起來。他聽見有人走了進來。

「麥克醫生嗎？我什麼時候可以走啊？」蘇小喊道。

「別急，還沒好。」門口傳來了麥克醫生的說話聲。

不知道爲什麼，蘇小的心猛地跳了一下。跟著，他的眼罩被取掉了，眼前的一切漸漸清晰了起來。他看見麥克醫生拿著一把明晃晃的尖刀站在床邊，心驟然緊縮起來。

「麥克醫生，你這是做什麼？」蘇小吸了口氣，緊張地問道。

「我問你幾個問題，如果你不老實回答，我就把你解剖了！」麥克醫生陰沉著臉說道。

蘇小嘴角哆嗦了一下，沒有說話。

「你們在秦家宅子有什麼發現沒有？」

「沒……沒什麼發現啊！就是少爺說我被鬼附身了，才讓你檢查的。」蘇小小心翼翼地說道，生怕說錯話被麥克醫生下了毒手。

「你們眞的沒見到什麼可怕的景象？比如，一個穿著旗袍的女鬼……」

「啊！」麥克的話還沒說完，蘇小便叫了起來，看著麥克身後，驚惶地說：「你……你看！」

麥克愣了愣，轉過身看去，不禁臉色煞白。一個女人正站在他身後，準確地說是懸在他身後，目光陰毒地盯著他。

蘇小渾身發顫，緊接著，他看見少爺走了進來。

「麥克醫生，你應該爲你所做的罪惡付出十倍代價。」秦雲盯著麥克，眼睛裡幾乎冒出一團火來。

「蘇先生，我和蘇小只是開個玩笑。你……你別介意。」麥克笑著說道。

「麥克，其實我不姓蘇。我的名字叫秦雲，是秦家宅子的三少爺。」秦雲冷冷地說道。

麥克一聽，冷汗順著臉頰落了下來，顫抖著癱倒在地上，「蘇先生，不，秦先生，我……我……」

「淑媛，現在，我們爲冤死的家人報仇雪恨！」秦雲盯著麥克的臉，一字一頓地說道。

炭盆裡的火有些暗了，我從旁邊夾了幾塊炭添了進去，很快，火又旺了起來。

「完了？」李峰盯著蘇子明問。

「哈哈，那年還報導了一個消息。在江城一家西方私人診所裡，民眾發現診所的主人麥克醫生全身被解剖，並且，屍體被掛在診所的解剖圖上。那個住在秦家的蘇亞君失蹤了，他的隨從蘇小一個人離開了江城，沒有人知道他去了哪裡。」蘇子明說。

「那你的祖上是蘇亞君，還是那個蘇小啊？」我想了想問道。

「這個我就不知道了，這故事是我爺爺跟我講的，也許是杜撰的呢。我小時候住在這裡，沒有電視、電腦，晚上睡覺前唯一的樂趣就是聽大人講故事了。」蘇子明聳了聳肩，一臉不知情的樣子。

第 2 章

為愛準備的謀殺

小葵眼睛直勾勾地看著慢慢轉過身的薛峰。昏暗的光線下，薛峰的臉上全是血，他的身體似乎被人拖著，艱難地向前走著。林秀秀也看到了薛峰的樣子，驚呆了。

鬼梳頭

我是在後海遇見蘇子明和李峰的。當時，我們的桌子挨著，有新客人進來沒有空桌了，由於我是獨自一個人，老闆笑著問我能不能和他倆併一桌，於是我們便認識了。或許是緣分使然，我們聊得很投機，也喝得很投機，最後互相攙扶著去了他們倆合租的房子睡了一晚上。

蘇子明和李峰都是畫漫畫的，我的工作和他們也差不多，很快我們就搬住到了一起。

三天前，大家都陷入了靈感匱乏狀態。蘇子明忽然提議找個幽靜的地方找一下靈感，三人一拍即合，來到了蘇子明的祖宅。

溫暖的炭火讓人有些睏意，我提議收拾下房間，一會兒睡覺。但是，李峰卻反對，說我們是出來找靈感的，一覺睡到天明了，還有什麼意思？

「就是，我們繼續講故事吧。」蘇子明附和著說。

「我給你們講個鬼故事。」李峰眼珠子一轉，往前湊了湊，「這故事是我一個哥們的親身經歷。」

李峰的哥們叫劉浩，是一個大貨車司機。眾所周知，拉貨司機的活兒不固定，需要全國各地到處跑。

有一次，劉浩去福建某地拉貨，結果半路車子拋錨，在等人修車的時候，他去附近抽煙，看見有人在路邊一個房子裡面鬥地主，於是便參與了。劉浩手氣還不錯，幾把下來，贏了不少錢。

這時候，天徹底黑了，劉浩估摸著車修得差不多了，於是起身離開。來到自己貨車旁邊的時候，他見到那個修車工人正背對著自己照著車前鏡。就在他剛準備走過去的時候，驚人的一幕出現了，那個修車工竟然將自己的頭取了下來，用梳子輕輕梳著頭上的頭髮。

劉浩嚇得渾身哆嗦，連滾帶爬地跑回了剛才鬥地主的房子裡。看見劉浩去而復返，房子裡的人都很高興，樂呵呵地邀請劉浩繼續打牌。劉浩戰戰兢兢地講了自己剛才見到的一幕。

「把頭取下來給自己梳頭？」有個人看著劉浩問。

劉浩點著頭說：「是的，絕對不可能騙你們。」

那個人看了看其他人，大家都笑了起來，緊接著他們用手端住自己的頭一拉，放到了桌子上，然後說：「是這樣嗎？」

「哈哈，這是故事？這是網上的段子嘛！」蘇子明聽罷笑了起來。

「不，你錯了，這故事原版是晚清李慶辰的志怪小說。」我說。

這時候，門外傳來一陣敲門聲，打斷了我們的談論。

「有人嗎？」門外傳來一個細微的女聲。

我們三人對視了一眼，不禁有些疑惑。蘇子明剛準備站起來，門卻被推開了，一個女孩走了進來。

「女鬼啊！」李峰低聲叫了一句。

兩個避雨的女人

「我不是女鬼。」女孩的耳朵很靈，看著李峰說。

「不好意思，我們是來避雨的。」這時候，女孩後面跟進來一個女人，確切地說是一名穿著制服的女警。

「我朋友喜歡開玩笑，不要介意，進來吧。」蘇子明笑著說道。

那名女警和女孩坐到我們身邊，我給她們倒了點熱水。李峰則一直偷偷打量那個女孩，時不時還跟我壞笑一下。

女孩穿得單薄，雨水打濕了衣服，內衣隱約浮現，進屋後雙手一直抱在胸前，低頭不語。旁邊的女警麻利地在炭火邊烘烤起衣服，只一會兒，就把自己烤乾的衣服遞給她。

「謝謝管教。」女孩低聲說。

這個稱呼讓我們有些意外，莫非這個女孩是犯人？

「以後叫我馬姐，出來了就不要叫管教了。」女警看了女孩一眼。

氣氛有些尷尬，蘇子明又去拿了一些炭加到炭盆裡，我從包裡拿了一些乾糧分給了女警和女孩。

「不如我們相互介紹一下吧。」李峰打破了沉默，然後依次介紹我們。

「我叫馬麗，是西城監獄的獄警。她叫小葵。」女警說。

「妳們怎麼到這裡來的？」我問。

「小葵今天出來，我跟她順路，便陪她一起回去。不料，半路車子壞了，我本想抄近道，沒想到走錯了路，天黑又下雨，看到這裡有燈光便過來了。」馬麗簡單敘述她們的遭遇。

李峰是個話匣子，很快和馬麗聊了起來，從北京聊到廣州，又從漫畫聊到監獄生活。氣氛很快熱烈起來，唯有小葵一直低著頭不說話。後來，她起身坐到旁邊一個角落裡，拿起一個日記本，盯著其中一頁看了起來。

我站起來去拿行李，路過她身邊掃了一眼，「這是什麼？看得這麼認真？」

「哦，沒什麼。」小葵抬起了頭，我這才發現她的眼裡竟然滿是淚水。

我拿出一張紙巾遞給她，她別過了頭，我正好看見了日記上的內容。

路口有些窄，四周到處都是人。妳穿著一件白色的連衣裙，頭髮濕漉漉的，在人群中顯得特別扎眼。

往前走就是民權路，妳停了下來，慢慢地轉過了頭，瀏海遮著妳的眼睛，只能看見半張臉孔。整個解放碑的人們似乎都停住動作，沒有聲音，沒有呼吸，世界變成了靜態。

妳微微抬了抬頭，眼睛裡流出了殷紅的液體，它們透過頭髮慢慢滑過臉頰，最後滲進衣服裡。

「從這裡開始，從這裡結束。」妳說。

夢到這裡結束了，我睜開眼睛，現在是凌晨三點，距離七月七日還有五十七個小時。七月七日，白色情人節，也是我們認識兩年的紀念日。

床頭的電話響了起來，我遲疑了幾秒，拿起了話筒。

「薛峰，我想好了，我捨不得你，我想回到你身邊。」妳在電話裡喃喃地說。

「好，還有兩天我們就認識兩年了，不管妳在不在我身邊，我都給妳準備了一份禮物。」我說。

「嗯，我知道你對我好。我愛你。」妳深情的聲音從電話裡傳過來。

我掛掉了電話，靠在床頭靜靜地看著桌子上的日記本，那是我為妳準備的禮物。日記本的第一句話是：「林秀秀，七月七日，我將殺死妳。」

看到我的目光，小葵收起了日記本，重新坐到馬麗身邊。我訕訕地笑了笑，拿了點東西，也坐了過去。

「剛才我們在講故事，妳們也來講一個吧。」李峰跟馬麗說道：「妳在監獄裡，一定有不少故事吧？對了，前幾天我看了一個網路小說，說是一個男孩去女監上班，在裡面變成了皇帝。」

「胡說什麼呢！」蘇子明拉了他一下。

「你說的這個我知道，都是一些人瞎寫的。女子監獄裡怎麼可能有男管教？監獄裡的故事都是傷心的，誰都不願意提。」馬麗有意無意地看了旁邊的小葵一眼。

「馬姐，我講個故事吧，」沒想到小葵忽然抬起了頭，「就說說我的故事吧。」

我們都沒有說話，小葵清了清嗓子，講起了自己的故事。

聚會

後海的夜有些曖昧。

無數男男女女經過又離開，酒吧的歌手或低聲呢喃，或狂野奔放。璀璨的霓虹將整個夜晚照得通亮。

林秀秀已經喝了不少酒，不過興致依然很高，站起來說：「今天玩得不盡興，誰也不許回家。」

「不如我們玩拍鬼遊戲吧？」坐在林秀秀對面的甯蘭說話了。

「恐怖遊戲啊，怎麼玩？」鄭瞳眼睛一亮，看了看薛峰。

「薛峰，你要陪我。」林秀秀一下坐到薛峰的腿上，伸出雙手環住他的脖子。

「好，我陪妳。」薛峰輕輕推了推她。

「哎呀，你們四個人正好兩對，我這個燈泡就不玩了。」小葵聳了聳肩膀。

「別啊，五個人正好玩啊！走吧，我知道一個地方適合玩拍鬼遊戲。」甯蘭說著站了起來。

鄭瞳開著車，在甯蘭帶領下從一個接一個的胡同裡鑽出來，駛向左邊的街道。車子行進間，甯蘭開始介紹她說的拍鬼遊戲和地方。

最初的拍鬼遊戲是從泰國流傳過來的，據說太孤獨的人死去後不願意輪迴，便終日遊蕩在夜裡。遊戲規則是，找一個空曠的房間，四個人分別站在房間的四個角落，第五個人站在房間的中間喊話，站在角落的四個人依次去拍左邊角落人的肩膀。在這期間，被拍的人要背對著拍他的人，被拍後不能說話，只有當中間的人喊話的時候才能應答，否則就會被孤獨鬼附身。

甯蘭提議的地方是她同學之前租住的一處房子，因爲地方太偏僻，加上房子背光，那位同學在那住了幾天便感覺不舒服，但是房租又退不了，只好先空著。

「會不會眞的有鬼啊？」小葵膽子比較小，問道。

「這個誰也不知道，不過如果大家都老實地待在自己的角落，就失去了娛樂性。這個遊戲的好玩之處，就在於四個角落的人不可以隨意說話，但可以走動。比如輪到你去拍前面的人卻發現他不在那兒，又或者你拍了那個人，但是那個人卻並不是原本站在你前面的人，多刺激！」甯蘭興奮地解釋道。

「我能不能退出啊？」小葵害怕了。

「今天誰也不能掃興啊！放心吧，沒事的。」林秀秀依偎在薛峰身邊，笑著說。

鄭瞳一直沒說話，打開了汽車廣播，電台ＤＪ正在介紹明天的情人節，背景音樂是一首淡淡的情歌。

接下來，大家都沒有再說話，只靜靜地聽著歌曲。

十五分鐘後，車子停了下來。

「看，就是那裡。」甯蘭指著前面的一處房子說道。

順著她的指向，大家看見一排二層民房，因爲沒有路燈的緣故，遠遠望去，那裡就像一排排墓碑散發著陰森的青光。

「只是遊戲而已，不用害怕的。」甯蘭安慰著小葵。

如果只是遊戲，當然沒有事。薛峰看了看錶，還有三個小時就是七月七日了，他看著從車裡下來的林秀秀，不禁冷笑了一下。

拍鬼遊戲

房子的確有些陰森，推開門，鄭瞳便感到有一股陰冷的風吹進脖子裡，不禁打了個冷顫。

這個時候，甯蘭握住了他的手，輕輕按了按。

鄭瞳明白，甯蘭在告訴自己不要緊張。鄭瞳瞥了一眼甯蘭，漆黑的房間裡，他看不清甯蘭的臉，就像他看不懂甯蘭的心一樣。

也許是因爲和薛峰重歸於好，林秀秀顯得特別興奮，開心地在房子裡轉圈。薛峰默不作聲地站在旁邊，點了一根煙，煙頭像一隻緩慢燃燒的眼睛，在黑暗的房間裡一亮一滅。

其實，鄭瞳挺同情薛峰的，一個那麼優秀的男人，卻遇人不淑，愛上了濫情的林秀秀。也許這就是感情世界的定律吧？好女人遇不到好男人；同樣，好男人也遇不到好女人。

甯蘭摸索到了開關，按了一下，但是燈卻沒亮。

「哎呀，我忘了，這裡一直沒交電費，停電了。」甯蘭叫了起來。

鄭曈心裡冷笑了一下，女人眞是會演戲。前天他還和甯蘭來這裡過夜，如果不是那個神秘人獵手的出現，也許鄭曈永遠都發現不了甯蘭的這一面。

想到那個神秘人獵手，鄭曈的心裡不禁有些疑惑。

他一直猜不透，獵手到底是誰，爲什麼要讓他和甯蘭帶薛峰和林秀秀來這裡？如果不是獵手拿那件事來要脅他和甯蘭，他們怎麼也不會幫獵手，畢竟薛峰是他多年的朋友。

他甚至暗想，要不要找時間提醒下薛峰，但是又怕被獵手知道。

「現在，從門口左邊的角落開始，薛峰站第一個角落，然後是秀秀、鄭曈、小葵，我在中間。」甯蘭分配著每個人的位置。

大家對於這種分配都沒異議，按照甯蘭的指定站到了自己的位置。

「現在，從薛峰開始，你走到秀秀的角落拍一下秀秀，秀秀再走到鄭曈的角落拍一下鄭曈，依次拍下去。」

「那薛峰都不在自己的角落了，我還要去拍嗎？」小葵問道。

「當然要拍，要不然怎麼會知道遊戲的刺激？」甯蘭笑著說。

遊戲開始了，房間內靜悄悄的，大家都沒有說話。隨著甯蘭對薛峰說開始，房間內只能聽見腳步聲，薛峰走到林秀秀身後拍了她一下，林秀秀向前走去，但是她並沒有走向鄭瞳，而是走向了小葵。

鄭瞳愣住了，是林秀秀喝多了，腳步亂了，還是故意的？

林秀秀拍了一下小葵，突然被拍的小葵大聲叫了起來。

「怎麼是妳？我不是應該拍鄭瞳嗎？」林秀秀也叫了起來，聲音有些顫抖。

「妳……妳走斜了，隔開我了。」鄭瞳說。

「哦哦，哈哈，我還以爲見鬼了呢！」林秀秀頓時明白了過來。

「好了，好了，重來，重來。鄭瞳，你說出原因就沒意思了。」

甯蘭說了一句。

遊戲重新開始，依然是薛峰拍林秀秀。

這一次林秀秀沒走錯，拍了鄭瞳一下，鄭瞳走到小葵身後拍了她一下，小葵向左前方的角落走去。鄭瞳順著小葵離開的方向看了一眼，頓時愣住了，似乎有一個黑影蹲在那個角落。

按照遊戲規則，薛峰離開自己的角落，走到林秀秀所在的角落，林秀秀走到鄭瞳的角落，鄭瞳來到小葵的角落，那麼薛峰的角落應該沒有人的，難道眞的有鬼？

鄭瞳感覺後背升起一股寒氣，剛想說什麼，耳邊卻響起甯蘭剛才說的話，只好眼睜睜看著小葵走到那個黑影面前。

「啊……」小葵叫了起來，「這裡有鬼，有鬼抓我的腳。」

「什麼鬼？」林秀秀第一個衝了過去，薛峰也跟著走了過去。

「我不玩了，我怕，眞的有東西抓我腳。」小葵嚇得哭起來。

鄭瞳和甯蘭也走了過去，拿出手機。

手機的光亮映出了房間的樣子，但因爲光線幽暗，看起來影影綽綽的，彷彿眞的藏著鬼一樣。

「那……那我們走吧。」鄭瞳提議。

甯蘭沒有說話，站起來走到門口，拉了拉門又停了下來。

「怎麼了？」薛峰問道。

「不知道誰從外面鎖住了門。」甯蘭用力拉著門。

「怎麼會這樣？」林秀秀大聲問道。

「我找朋友來幫忙吧。」薛峰說著掏出了手機。

「我來吧，我讓租房的朋友過來一下吧。」甯蘭說道。

薛峰收起了手機，看著林秀秀說：「我去一下洗手間。」

「我怕。」林秀秀緊緊抱著薛峰。

「怕什麼，這麼多人呢！要是害怕，妳跟我一起去吧。」薛峰笑了笑。

林秀秀不情願地鬆開了薛峰，薛峰轉身向前走去。

殺人計劃

薛峰端著手機走到衛生間裡關上了門。站在衛生間的鏡子前，他抬起了頭，昏暗的手機光線下，看見自己的臉。雖然這張臉還和以前一樣，但是眼神裡卻充滿了陰沉。這陰沉是從他看見林秀秀和那個男人走進酒店開房的那一刻出現的，並且一直累積，現在就是報復的時候。

薛峰曾經想要放棄林秀秀，事情曝光後，林秀秀卻回頭了，說知道自己錯了，希望薛峰能夠原諒她。

薛峰沒有拒絕復合，但是卻無法原諒林秀秀。這樣的事情，任誰都無法接受，更何況薛峰一直都是一個令父母驕傲且從來都不會出錯的人，感情的事情他更不允許出錯。

林秀秀出軌的事情被父母知道後，薛峰的母親大病一場，不過最後父母還是希望薛峰能和林秀秀合好。薛峰知道，這是一種無奈的包容。

林秀秀和男人去酒店開房的那一幕總是不經意間跳入薛峰的腦海，困擾著他。那是永遠都無法改變的事實，慢慢地，殺死林秀秀的念頭便出現了。

爲了讓林秀秀死得理所當然，薛峰甚至在一個模擬殺人的論壇和一些網友進行了很多次探討。其中一個叫獵人的網友給了他一個精細的殺人計劃，這個計劃讓他興奮不已，因爲眞的太適合林秀秀了，於是他給這個計劃取了一個名字——爲愛準備的謀殺。

按照計劃，他們會在這裡進行拍鬼遊戲，在遊戲過程中，薛峰殺死林秀秀，然後代替林秀秀進行遊戲，最後再回到自己的位置。這樣，就可以製造林秀秀是在遊戲結束後死亡的假象，加上房間內的恐怖氣氛，將責任推到鬼魂之說上，擺脫自己的嫌疑。

可是，現在遊戲就要終止了，計劃眼看要流產。薛峰洗了把臉，遊戲一定要進行，想到這裡，他的嘴角揚起了一絲詭異的微笑。

秘密

「啊！啊！」衛生間裡突然傳出了薛峰的叫聲。

「怎麼了？」林秀秀第一個衝向衛生間，其他人也跟著跑去。

「鏡子裡有個人，是個女人！」薛峰一臉驚魂未定，蹲在地上指著衛生間的鏡子說道。

所有人都愣住了，鄭瞳也呆住了。

薛峰是一個從不開玩笑的人，他看到的女人會是誰呢？想起剛才小葵面前的黑影，鄭瞳的心頓時緊了一下，難道眞的有鬼魂？

「看來，我們一定是招來鬼了。」甯蘭說。

「那……那怎麼辦？」林秀秀失聲問道。

「只有繼續遊戲，把鬼送走。」甯蘭說。

小葵非常害怕，但是卻不得不同意大家的意見。於是，遊戲又開始了。因爲剛剛發生的怪事，這一次遊戲的速度有些慢，並且帶著一絲說不出的詭異氣氛。薛峰走到林秀秀身後，林秀秀向鄭瞳走來，但卻並沒有拍他，而是走向房子的中間——那裡是甯蘭的位置。

鄭瞳忽然覺得這個遊戲挺好玩的，想起甯蘭每次總是一副天不怕地不怕的樣子，決定嚇嚇甯蘭。於是，鄭瞳走到了小葵的身後，伸手拍了拍小葵。小葵按照遊戲規則向前走去，就在她準備拍人的一瞬間，突然被什麼東西絆倒了。她拿起手機一照，大聲叫了起來。

隨著小葵的尖叫聲，其他人也看到了她面前的情景：甯蘭躺在地上，胸口一片殷紅，身體寂然不動。

房間的燈突然亮了，有些刺眼。

整個房子的情景清晰地出現在眼前，這裡是房子的客廳，空蕩蕩的，沒有任何傢俱。甯蘭躺在地上，胸口一片殷紅，腦袋歪向一邊，兩隻眼睛瞪得又圓又大，一副死不瞑目的樣子。

鄭瞳驚呆了，衝過去抱住了甯蘭，但是很快發現了一個問題，甯蘭躺著的位置並不是房子的中間，而是偏向前面的一個角落，這個角落是最初薛峰所在的位置。

「甯蘭不是在中間嗎？怎麼跑到這裡了？」其他人也發現了這個問題。

如果甯蘭不在自己的位置，只有兩種可能：第一個是甯蘭自己移動了位置；第二個是被別人帶到了那裡。甯蘭爲什麼要自己移動位置呢？也許是爲了嚇唬小葵？如果甯蘭是被人帶到薛峰的位置，那目的是什麼呢？

鄭瞳的眼皮突然跳了兩下，一定是獵人！他的目標是小葵，也許是甯蘭自己轉換了位置，對方不知道錯把甯蘭當成了小葵。

「是妳殺死了甯蘭，妳一直都不喜歡她！」突然，林秀秀對著小葵叫了起來。

「沒有！我沒有！」小葵急急地辯解著。

「是小葵第一個發現的，她怎麼會殺死甯蘭呢？」薛峰說。

「正是做賊喊捉賊！」林秀秀冷哼一聲。

「都別說了，報警吧。」鄭瞳站了起來，從口袋掏出手機，撥出了報警電話。

甯蘭的死，讓整個房間充滿了陰森。大家都沒有說話，突然，房間裡的燈閃了幾下，又滅了。

「我覺得，這個房子裡似乎不僅僅只有我們。」小葵打破了沉默。

「什麼意思？」林秀秀問。

「房子的二樓我們都沒上去過，也許，也許有人在上面。不如我們到上面等員警來吧。」小葵說道。

「其實妳是害怕吧？」林秀秀看穿了小葵的想法。

「你們上去吧，我在下面陪甯蘭。」鄭瞳歎了口氣。

「可是……」

薛峰剛想說什麼，鄭瞳打斷了他的話，「我想和甯蘭單獨待會兒。」

其他人沒有再說話，向二樓走去。

房間安靜了下來，鄭瞳低頭看了一下甯蘭，昏暗的光線下，甯蘭的臉有些模糊。

鄭瞳長長地舒了口氣，有些秘密終於可以永遠地被埋藏起來了。

襲擊

二樓有兩個房間，薛峰和林秀秀走進了左邊的房間，小葵想跟過去，卻被林秀秀拒絕了。

現在是凌晨一點十分，因爲之前的事情，薛峰甚至忘了跟林秀秀說生日快樂，不過有人卻沒有忘記。

站在二樓房間的窗戶前，林秀秀有些緊張，壓著聲音，言辭閃爍地向電話裡的人道謝。

薛峰的眼前出現了之前林秀秀坦白的畫面，那個男人可以給林秀秀一個名額，一個可以讓林秀秀的弟弟進入理想中的單位的名額。

薛峰知道，這個世界有些東西永遠是超越道德和感情的。失落的那個晚上，他在酒吧喝酒，看著身邊打扮時尚的女孩，巧言媚笑地和身邊的男人搭話，這是她們的人生，是她們的選擇。可是，林秀秀爲什麼竟也如此呢？

「你沒事吧？」林秀秀掛了電話。

「沒事，生日快樂。」薛峰從回憶裡回過了神。

「謝謝，只要你在我身邊，我就快樂。」林秀秀坐到了薛峰身邊。

「眞的嗎？」薛峰忽然扶住了她的肩膀，「妳知道我送給妳的禮物是什麼嗎？」

「什麼？」

「我認識一個朋友，少數民族的，我讓他幫忙花重金給我們買了一對愛情蠱，如果以後誰對對方不忠，那麼愛情蠱會讓我們都死去。」薛峰直直地盯著林秀秀。

「眞的假的？」林秀秀吸了口氣，聲音有些顫抖。

「哈哈，騙妳的，世界上怎麼會有這種東西呢？要不然那些劈腿、出軌的人不全都死了？」薛峰笑了起來，轉過了身。

林秀秀沒有再說話，低下頭思索著什麼。薛峰別過身，從口袋裡拿出個瓶子，那是之前準備好的。他輕輕擰開瓶蓋，將裡面猩紅凝稠的液體倒了出來，輕輕地塗到臉上，然後再抹到衣服上。

砰砰砰……外面傳來了敲門聲。

林秀秀走到門邊拉開了門。

「我……我可以進來和你們待在一起嗎？」小葵怯怯地看著林秀秀。

「妳又在害怕什麼？」林秀秀厭惡地問道。

「那個……那個房間好像有個人，吊在半空，我……我……」小葵停住了嘴，眼睛直勾勾地看著慢慢轉過身的薛峰。昏暗的光線下，薛峰的臉上全是血，他的身體似乎被人拖著，艱難地向前走著。

順著小葵直直的目光，林秀秀也回頭看到了薛峰的樣子，驚呆了。

「快……走。」薛峰痛苦地吐出兩個字，身體一下坐到了地上。

林秀秀連滾帶爬地從二樓跑了下去，很快，整個二樓安靜了下來。

薛峰竟慢慢站了起來，走到了二樓的樓梯口，靜靜地躲在那裡，屏住呼吸。這個時候，突然有個黑影出現在薛峰面前，薛峰只感覺一股電流瞬間經過全身，頓時暈了過去。

那個黑影把薛峰拖到旁邊，站到剛才薛峰所在的位置。樓下傳來一陣腳步聲，黑影拿出一根電棍。

上來的是鄭瞳，還沒有等看清發生了什麼，黑影猛地從旁邊衝了出來，電棍瞬間擊中他的身體。他感覺渾身一麻，全身癱軟倒在了地上……

死戀

大學的第一節哲學課，薛峰作為課代表來收鄭瞳的課堂筆記，但是看了一節課小說的鄭瞳根本沒記。放學後，鄭瞳被罰留下來補筆記，讓鄭瞳意外的是，薛峰竟然過來陪他。從那以後，他們成了好朋友，一起參加活動，一起打球，畢業的時候一起找工作。

直到遇見林秀秀，那一刻，鄭瞳忽然發現有些東西其實是不能共享的，他和薛峰同時喜歡上了林秀秀，但是林秀秀最後選擇了薛峰。

沒有人知道鄭瞳的心裡也藏著林秀秀，包括甯蘭。鄭瞳曾經以為，這樣的故事已經註定了結局。沒想到的是，一年後，他竟然和林秀秀偶遇在陌生的街頭。那個晚上，他們一起喝酒，互相聊著各自的生活。後來，林秀秀說起了自己的弟弟，說起了自己的苦處，鄭瞳說可以找人幫忙試試。

再後來，或許是酒精作祟，鄭曈對林秀秀坦白了自己傾慕已久的秘密。那個晚上，他們擁抱著離開了酒吧，然後去了酒店開房。

天亮的時候，林秀秀獨自離開了。半個月後，鄭曈接到了薛峰的電話，說林秀秀出軌了。

林秀秀出軌的對象正是鄭曈介紹認識的那個男人，可是他沒想到事情會這樣。他看著薛峰傷心，自己卻不知道該怎麼安慰。想起他和林秀秀之前那一夜的酒後動情，更是覺得愧對薛峰。

他想過跟薛峰坦白，卻又不敢承受後果。就這樣，鄭曈提心吊膽地過著每一天，直到他接到獵人的電話。

獵人給甯蘭寄了一個快遞，快遞裡是兩張鄭曈抱著林秀秀的照片。

鄭曈向甯蘭坦白了一切，也跟甯蘭提出了分手。但是甯蘭卻選擇了原諒，並且和鄭曈一起答應了獵人的要求。

此時的鄭曈忽然明白過來，也許那個獵人不是別人，就是林秀秀！那天他和林秀秀的事情除了他們兩人，根本沒有別人知道，林秀秀是在自導自演？

鄭曈已經沒有力氣去想，恍惚間，一股熟悉的味道向他靠過來，隨後是心臟處猛地一下震動，他感覺自己的身體徹底脫離了這個世界……

悲局

薛峰睜開了眼，燈光有些刺眼，恍如白晝。

他發現自己的身體被綁著。

所有人都在房間裡，鄭瞳安靜地躺在那裡。之前被害的甯蘭這時竟然坐了起來，旁邊坐著小葵，小葵的旁邊是林秀秀。只不過，林秀秀被綁在牆角，嘴裡塞著一條毛巾，正滿眼驚恐地看著薛峰。

「你醒了。」甯蘭看著薛峰說。

「原來妳沒死。」薛峰看了看她，「鄭瞳……鄭瞳他……」

「是的。」甯蘭點了點頭。

「可是，妳一直在樓下。」

「是我打倒你的，」小葵說：「我就是獵人。」

「妳？」薛峰驚呆了。

「半年前，我去外地出差，正好撞見了抱在一起的鄭瞳和林秀秀，於是我便拍了兩張照片。本來我準備讓這件事情爛在肚子裡，可是一週後，林秀秀竟然勾搭上了我爸爸。這樣的女人，怎麼還配擁有你的愛！薛峰，你不知道嗎？一直以來我都是喜歡你的，只是……只是你的眼裡只有林秀秀。她根本不配！」小葵的眼淚落了下來。

小葵的話讓薛峰大吃一驚，林秀秀更是感到意外，愣愣地看著小葵。

「薛峰，我意外發現你竟然去推理殺人論壇找人諮詢，就猜出你因愛生恨，想殺林秀秀。現在你知道爲什麼獵人那麼瞭解你的事情了吧？其實，那個謀殺計劃不但是爲你準備的，也是爲鄭瞳準備的。我那麼愛他，他竟然背叛我，之後還跟我坦白一切，要和我分手，我寧可死也不會讓他好過！」甯蘭歇斯底里地喊道。

「於是，妳們便設計了今天的事情？所謂的拍鬼遊戲，還有剛才的一系列事情都是妳們故意設計的？甯蘭，妳根本沒有給妳朋友打電話，外面的鎖也是妳們搞的鬼？」薛峰明白了過來。

「這是我們共同的計劃，薛峰，你不是還取了一個名字嗎？爲愛準備的謀殺。」小葵說道。

「是的，我想殺死林秀秀。」薛峰點了點頭。

林秀秀的臉色頓時變得煞白。

「因爲林秀秀的事情，我的母親病重住院。雖然後來我們復合了，但她曾經的出軌卻像一根拔不掉的刺，始終刺痛著我和我的家人。我一直對她視若珍寶，但破鏡無法重圓，不如乾脆毀了它！可是……」說著，薛峰看向鄭瞳的屍體，眼睛裡閃著淚光。

「薛峰，我知道你是個心軟的人，不過沒關係，這個計劃最初就是我制定的，就讓我來替你完成吧。」小葵說著轉身走到了林秀秀面前。

「不，小葵，不要這麼做！」薛峰大聲叫了起來。

「我和甯蘭已經說好了，一起完成計劃，黃泉路上也不寂寞。薛峰，下輩子，希望能和你在一起。」小葵說著拿起地上的匕首。

「不要，小葵，妳知道我爲這個計劃取的名字是什麼意思嗎？」薛峰喊道。

「什麼意思？」小葵轉過了身。

「爲愛準備的謀殺，殺死的不是她，而是愛。如果妳爲我背上殺人的罪名，我想我和林秀秀之間永遠也不會結束。我之所以放棄這個念頭，是因爲林秀秀不值得我這麼做。」薛峰說道。

這個時候，外面傳來陣陣警笛聲，員警很快衝了進來……

也許是太過投入，講完故事後，小葵低聲抽泣了起來。

馬麗繼續說下去：「甯蘭被提起公訴，作為從犯的小葵則被安排在明城第三看守所。三天後，薛峰也投案自首了。」

馬麗說得沒錯，監獄裡的每個人都有一個悲傷的故事。此刻我也明白了，為什麼剛才小葵會對著那個日記本流淚。看來，那個日記本應該就是薛峰的。

「愛情啊，總是讓人盲目。」李峰歎了口氣。

炭盆裡的火又要滅了，我攪動了一下，紛飛的火星隨著灰塵揚起來，眼前的每個人都顯得影影綽綽。天色已經有些晚了，蘇子明打了個哈欠，提議大家先休息。回味著剛才的故事，大家進入了各自的夢鄉……

五人遊戲

外面的雨漸漸小了，但每個人心裡的恐懼卻越來越大。

這個風雨飄搖的老宅裡，隱藏著兇手，

所有未知的人都是待宰羔羊，更讓人恐懼的是，

那個隱藏在背後的兇手究竟是人還是鬼？

第1章

臨仙神圖

眼前是一個華麗的地方，牆壁上全是絢麗的壁畫，上面的人物栩栩如生，讓我感到一絲眩暈。臨仙宮外傳來一個冰冷的聲音，我和杜森渾身驚悚，看到進來的人，徹底驚呆了。

荒山凶宅

我是被人叫醒的。

睜開眼，強光射進眼裡，我感覺暈乎乎的。很快，我適應了眼前的光線，看到了四個人。其中一個人站在我身邊，是我的朋友張致恆。張致恆也是一名懸疑小說作家，我們之前經常在同一家雜誌社發表作品，彼此很熟悉。

「這是什麼地方？」我揉了揉發暈的腦袋，掃視了一下四周。

天花板上四盞雪亮的水晶燈，下面放著一張寬大的桌子，桌子上放著五台嶄新的筆記型電腦，每個電腦旁邊還放著一只精緻的頭戴式耳機。桌子的對面是一個巨大的投影幕布，兩邊掛著高音喇叭。

「歡迎各位來到七閣。如果想知道你們到這裡來的原因，請大家坐到電腦面前戴上耳機。」忽然，喇叭裡傳來了一個聲音。

我看了看張致恆，然後向座位走去，其他人也跟著走了過去。打開電腦，上面什麼都沒有，甚至連網路都沒有。

「各位老師，你們每個都是我敬佩的人，我曾經想過各種辦法想接近你們，可惜都沒成功。真的很無奈，才用這種辦法把你們叫到了這裡。也許你們很好奇我是誰，我不過是一個很普通的人，就算站到你們面前，你們也不會有印象。不過，我可以告訴你們，我是一個不久於世的病人，在我離開這個世界之前，我想滿足自己一個心願，那就是能夠和自己敬佩的人在一起，聽你們講精采的故事。」

聽到耳機裡的話，我對面的男人一下子站了起來。

其他人也紛紛摘掉了耳機。

「這到底是什麼地方？」其中一個三十多歲的男人第一個喊了起來，他肌肉發達、目光犀利。

「我要離開這裡。」另外一個帥氣的男孩站起來向門口走去，可惜走到門邊，卻無論如何都打不開門。

「各位，不要浪費力氣了。如果你們不按照我的要求來，是不可能離開這裡的。現在給你們看一下這裡的位置圖。」

投影幕布上出現了一幅畫面，上面是一座荒山，荒山上有一棟孤零零的小樓房，我們就置身於這棟小樓的某個密閉房間裡。

所有人都呆住了。大家面面相覷，默默地坐回座位上。

「我的要求很簡單，大家所在的地方是一個遠近聞名的凶宅，所以我們的故事主題就是凶宅，請大家圍繞這個主題講一個自己認為最棒的懸疑故事。你們可以選擇兩種方式，一種是直接在電腦上寫出來，然後共用；另外一種是直接用麥克風講出來。至於誰先誰後，你們自己商量。」

摘掉耳機，我們開始了第一次討論。

讓我意外的是，除了張致恆，其他人的職業竟然和文字都不沾邊。其中那個三十多歲的男人是個員警，叫唐山；帥氣的男孩叫周遠，是個演員；另外一個叫孟誠的男子是個偵探。

經過討論，發現我們都是在意外的情況下被帶來的。張致恆決定第一個講自己的故事，也好給後面的人作個參考。於是，我們又坐到了電腦面前。

張致恆講的故事從一個雨夜開始……

紅衣鬼女

一九八五年，夏。雨水瘋狂地沖刷著大地，像一頭發怒的野獸。

漆黑的夜幕下，林家宅子門前的燈發著暗淡的光，在風雨中搖來晃去，似乎是這夜裡唯一的光亮。

林家內屋，產婆用力按著床上產婦的兩條腿，嘴裡欣喜地叫著：「快出來了，再堅持一下！」

床上的產婦滿頭大汗，虛脫的身體已經讓她再也沒有任何力氣哭喊。她的眼前出現了一個模糊的景象，一個男人微笑地看著她，然後牽起她的手走在滿是鮮花的道路上。

「哇——」一聲嘹亮的啼哭聲鑽進了產婦的耳朵裡。她用盡全力想要抬頭看一眼，卻怎麼也使不上力氣。

「恭喜，是個女孩。」產婆高興地說道。

突然，在一陣急促的敲門聲後，門被撞開了。

一個穿著黑色雨披的人衝了進來。

「阿生，是阿生嗎？」產婦似乎因這撞門聲產生了力量，掙扎著想直起身子。

那人走到產婦面前，摘下了帽子，露出一張冷峻的臉，左臉頰上有一道很深的刀疤。

「哥，阿生呢？」產婦焦急地問道。

刀疤臉沒有說話，屋內只有嬰兒的哭聲。

「哥，把孩子帶走。」突然，產婦又說話了。

「妹妹，我們一起走。」刀疤臉看了一下哇哇哭啼的嬰兒。

「不，我走不了了……」產婦說著，顫顫巍巍地從枕頭下面拿出一只白玉吊墜，「帶她離開，哥，求你了。」

砰砰砰……這時候，門外又傳來了敲門聲。

「哥，快點，他們追來了。」產婦哀求地看著刀疤臉。沒有多想，刀疤臉走到女嬰身邊，將她一捲，抱著向窗邊跑去。

「孩子見不得風啊！」產婆想再說什麼，卻沒有人理會她。

扭過頭，產婆看見床上的產婦呼吸急促，面色慘白。她下意識地跑出房門，要把剛才的刀疤臉喊回來。

窗外的雨越下越大，刀疤臉早已經消失在夜幕裡。等到產婆回到房內的時候，看見有個女人一襲紅衣地站在產婦的床前。

紅衣女人緩緩轉過頭。漆黑的長髮下，是一張慘白的臉，兩隻眼睛裡閃著鬼魅的紅光。她衝著產婆張了張嘴，露出一口白森森的牙齒，齒尖上還清晰地留著鮮紅的血跡。床上的產婦歪著頭，兩隻眼睛瞪得又圓又大，脖子上有個猩紅的傷口，身體已經不動。

產婆一屁股坐到了地上，渾身哆嗦，呆若木雞。

不知道何時，那個紅衣女人離開了，房間裡只剩下產婆和死去的產婦。產婆再也受不了內心的恐懼，踉蹌著逃了出去……

詭異的命案

下了計程車，我一眼看到了正在現場忙碌的杜森。作爲一名懸疑小說作家，對於「員警」、「命案」、「現場」這幾個詞絕對不陌生，只是沒想到有一天它們竟然會出現在現實裡。

看見我，杜森揮了揮手，示意我等他一下。

在來的路上，我已經聽他的同事講過事情的大概。今天早上凌晨五點多，三個大學生衝進派出所報案，說在自成路三十二號一家廢棄的宅子裡撞到鬼，而且鬼還殺死了他們的網友「鬼點燈」。

接到報案，派出所馬上派人去現場，鬼沒有見到，倒是看到了報案人說的那個被殺死的網友。經過查證，被害人並不是「鬼點燈」，而是一家設計公司的設計師，名叫周銘，死因暫不明。

很湊巧的是，周銘是我和杜森的朋友。這時候，杜森走了過來，對我說：「已經查清楚了，三個大學生和一個叫『鬼點燈』的網友約好來林宅探險，結果『鬼點燈』爽約，他們撞見了被害的周銘。『鬼點燈』的身份也查了，是一個女生。周銘的死和他們沒有關係。」

「可是，周銘爲什麼會來林宅？」這是我最大的疑問。

在林城，誰都知道林宅。尤其是一些上年紀的人，幾乎都親眼目睹或聽過林宅多年前的那一宗詭異慘案。我不是林城人，剛來林城的第三天便聽到了關於林宅的恐怖傳說。

林宅建於晚清，據說還是朝廷撥銀子修建的，裡面很多設施甚至按照皇室風格修建。林宅的主人是一位很受朝廷器重的人物，只是太過愚忠，清朝滅亡後，竟然下令所有族人在宅子裡自殺，以表忠心。

可以想像，當外人推開半掩著的林宅大門，一眼看到伏屍滿地，大小男女都有，那是多麼恐怖的畫面。

後來，林城人便將林宅視作凶宅。慢慢地，林宅成了一座孤零零的老宅，猶如一座墳墓一樣被歲月覆蓋。

再後來，林宅幾次易主，但都沒人住長久。甚至有人剛住進去，第二天一早便驚惶離開，連物品都不敢回去拿。

一九八三年初，林宅迎來最後的主人——一個從國外留學歸來的年輕人，巧合的是他也姓林，叫林生。

林生辦完購買手續後，便和年輕的妻子丁柔住了進去。林生戴著一副金邊眼鏡，文質彬彬，說話輕聲慢語；妻子丁柔低眉順眼，爲人和氣，大家都很喜歡他們。

過了一年多，丁柔懷孕了。

對於林城人來說，林生和丁柔已經成了林宅的主人，他們在宅子裡相安無事住了這麼久，讓大家都快忘記了之前的恐怖傳說。直到一九八五年夏天，丁柔生產的那個雨天，像是一道閃電，將林宅的恐怖又一次揭露出來。

負責給丁柔接生的李婆婆親眼看見一個紅衣女人將丁柔殺死。

李婆婆連滾帶爬地找人求救，當人們趕到林宅的時候，丁柔已經死透，剛出生的女嬰和刀疤臉早已沒了蹤影。

從此以後，林宅再次被人們列爲禁忌之地。

關於林宅的故事，幾乎每個林城人都知道。最瘋狂的時候，爲了讓孩子趕快睡覺的母親不會說再不睡覺老虎來吃你，而是說再不睡覺送你去林宅。

林宅前後發生的故事是杜森告訴我的，當時周銘也在場。周銘是個膽小的人，有時候講個鬼故事都能嚇得他捂住耳朵跑開。他怎麼會一個人跑到林宅，並且在這裡遇害呢？

「從現場勘查來看，的確是周銘自己來這兒的。一開始，我還以爲是移屍。你也知道，周銘膽子很小，怎麼會來這地方呢？」杜森說。

勘查現場的工作已經結束，周銘的屍體也被抬了出去，準備送往法醫中心。杜森帶著我離開現場，邊走邊向我瞭解周銘最近的情況。

說實話，關於周銘的近況，我瞭解得不算多。因爲工作繁忙，我們大多是在網上交流。

「最近他似乎戀愛了。」我忽然想起之前周銘提過自己喜歡上一個女孩的事情。

「哦，是嗎？」杜森有點意外，「怎麼從來沒聽他提起過？」

「他那性格，怎麼會親口說出來？就連這個，也是在網上聊天時順口說的。」我答道。

深夜入宅

沒有了陽光，黑暗開始肆虐。

風吹在警戒線上獵獵作響。

從這裡望去，距離最近的燈光也有一站地那麼遠。這樣一個讓林城人感到恐懼的地方，究竟隱藏著什麼秘密呢？

我曾經以林宅爲題材寫過一個恐怖小說，但是因爲被認爲不符合邏輯，一直沒被雜誌社採用。倒是一個心理探索類雜誌的編輯跟我分析了一下林宅的詭異原因，他認爲林宅的弔詭在於它所處位置的磁場和人們對它的恐懼心理。

我是一個無神論者，尤其是看過太多懸疑推理小說後，更覺得鬼神無懼，比鬼可怕的東西是人心。

周銘的死很奇怪，杜森說法醫那邊已經初步判斷是死於心肌梗塞，腿部有瘀青，似乎被人抓著腿部拖行了幾米。更詳細的屍檢報告，要等進一步解剖才能完成。

難道眞的是被鬼抓住了？

最大的可能是黑暗中被誰抓住，他用力掙脫，然後看到了什麼恐怖的東西，導致心臟供血不足，引發心肌梗塞致死。

沉默的林宅像一隻巨獸，我與它互相凝望，卻看不穿箇中的秘密。就在我準備離開的時候，猛然看見一個人影一閃而過，好像鑽進了警戒線裡面。林宅已經被列爲禁入之地，會是誰在夜裡鑽進去呢？

好奇心讓我不禁撩開警戒線跟了進去。

其實，這不是我第一次進入林宅。以前我曾經跟外地一家電視台做節目，以破解懸疑的嘉賓身份來過林宅。不過，上次來是白天，而且有很多人，林宅給我的感覺除了有些陳舊外，並沒有什麼恐懼、詭異感。

這一次，也許是周銘的事情，又是晚上，我覺得氣氛有些不一樣。

陰森漆黑的林宅大門一關上，彷彿隔絕了外面的世界。這裡是死寂的天下，遠處的燈光和夜幕下淺淡的星光將林宅烘襯得陰陰森森，鬼裡鬼氣。

我躡著腳步，仔細地聆聽著裡面的動靜。可以確定，剛才那個身影肯定進了林宅，我能清晰地聽見腳步聲向二樓走去。

對方是什麼人呢？

我跟著腳步聲來到了二樓，看見前面的黑影拉開旁邊一個房間的門，側身鑽了進去。

二樓一共四個房間，四個房門緊閉。那個黑影鑽進去的是第三個房間。我屏息躡腳跟過去，貼著門聽了聽，裡面安安靜靜的，只能聽見自己的心跳。聽了好一會兒，我最後試著推了推門，門開了。

房間裡沒有人，月光從窗外透進來，屋內的傢俱、裝飾一清二楚。一張破舊的床，一張桌子，三把看起來不怎麼結實的凳子。

牆壁上掛著一幅畫像，大約有一人高，畫像上的女人穿著紅色的旗袍，左手拿著一把扇子，微微側著頭，似笑非笑。

不知道爲什麼，我看到畫像上的女人竟然愣住了。也許是因爲光線的問題，我甚至覺得那根本不是一幅畫像，而是一個眞人站在那裡。走過去仔細看了一眼，畫像上有兩個字：南溪。

南溪，是畫像上女子的名字嗎？這時候，有風吹進來，畫像微微顫了顫，畫上面的女人眉眼浮動，身體微動，彷彿活了一樣。恍惚中，我眼前模糊了，耳邊似乎還響起歡快的音樂聲：「好花不常開，好景不常在；愁堆解笑眉，淚灑相思帶；今宵離別後，何日君再來……」

我醒過來的時候，還在林宅。我躺在那張破舊的床上，一眼就看見了畫像上的女人，耳邊依然有歌聲，不過已經不是那首〈何日君再來〉。轉過頭，我看見旁邊的凳子上坐著一個女孩，看著我，一言不發。我試著坐起來，腦袋有些沉重，微微帶點疼痛。

「你醒了？」女孩說道。

我沒有說話，仔細打量了一下眼前的女孩。約莫二十來歲，眉目清秀，皮膚白皙，穿著一件綠色的上衣，紮著一個馬尾辮，眼睛很大很亮。

「通常，人清醒後看見陌生人，第一反應應該是警惕，或者保護自己，你卻在仔細觀察對方。」女孩看著我說。

林宅的主人

「妳是什麼人？爲什麼會在這裡？對我催眠的音樂是妳放的吧？」我連著問了她三個問題。

「問題有點多，需要一個一個回答。」女孩笑了笑，露出了一對可愛的酒窩，「我爲什麼在這裡，和我是什麼人，可以合併回答。我是這個宅子的主人，合法的哦。你做什麼工作的，竟然聽出那是催眠音樂？」

「我明白了，妳是林文麗，劍橋大學心理學博士，怪不得我會被妳弄迷糊。」我聽杜森說過，現在林宅的主人是林生的女兒林文麗，不過她一直在國外，在劍橋讀心理學博士。

林文麗微微笑了笑，默認了我的判斷。

「那幅畫也是催眠的道具嗎？」我忽然想起那幅署名南溪的畫像。

「什麼畫？」林文麗愣了愣。

「就是署名南溪的那幅畫，我受到妳的催眠，看到畫像上的人活了過來。」我回答說。

「我見到你的時候，你已經處於意識模糊的狀態了，所以我藉機對你做了簡單的催眠。你說的畫像是什麼？」林文麗有些疑惑。

我站了起來，抬手指向畫像本來的位置，誰知那裡竟然空蕩蕩的。風從外面吹進來，陰森森的。

「不對啊，明明就是掛在這裡的。」我相信自己的記憶不會出錯。

「你說畫上署名南溪？」林文麗忽然問道。

「對，南方的南，小溪的溪，應該是畫像上女人的名字，那個女人穿著一件紅色的旗袍……」我簡單描述了一下。

正說著話，我忽然瞥見門口站著一個人，雙眼死死地盯著我們。

林文麗發現了我的異樣，轉頭看了一下。這時候，有光線從外面晃過，那個人立刻躲到了後面，隱進了黑暗中。雖然只是短短的一瞬，我卻清晰地看見了那個人的樣子，分明就是畫像裡的女人。

很顯然，林文麗也看到了那個女人。她的樣子有些驚訝，更多的似乎是恐懼，嘴角正微微顫抖。

「到底是什麼人？」我追了過去。

走廊的盡頭是一個房間。林文麗也跟了來，打開手電筒，可以清楚地看出這是一個雜物間。但是，裡面並沒有人。剛才那個女人應該就是躲進了這裡，爲什麼她憑空消失了？

「這裡應該有什麼機關。」林文麗打量著房間裡的一切。

房間其實不大，只是堆積的雜物有點多。

在門後的牆角，我發現了一個纖細的腳印。我蹲下身在四周的牆壁上摸索了一下，突然按到了一個東西，只見門後的牆壁上側開了一個石門，石門的後面是一個樓梯，通向地下。

我和林文麗對視了一眼，一起向樓梯走去。

樓梯是旋轉式的，沒費多大工夫就到了底，讓我們意外的是，下面竟然點著蠟燭。牆壁上有一幅巨大的畫，畫裡還有那個叫南溪的女人。畫上的女人站在一邊，微微仰頭，她的對面是一個巨大的石坑，坑裡有一張供桌，上面放著一尊石像，供桌旁邊立著一對童男童女。

我們都沒有想到，林宅的下面竟然還隱藏著這麼一處所在。牆壁上的畫像栩栩如生，但是細細再看，似乎已經很多年了。往前面走，是一道石門。林文麗推開石門，走了進去，我立即也跟了過去。

石門裡面很安靜，一張桌子上供著一尊石像，旁邊還有一對童男童女。這景象似乎有些熟悉。

我隱隱覺得哪裡不對頭，不由自主地轉頭往左下方看了一眼，竟然看見了那個女人，她穿著紅色的旗袍，微微抬頭盯著我們。

眼前的一切就像剛才看到的那幅畫一樣，只是此刻多了我們兩個。

想到這裡，我一下子拉住了林文麗，想要回頭逃開，卻發現我們進來時的那扇石門竟然不見了。

這時候，那個盯著我們的女人忽然動了一下，趨前走了過來。

鬼像驚魂

我寫過很多懸疑小說，也寫過玄幻小說，但是那些都只是想像。

這個世界有很多巧合和物理現象，人的大腦和視覺也有一些盲區，所以會產生一些離奇詭異的說法。可是，此刻眼前這一幕，絕對秒殺了我之前對靈異的理解。

我想林文麗的狀況也一樣，作爲一個心理學研究者，此刻見到的情景，恐怕她也難以理解。

眼前的南溪是如此真實，頭髮微動，皮膚白皙，甚至還能感覺到她呵氣如蘭的氣息。

南溪走到那尊石像前，從旁邊拿起三炷清香，朝著石像參拜。這時候，我和林文麗才注意到那尊石像。那是一尊只有半個身子的男人石像，眼睛特別大，頭特別小，頭上還有兩個類似牛角一樣的犄角。

南溪參拜完石像，便開始輕輕起舞，雖然沒有音樂，但她跳得卻很有節奏。我和林文麗就這樣呆滯地看著南溪跳完舞，然後一切又恢復了之前的靜止狀態，彷彿剛才的一幕根本沒有發生。

「這太不可思議了！」林文麗打破了沉默。

說話間，一個佝僂的身影從旁邊一下子竄了出來，逕自向林文麗撲去。

我沒有多想，一把推開林文麗，那個身影擦著我的左側一躍而過。我感覺左臂一陣刺痛，竟是一把尖銳的匕首劃了過去。

此時，我們已看清了那個突如其來的身影，竟然是個滿頭銀髮的老婆婆！她的眼裡宛如鬼魅，惡狠狠地看著我們，手裡的匕首還有著鮮紅的血跡。

「妳是什麼人？」林文麗驚叫了起來，慌忙將我的傷口用衣服袖子綁住。

「走！你們走！離開這裡，離開惡魔！」老婆婆陰冷地說道。

刺傷不是特別深，但是卻鑽心般疼痛。

「你們一定是想釋放惡魔，趁早離開這裡，不然別怪我不客氣！」老婆婆說著，又揚起了手裡的匕首。

我拉了拉林文麗，示意她不要說話。

林文麗扶著我向後退避，剛才不見的石門竟然又出現並打開了。我和她走了出去，離開的時候，我抬眼看了一下，牆壁上的畫像竟然變了樣，石像面前竟然出現了南溪在跳舞的畫面。

我還想多看一眼，卻被林文麗拉著快速離開。

走出林宅，我想給杜森打電話，被林文麗制止了。

「有些事情，員警介入就不方便了。我也沒想到林宅會有這麼多秘密。不如我們先自己查吧，等有眉目了再找員警也不遲。」林文麗道出自己的想法。

我想了想，答應了她。

林文麗把她的電話和臨時住址告訴我之後便離開了。趁著夜色，我來到了社區門口的診所，將傷口重新包紮了一下也回家了。

這個晚上不太平，尤其是在林宅遇刺這事。想起那個叫南溪的女人，我不禁百般疑惑。在網上搜索了一下資料，但並沒有找到答案。就在我準備關掉網頁的時候，忽然看到了一張石像的照片，和在林宅下面看到的石像幾乎一模一樣。

根據上面的資料解釋，這個石像名叫鎮鬼夜叉。夜叉，是中國傳說裡的夜遊神。我曾經和一些計程車司機聊恐怖故事，他們說半夜經常會見到守路的夜叉，當然這些話都是傳說之言。在科學的解釋裡，夜叉其實屬於山魈之類，在過去算是野人的一種。

不過，無論哪種解釋，這個所謂的鎮鬼夜叉卻有些來頭。

資料上說，古書《通典》上記載，唐朝時期的東西伯利亞楚科奇半島上有一個夜叉國，《聊齋志異》裡也有一則關於夜叉的傳說。關於夜叉的記載很少，《通典》和《聊齋》上，都確切地形容了夜叉的樣子，有犄角，身高八尺，喜歡在夜裡出現，並且喜歡吃鬼。所以後來很多人在遇到鬼魂之事的時候，便會用夜叉來做法事，甚至請夜叉神像做門神。

如此看來，林宅地下室那個夜叉神像是用來鎮鬼的。我將網頁上的石像照片拍了下來，發給了林文麗後關掉電腦，一頭栽到了床上。

詭夢

夜，有些冷。計程車司機老梁開著車，我們聊起了夜叉。這一次，老梁跟我講的故事有些恐怖。

那一年的冬天特別冷，才晚上九點，街上已經沒什麼人了。老梁開夜班，要熬到凌晨五點，他沿著附近幾條熱鬧的娛樂街兜了幾個圈，最後在一個巷子口拉了一位客人。

客人很怪，低頭鑽進車裡，一語不發。老梁看了一下後視鏡，沒看清客人的樣子，對方裹著一件黑色的大衣，整個人似乎都縮進衣服裡。

「到哪兒？」老梁問。

「三里口。」客人悶聲悶氣地說。

老梁有些猶豫，三里口可是從前的亂葬崗，大白天都沒幾個人過去。

「走吧。」客人從後面遞過來兩張嶄新的百元鈔票。

老梁收下鈔票，踩了油門，向漆黑的前方駛去。不久，兩邊的樹木越來越多，城市漸漸遠去。

「很辛苦吧？夜裡跑車。」後面的客人說話了。

「爲了生計嘛！」老梁笑了笑。

「這條路，無論盡頭是哪裡，都會結束的。」客人說了一句莫名其妙的話。路邊的風越來越大，夜色也越來越陰暗。老梁猛然煞住了車，只見前面站著一個人，個子很高，足足有兩米，一身黑衣，背對著車。

「我到了。」客人說著打開了車門。

老梁打開了車內燈，從後視鏡裡看到一張男人的臉，兩眼紅腫，滄桑憔悴。

「辛苦，有時候也是一種幸福。」客人又說了一句話，隨後下了車，向前面的人走去。

四周漆黑一片，計程車的遠光直愣愣地照到前面兩個人身上。老梁心裡有點發虛，順著光柱看過去，只見那個高個子轉過了頭，臉很長，頭上還有一對犄角，眼睛猶如銅鈴，正惡狠狠地瞪著他。

老梁嚇得一下子關了燈，等回過神，前面已經沒有人了。沒有多想，他立刻掉轉車頭逃離了三里口。

兩天後，老梁拉人去殯儀館，偶然看見乘客捧的家屬遺照，上面赫然就是那晚他拉去三里口的客人。

老梁不禁想起了那人那晚說的話：這條路，無論盡頭是哪裡，都會結束的。

他猛然打了個哆嗦，回家後三天沒敢出門。

傳聞有夜叉負責引魂渡人，不過夜叉不會害人。老梁相信自己見到的就是夜叉，後來他甚至經常對人說，他不止一次運送亡魂，讓夜叉帶走。

老梁的故事講完了，車子也停了下來，四周一片漆黑。

「怎麼停車了？」我問他。

「到了，你該走了。」老梁忽然露出了一個詭異的笑容。

車前面過來一個人，身高兩米，黑衣黑袍，頭上有兩個犄角，倏地撲來。

我一下子叫了起來，然後睜開了眼。

噩夢結束，回到了現實中。床頭櫃上的手機拼命地叫著，我大口大口地喘著氣，擦了擦額頭上的冷汗，拿起了手機。

「你是周銘的朋友吧？」電話裡傳來一個女孩的聲音。

「妳是？」我愣住了。

「我是白小若，周銘的女朋友。」

「是妳？」我一下子呆住了，是那個周銘念念不忘的女孩。

「我有件事想跟你說，我們能見面聊聊嗎？」白小若的聲音很低，似乎是故意壓著的。

「好，妳說個地方，我過去。」我想都沒想便答應了。

二十分鐘後，我來到了師範大學附近的一家咖啡廳。推開門，一眼看到了坐在三號桌的白小若。看見我，她微微點了點頭。

看上去，她是個南方女孩，皮膚白皙，眉眼清秀，又穿了一件淺色外套，整個人看起來素雅淡然。

「我對不起周銘……」白小若剛開口，眼淚便掉了下來。

「到底發生了什麼事？」我看著她問。

白小若擦了擦眼淚，講起了事情的原委。

赤族神術

周銘是在師範大學的圖書館認識白小若的，當時兩人同時看中了一本書，那是一本關於回魂傳說的老書。可能是緣分使然，兩人開始聊起來。

白小若的祖上來自名叫赤族的少數民族，由於從小在南方長大，看起來像個南方女孩。她之所以找那本書，是因爲很小的時候聽一個親戚說過，她們的族落以前有一種神術，可以讓人回魂。但是那本記載著神術的書被人偷走，從此沒了蹤影。來到林城讀研究所後，一次偶然的機會，白小若認識一個網友，那個網友跟她講了很多關於自己族落的歷史文化知識。

和周銘聊開後，白小若驚奇地發現，他竟然就是那個網友。

周銘一直都在關注一些神秘古族的歷史文化故事，這點我知道，他之前也曾和我探討過這方面的問題。

白小若說，周銘對於赤族的鑽研很深入，甚至推測赤族就是當年跟隨蚩尤的九大神族裡的巫術族，那本傳說記載著回魂神術的書可能是眞實存在的。爲此，周銘還找了很多野史上的記載和古代歷史上發生的事情來當佐證。

兩人聊了很長時間，後來白小若還去周銘家裡，晚上沒有回學校。

白小若和周銘很快成了男女朋友，兩人的共同興趣加快了他們的尋找進度，不久便發現一個秘密，那就是林宅可能和回魂神術有關係。於是，周銘和白小若偷偷去了林宅，但是他們進入林宅之後，卻陷入了一個詭異的圈套，最後周銘竟然賠上了性命。

說到這裡，白小若深深吸了口氣，從書包裡拿出一個筆記本。

「臨走的時候，他讓我把這個交給你。」

我接了過來，那是一個牛皮筆記本，還是我之前送給周銘的生日禮物。

「之前周銘說過，最好的朋友就是你。他出事後，我一直很害怕，本來想離開這裡的，但是想到他臨走時的託付，還是把你叫了出來。」白小若說道。

「你們在林宅時究竟發生了什麼？」我把筆記本收起來。

「那天我們趁著晚上去林宅，或許因爲之前林宅的恐怖傳言，一進去，我們就覺得鬼氣森森的。但直到我們看到一幅畫像，才感覺到眞正的恐怖。」

「畫像？」我的手一縮，愣住了。

「是的，是一個女人的畫像。那個女人很漂亮，穿著旗袍。我說這個你可能無法理解，我真的看到她在笑，然後一直看著我們。我跟周銘說，他不相信，說我是眼花了。後來，那個女人竟然從畫像裡走出……」白小若的語氣忽然急促起來，似乎在說一個天大的秘密。

「周銘是那女人害死的？」我問道。

「我不知道。當時我們驚呆了，急忙就往外跑。後來，周銘不知道為什麼被絆倒在地上，我拉他，卻怎麼也拉不動。然後，我看到那個女人慢慢走到周銘身邊，將他拉到畫像裡。也就是在那個時候，他把筆記本遞給我，讓我交給你。」

「等等，妳說那個女人把他拉進畫像裡？」我打斷了她的話。

「是的，本來畫像裡只有那個女人，周銘被她拉進去後，畫像上就多了周銘的樣子。當時我又驚又怕，連滾帶爬地跑了出來。我很害怕，不知道該找誰幫忙，也怕根本沒人會相信我說的。第二天一早，我鼓起勇氣去報警，可是還沒等我說，便聽到周銘遇害的消息。我知道你也許不相信，但這是真的。」白小若大口大口地喘著氣，似乎想要把心裡的恐懼全部吐出來。

白小若的話應該可信，我安慰了她一下便匆匆離開了。

回到家裡，我迫不及待地打開周銘留下來的筆記本。筆記本裡寫得不是特別滿，但很多內容都是關於赤族的神秘文化，其中說得最多的便是回魂神術。

筆記上說，赤族最早起源於上古時期蚩尤部落，當初蚩尤與黃帝交戰，黃帝每次都無法將蚩尤殺死，就是因爲赤族有回魂神術。後來，黃帝邀請九天玄女幫忙，最終在涿鹿將蚩尤殺死，並且將他的屍體分爲九塊，爲的就是破除回魂神術。

蚩尤死後，赤族的族長帶領部衆逃往深山，一直隱居。漸漸的，赤族便沒落了，最後更成了一個傳說。

周銘是在某次旅遊途中接觸到赤族的，然後便陷入其中，難以自拔。萬萬沒想到，竟然能遇到赤族的後人——白小若。

關於回魂神術的下落，周銘在筆記裡也記錄了一些傳說。當初掌管回魂神術的術士之女阿林楠愛上了族落外面的男人，因爲一次意外，男人快要失去生命，於是阿林楠背叛祖訓，將回魂神術偷走，用於復活所愛之人。

在筆記的最後，周銘記錄的是他推測的林宅秘密：當初阿林楠曾經去過林宅，從那以後便失蹤了。

看到這裡，我倒吸了口氣，阿林楠竟然去過林宅，難道赤族的回魂神術和林宅裡畫像上的女人有關係？

這個時候，門外傳來了一陣急促的敲門聲。

我慌忙將筆記本收起來，然後打開了門。

「又出事了。」杜森站著門外。

「怎麼了？」我看著他。

「還記得那幾個發現周銘屍體的學生嗎？」杜森說道：「其中一個男孩死了，而且收到了周銘的催命視頻。」

「催命視頻？」我呆住了。

杜森拿出手機，找到一個影片，按下播放鍵。

畫面上，周銘的屍體忽然動了，掙扎著站了起來，眼睛死死地盯著鏡頭，嘴巴一張一合，緩緩說出了一個字：「死……」

「這不可能吧？」看著這個畫面，我不寒而慄。

「早上接到報案，我第一時間做了調查。本來應該躺在停屍間等待解剖的周銘屍體，赫然不見了。上頭暫時把一切都壓住了，這案子太過詭異，你說，兇手會不會不是人啊？」杜森的眼神有些驚慌。

我頓時有些語塞，不知道該怎麼回答。

屍體詐屍

深夜的校園，一片寂靜。

藍沁偷接宿舍走廊照明燈的線路，悄無聲息地坐在電腦前，緊緊盯著眼前的顯示器。寂靜的宿舍內，只有點擊滑鼠和敲鍵盤的聲音。

QQ上，一個頭像閃爍起來，「我很孤獨，這裡只有我一個人，連個說話的人都沒有。」

訊息是一個名爲「我怕黑」的網友發來的。他的簽名很有個性，「我已經在黑暗中沉睡了太久，誰可以帶我走向光明呢？」

爲了吸引網友的關注，很多人都想盡辦法，編造各種稀奇古怪的簽名。「此人已死，有事燒紙」更是被網友追捧爲某一年最經典的簽名。

「哈……」藍沁打了個哈欠。

她有些累了，明天還要上課，本想著關機去睡覺，一個視頻請求的訊息突然彈了出來，傳訊息的人正是「我怕黑」。藍沁並沒有攝影鏡頭，倒是這個「我怕黑」的頭像旁邊，掛了個攝影鏡頭的圖示。

藍沁遲疑了幾秒，接受了請求。

很快，視頻欄裡出現了一個男生的樣子。他穿著白色的衣服，面目清秀，很是帥氣，藍沁的心莫名地緊張起來。

看見藍沁接受了請求，對方衝著攝影鏡頭揮了揮手。

藍沁沒想到，「我怕黑」竟然是個這麼帥氣的男孩，頓時睏意一掃而光，內心也沸騰起來。

他們開始聊天。聊了大約半個小時，「我怕黑」忽然發來一條訊息：「要不，妳過來找我吧，我們見個面。」

藍沁愣了愣，順手打了兩個字，「好的。」

訊息發過去後，藍沁便有些後悔了。現在都快十二點了，況且明天還要上課，如果對方不是什麼好人怎麼辦？

正猶豫著，對方發來了一個訊息：「我在實驗樓等妳。」

藍沁愣住了。

這個「我怕黑」竟然和自己在同一所學校?!

忽然，藍沁明白了。前幾天聽說實驗樓來了一個帥氣的助教，現在看來就是他了。想起之前宿舍舍友說起助教的歡喜，要是她們知道自己和助教約會，還不把她們羨慕死？

沒有多想，藍沁關了電腦，躡手躡腳地離開了宿舍。

實驗樓離女生宿舍並不遠，藍沁穿過一片林蔭道，很快走了進去。陰森的實驗樓裡，走廊的燈慘白無力地亮著。走到二樓，藍沁的手機響了，QQ上「我怕黑」發了個消息：「我在三號教室。」

藍沁忽然有些害怕了。

三號教室是解剖室，雖然藍沁早已經習慣了那些，但是三更半夜的，心裡還是有些忐忑。不過，轉念一想，助教就住在實驗樓，可能正在三號教室做事，便逕自向三號教室走去。

三號教室亮著燈，推開門，藍沁看見了助教。他正站在一具屍體前，手裡還拿著解剖刀。

「你好。」藍沁試探地打了個招呼。

助教慢慢轉過身，面無表情地看著她。

「你是新來的助教吧？」藍沁不好意思地低下頭，身體往後靠了靠，沒想到一下子撞掉了門後掛的資料板。她慌忙低身拿起資料板重新掛好，不好意思地朝助教笑笑。

資料板上記錄著最近送到醫學院的屍體資料，上面還有屍體的照片和名字。藍沁一邊尷尬地笑著，一邊不經意掃了一眼資料板上的內容，腦子一下子就炸了。

資料板上的屍體竟然就是站在自己面前的這個人，而這個人的名字竟然是周銘。他正身體僵直地向藍沁走來，藍沁感覺呼吸急促，整個心臟都要跳出來了。也不知道是哪兒來的力氣，就在那個屍體即將靠近的時候，她一下子回身拉開門，沒命一樣地跑了出去。

這是藍沁遇見周銘屍體詐屍的整個過程。雖然只是敘述，但依然看得出藍沁心有餘悸。

周銘的屍體離奇失蹤，後來出現在醫學院的實驗樓，還約了藍沁見面。這簡直就是天方夜譚！但是，藍沁的模樣並不像在說謊，並且之前死掉的學生也收到過周銘的催命視頻。

帶藍沁來找我的是她們學校的一名老師，名叫陳少樂，是我認識的一個朋友。

藍沁向他求助，他便想起我這個喜歡神鬼靈異的朋友。

「致恆，你怎麼看這事？」陳少樂似乎也有些疑問。

「不好說。這樣吧，你們先回去，如果這個人再出現，記得聯繫我。」

我和藍沁互留了電話號碼。

送走他們，我重新坐到了電腦面前，不知道爲什麼我總覺得藍沁這個名字有些熟悉，似乎在哪裡見過。正在思索的時候，我接到了林文麗的電話，她語氣很急，說在一家咖啡廳等我，希望我快點過去。

沒有多想，我收拾了一下，立刻出門。

在約定的咖啡廳，我見到了林文麗。

「你看看這個。」林文麗從包裡拿出一包東西遞給了我。

那包東西被黃布包裹著，一股陳舊的氣息撲面而來。

趕屍咒

打開後，我呆住了。那是一個斑駁不堪的小石像，石像的樣子很兇狠，看起來有些年頭了。我仔細看了看，驚奇地發現，這個石像和在林宅地下見到的那個鎮鬼夜叉頗爲相似。

「我母親留給我一些東西，一直寄放在親戚家。昨天晚上，親戚找到我，將東西給了我。都是一些雜物，但是這個讓我很意外，似乎和我們那天看到的石像一樣。」林文麗說道。

「這個是鎮鬼夜叉，我查過資料。對了，妳知道赤族嗎？」我忽然想起周銘筆記裡說的事。

林文麗一臉茫然，「我從小在國外長大，對國內的少數民族並不瞭解。」

看來林文麗並不知道阿林楠的事情。

「不過，那個趕我們走的老婆婆應該知道一些事，我在母親留給我的照片裡見到過她。」

林文麗說著又拿出了一個日記本，裡面夾著一張泛黃的照片，上面一共四個人，中間的一對男女甜蜜地依偎在一起，想必那就是林文麗的父母。兩邊還站了兩個人，其中一個我一眼就認了出來，就是那天在林宅地下見到的那個老婆婆，不過要年輕很多。

「母親在日記本裡記錄了一些資料，那個老婆婆叫六婆，是我父親的恩人。昨天親戚來給我送資料的時候，還特意說了一下。」林文麗說。

「那這個男人呢？」我指了指照片上的另外一個人，那是一個大約三十歲的男人，面目有些陰沉。

「這是我舅舅。」林文麗說：「就是他帶我去國外的，可惜我很小的時候，他就不在了。」

「那如此看來，我們或許可以找六婆瞭解一些事情。」我脫口說道。

「對，我找你就是想和你一起去找六婆。除了這件事，我昨天晚上還遇到一件很怪的事。」林文麗說著，往前湊了湊，然後將自己的手機打開，找到一段影片，遞給了我。

畫面有些暗，但還是可以看見影片裡一個男人在撞門。不過，那個男人撞門的姿勢有些僵直。幾秒後，畫面往前拉了拉，那個男人的樣子清晰了一點，定睛一看，竟然是周銘。

影片戛然而止。

「這是妳拍的？」我低聲問道。

「是的，可是周銘不是已經死了嗎？」林文麗疑惑地說：「如果不是親眼看見，我眞的會用各種方法來解釋的。」

「其實，妳不是第一個見到他的人。」我遲疑了一下，將藍沁的事情告訴她。

「這不可能吧！」林文麗覺得太荒唐了。

「是的，這不可能，除非趕屍咒是眞的。」我說。

「趕屍咒？」林文麗更加驚訝了，「湘西趕屍？」

「對，傳說湘西有一絕學，名曰祝由十三科，其中第十二科爲書禁科，裡面便有趕屍咒。這種趕屍咒可以讓屍體不死不腐，聽從其用。我懷疑，周銘的屍體被人下了趕屍咒，所以才會這樣。」

和林文麗從咖啡廳出來已經接近日落，我們決定一起去找六婆詢問。昨天林文麗的親戚告訴她，六婆住在林家老宅附近一個獨立的小房子裡，很少見人。

我們按照那位親戚的描述，終於找到了六婆居住的小房子。那房子是用石頭壘起來的，孤零零的，讓我聯想到墳墓。

門上似乎被火燒過，黑漆漆的，門環已經銹跡斑斑，如果不是知道六婆住在這裡，我真懷疑這根本就是一個廢棄的地方。

林文麗叩響了門環，不久後，門開了一人寬的縫隙，吱吱扭扭的，像是一頭喘氣的老牛。

看見我們，六婆臉一橫，準備關門。

「六婆，我是林文麗，林生的女兒。」林文麗慌忙推住了門。

六婆停住了動作，目光陰沉地看著林文麗，打量了許久，終於打開了門，把我們請了進去。

林家往事

房子很小，很壓抑。

六婆點了一根蠟燭，屋子裡亮堂起來。

我環視了一圈，這根本就不叫屋子。除了一張床和一張桌子，再無其他傢俱。牆壁上掛著一幅畫，看起來是近代山水畫，筆墨清晰，行雲流水，似乎是屋子裡唯一值錢的東西。

「丁剛回來了嗎？」六婆忽然說話了。

「我舅舅很多年前就不在了。」林文麗說道。

「哼，便宜他了。」六婆冷哼一聲。

「妳認識我舅舅嗎？」林文麗藉機問道。

「當然認識，當初要不是生少爺收留他，他早已經死了。」

六婆的表情陰晴不定，簡直就像一個老巫婆。

「六婆，林宅眞的有鬼嗎？那個鎭鬼夜叉怎麼會在那裡？」我直奔主題。

「妳男人？」六婆看了我一眼，問林文麗。

「不是，就是普通朋友。」林文麗臉上一紅。

「鎭鬼夜叉自然是用來鎭鬼的，如果沒有鎭鬼夜叉，妳早死了。」六婆突然抬高了聲音，湊到了林文麗面前。

林文麗嚇了一跳，差點撲到我懷裡。

「眞是不中用，跟妳爸媽比起來差遠了。也不知道丁剛是怎麼教妳的。」六婆搖了搖頭，歎了口氣。

林文麗的眼眶有些紅了，努力咬著嘴唇。

「六婆，文麗對父母的事知之甚少，如果妳能告訴她，她肯定很高興。這麼多年，她其實一直都希望知道父母的事，她舅舅很早就離開了她，之前她以爲這個世界上再沒有人知道父母的事了，沒想到今天能找到您。」我能想像林文麗一個女孩從小沒有父母的痛苦，便試著向六婆說情。

六婆的情緒緩和下來，歎了口氣，「好吧，不過我只能對她一個人說，小夥子，你先走吧。」

我一下子愣住了，轉頭看了一下林文麗。

「沒事，六婆，妳說吧。」林文麗沒有忌諱我的存在。

「好，既然妳同意，那我就說了。」六婆開始講述林文麗父母的事情。但是她一開口，便讓我們大吃一驚。

「妳的父親叫林生，母親叫丁柔，舅舅叫丁剛。他們三個……都是盜墓賊。」

「啊？」林文麗驚呆了。

這下我明白了六婆不想讓我在場的緣故。六婆對於我們的反應並不在意，繼續說了下去。

林生是在一次拍賣會上認識丁柔的，對她一見傾心。那個時候，考古文化很冷僻，很多人並不懂歷史的價值。林生和丁柔同時看上了一個明朝的花瓶，經過幾輪競拍，最終林生拿到了那個花瓶。讓人沒想到的是，散場的時候，林生竟然把那個花瓶送給了丁柔。

衆所周知，明朝的瓷器尤爲珍貴，依次按照汝、官、鈞、哥、定五大名窯排名品論。汝窯主要以青瓷爲主，因爲樣制繁雜，工藝非常，留下的少之又少。林生拍得的這個花瓶就是出自汝窯。

丁柔沒想到林生會將花瓶送給自己，第一個反應是，可能林生並不知道這個花瓶的真正價值。

但是，接下來林生說的話，卻讓丁柔瞬間對他有了不一樣的感覺。

「這個舉目相思瓶，本來是一對的，如今只剩一只，實在難以體現它的真正價值。」

拍賣會上對於這個花瓶的介紹是「青花龍耳抱月瓶」，很少有人看透它的眞實身份。那天的競拍，林生和丁柔各懷目的，但是沒想到卻遇到了心頭所愛。他們之所以競拍這只花瓶，是爲了透過這個花瓶上的線索，尋找另外一只花瓶。

兩只花瓶的主人分別是明朝一位姓歸的王爺和他的女人，據說這位隱姓埋名的歸王爺一生斂財無數，可是卻沒有人知道那些家產去了哪裡。直到歸王爺和他的女人死後，他的一位家丁才說了出來。

林生和丁柔都是盜墓出身，兩人一拍即合，決定一起尋找歸王爺的寶藏。在丁剛幫助下，三人最終找到了歸王爺墓陵的準確位置，在某個深夜前去盜墓。

沒有人知道在墓陵裡發生了什麼，他們一共去了五個人，只有三個人回來了。並且從此守口如瓶，再也沒有提關於歸王爺寶藏的事。

沒過多久，丁柔和林生結婚了，很快有了孩子。

本以爲可以這樣安穩平淡地過日子，但是丁剛卻在丁柔臨盆前幾天找到林生，兩人又一次去了歸王墓陵。

這一次他們成功了，但是也惹了一些麻煩。

丁剛在丁柔分娩的時候回來了，帶走了剛出生的孩子；林生再也沒有回來，丁柔則在丁剛走後，死在了林宅。

再入林宅

沒想到林文麗的父母會有那樣的經歷，可以確定的是，事情的變故定然和那個歸王爺的墓陵有關係。

從六婆家出來，我們誰都沒有說話。

午夜時分，夜幕特別濃重。

我一直陪伴著林文麗，直到她忽然說起了自己的童年。她一反平時的職業風格，七零八碎講了很多。當然，更多的是關於她對父母的渴望。

說著說著，林文麗哭了起來，「真沒想到，竟然會是這樣。」

我不禁伸手拍了拍她。

這時候，手機響了，是陳少樂。

「怎麼了？」林文麗停止了哭泣。

「林宅又出事了。」我掛掉電話說道。

我們在林宅外面看見了焦急等待的陳少樂。他說，半個小時之前接到了藍沁的求救位置訊息，立刻根據訊息來到了這裡，想起之前這裡發生的事情，便給我打了個電話。

我提議立刻進林宅去尋找藍沁。陳少樂有些猶豫，但是當他知道林文麗就是林宅主人後，便沒有再說什麼。

藍沁的電話一直無法接通，可能是手機在信號死角。

我建議從地下室開始找，果然，剛到地下室門口，便看到了昏倒在地的藍沁。上次我們來的時候，地下室還點著蠟燭，這次卻漆黑一片，只有藍沁的手機亮著燈，將整個地下室照得昏暗詭譎。

對面依然是那一幅鬼魅般的畫。有了上次的經驗，我和林文麗立刻扶起藍沁準備離開。但是，陳少樂的目光卻定在那幅畫上，還打開自己手機上的手電筒，仔細地觀察起來。

我忽然想起來，陳少樂是一個歷史系高才生，莫非他發現了什麼？

果然，陳少樂的目光開始閃爍，不停地上下晃動著手機。那幅畫隨著光亮明明滅滅，畫像上的女人彷彿是隱藏在牆壁上的暗影，隨著燈光若隱若現。

「這太神奇了，這裡怎麼會有臨仙神圖？」陳少樂驚歎著。

「少樂，我們最好快點離開，否則會出事！」我想起了上次和林文麗的遭遇。

「是這樣嗎？」陳少樂說著，一下子關掉了手機的燈光。

地下室忽然有了亮光，猶如白晝。

這種感覺和上次一樣，畫像清晰地出現在我們面前，上面的女人也開始如水紋一樣慢慢蕩開，最後立體般地出現在我們面前。

又來了！

我往後退了一步，緊緊靠著林文麗。就在我們不知所措的時候，眼前的畫面突然像被人捲起來一樣，光亮開始褪去，黑暗覆蓋畫面，最後匯成一道細細的光亮，那竟然是陳少樂手裡的手機光亮。

「這是怎麼回事？」我們驚呆了。

「走，我們先離開這裡。」陳少樂揮了揮手。

我們一起離開了地下室。藍沁沒什麼事，應該是精神太過緊張，身體有些虛脫。安頓好藍沁，我和林文麗迫不及待地拉著陳少樂問起原委。陳少樂便講起了地下室畫像的秘密。

陳少樂的父母都是歷史老師，家裡擺的大多是歷史方面的書籍。很小的時候，他就讀過家裡的各類歷史書，其中有些是父親從民間搜集的野史。

高中時，陳少樂迷上了畫畫，但是因爲父母的關係，在高考塡報志願的時候，最終選擇了歷史類專業，但對畫畫依然癡迷。

他曾經跟隨父親去參加過一次歷史作品展覽會，在那裡見到過一幅畫，據說出自明朝，是一名女子所作。畫的是一座輝煌的古城，在那座城市裡，所有的房子，甚至地上的石頭，都是用黃金做成的。

展覽會上的工作人員說，那幅畫不過是一個女子對財富的渴望，世界上怎麼可能會有這樣的地方呢？

是的，大家都覺得那不過是一幅寫意畫，不可當眞，但是年少的陳少樂卻迷上了它。當天晚上，他偷偷溜進展覽室，又一次來到那幅畫面前。

這一次，他發現了畫裡的秘密。微型手電筒的光線照射下，畫上的城市彷彿活了一樣，恍惚間，他感覺自己走進了那個畫裡描述的黃金城。自己似乎成了黃金城裡的一員，身邊的人川流不息，金燦燦的光澤下，無法分辨自己究竟是在畫裡，還是在夢裡。

等到陳少樂醒來的時候，已經在醫院了。父親在展覽室的朋友發現了他，把他送到了醫院。當他告訴對方自己發現那幅畫的秘密時，那個名滿畫界的老畫家，竟然顫抖著抱住了他，告訴他那是臨仙神圖，並且囑咐他，無論什麼情況都不要對外人說這件事。

後來，陳少樂開始熱衷於歷史研究，尤其是繪畫方面。可是，關於臨仙神圖這種幾乎玄幻的說法根本沒有正統科學的解釋，只是一些野史傳說留有記載。

「歷史上的確沒聽過關於這種臨仙神圖的說法。」我對歷史的研究雖然沒有陳少樂通透，但是作爲一名懸疑小說作家，這類神秘玄乎的東西知道得也不少。

「從心理學來說，這是人受到暗示形成的錯覺。」林文麗說。

「不，它是眞實存在的。」陳少樂堅定地說道。

大三的時候，陳少樂參觀了很多考古現場，大多和古代畫家有關的。對於古畫的技法，陳少樂瞭若指掌，希望能找到關於臨仙神圖的資訊。終於，在一個蜀中地區的考古現場，他發現了一則碑文。

上面說，當初蚩尤兵敗涿鹿後，他的部下四處逃散，其中一個部落流落巴蜀，隱藏身份。

這個部落的人擁有神織的巫術，可以用特殊的材料織出幻境神像。本來族落一直安然無恙，但在漢朝時，因爲收留了一個外人，朝廷派人將族長帶走了。

這個發現讓陳少樂驚喜不已。根據野史記載，漢武帝曾經見過西王聖母，還曾經和神仙談經論道。

陳少樂推測當時漢武帝看到的西王聖母以及神仙，其實就是那個被抓走的族長畫的臨仙神圖。

「一幅畫？這不可能吧？」聽到這裡，我不禁叫了起來。

「普通畫當然不可以，但如果你知道臨仙神圖的結構就明白了。」陳少樂接著講起了臨仙神圖的結構，「我們都知道一幅畫就是平面展示，但是如果這幅畫根本不是畫出來的，而是用繩子編出來的呢？」

「編出來？」林文麗和我對視了一眼，有些疑惑。

「是的，我曾經觸摸過那幅黃金城，還有剛才那幅畫，它們都是用特殊的材料編出來的，並且不止一層，同一個畫面可能用了好多層。編排類似於現在我們做的動畫，一層相當於一幀，每層都有細微的變化，所有的畫層疊到一起。等到機關開啓，整幅畫就像一個動畫一樣，在我們眼前播放。」

「這也太神奇了吧？怎麼可能做到？」我驚呆了。

「其實，歷史上有一些作品用過這種手法，只不過都沒有臨仙神圖這麼龐大、複雜。可惜，我們無法得知這幅畫是誰做出來的，否則一定可以知道更多的資訊。這絕對可以震驚考古界和畫界的。」陳少樂有些失望地說道。

這個時候，藍沁醒了過來，眼神裡透著說不出的恐懼。她說下午的時候接到網友「鬼點燈」發來的訊息，說他們之前在林宅中了詛咒，如果想解開詛咒，必須去林宅還咒。

想到之前發生的種種怪事，藍沁便答應和「鬼點燈」一起去林宅還咒。走進林宅的時候，藍沁心裡還是很怕，便給陳少樂發了個自己位置的資訊。

進到林宅，藍沁並沒有見到「鬼點燈」，就在她準備離開的時候，卻看見一個陰沉的老婆婆。她嚇得四處尋找出口，不料卻跑進了通往地下室的房間裡。之前我們經歷過的種種恐怖畫面向藍沁襲來，她內心再也承受不了這種恐懼，便暈了過去。

藍沁見到的老婆婆應該是六婆。

那麼，疑問來了，「鬼點燈」爲什麼會約藍沁去林宅呢？我忽然想起來，藍沁就是之前在林宅發現周銘屍體的三個學生之一。

最開始杜森跟我說過，但是我沒記清楚。那個死了的學生叫胡曉峰，還有一個女孩叫韓莎莎，胡曉峰出事後，韓莎莎便回了家。

「我覺得還是找員警吧。」我覺得這個「鬼點燈」有很大嫌疑，當初如果不是這個人提議，藍沁他們也不會去林宅，自然也不會發現周銘的屍體。這樣的調查，還是交給警方好一些。

「可是，那個詛咒……」藍沁有些擔心地說。

「這世界上根本沒有詛咒。」林文麗安慰她。

「眞的嗎？可是爲什麼『鬼點燈』要騙我？」藍沁還是一臉擔憂。

「網上的人虛虛假假，最好不要信啊！你們都沒有見過面，萬一是壞人呢？女孩子，還是要學會保護好自己。」林文麗拍了拍藍沁的肩膀。

「我們見過面的，她是個女孩。」藍沁忽然說道。

「妳們見過面？」我和陳少樂不禁對視了一眼。

「是的，她懂很多神秘的東西。她好像來自一個少數民族，叫什麼赤族。」藍沁想了想說。

「赤族？她叫什麼名字？白小若？」我脫口問道。

「對，她眞名是叫白小若，你怎麼知道的？」這一次輪到藍沁驚訝了。

「赤族就是我說的那個關於臨仙神圖的族落啊，沒想到眞的有這個族！」陳少樂跟著又說了一個爆炸性的資訊。

「這太神奇了吧？」林文麗張大了嘴巴。

「還有更神奇的，周銘深愛的女人就是白小若，也是因爲她，他才去林宅。」

我苦笑了一下，說道。

「發生的這些事太恐怖了，我決定下週離開這裡。本來家裡就給我安排好出國的，你們也一定要小心。」藍沁歎了口氣說道。

「好吧，希望妳忘掉這裡發生的不愉快。如果有一天找到了眞相，我會告訴妳。」我說。

韓莎莎

似乎所有的線索都明朗了起來。周銘是因爲白小若才去了林宅，最終遇害。胡曉峰、藍沁和韓莎莎也是因爲白小若才去了林宅，結果發現了周銘的屍體。

傳說的回魂神術和臨仙神圖都和赤族有著密不可分的關係，而白小若又說自己是赤族的後人。

我把這一切告訴了杜森。杜森第一時間安排人去找白小若，但是卻撲了個空。這幾天，杜森一直在追查周銘的屍體，卻沒有任何線索。

這件事知道的人不多，但是也沒有辦法隱瞞太久。

「眞是奇怪，屍體就那樣失蹤了，所有關於屍體的監控畫面都是一片空白。」杜森鬱悶地端著酒杯。

「你還沒見林宅下面的恐怖事情呢，畫上的女人竟然走出來！不過，那是障眼法，陳少樂已經跟我解釋了。一開始我也以爲見鬼了，如此看來，這世界根本沒有所謂的鬼神。我們都是接受過高等教育的人，不要相信那些無稽之談。」我已經有些微醉了，聲音大了起來。

「好了，不要說了。」杜森拉了拉我。

酒吧裡，似乎沒有人注意我們說話，又似乎都在注意我們說話。以前我和杜森、周銘三個人經常在這裡喝酒，如今只剩下我們兩個，心裡有說不出的難過。

這個晚上，我醉得一塌糊塗。腦子裡全都是天馬行空的畫面，一會兒是和周銘在戶外探險的情景，一會兒又和杜森一起去現場勘查，最後竟然和林文麗闖進了一個空空蕩蕩的地下世界。在看不到盡頭的黑暗走廊裡，林文麗拉著我的手一直走一直走，兩人心裡充滿絕望。

我說：「沒想到最後竟然死在了這裡。」

林文麗說：「這也許就是我們的命運。」

我說：「妳是心理學專家，應該說一些鼓勵的話吧。」

林文麗苦笑，回道：「心理學家也是人，面對這樣的事情，我也無能爲力，不如現實點。」

我說：「眞沒想到，我們竟然成了亡命鴛鴦，都還沒結婚呢。」

林文麗跟著說：「看來只能下輩子了。」

莫名的，我們就抱在一起，深情接吻。

突然，一片刺眼的光打碎了所有的畫面。我睜開了眼，看見杜森拉開窗簾。我的腦袋一片沉重，從沙發上坐了起來。今天杜森要去韓莎莎家裡走一趟，我也沒什麼事，便順道和他一起過去。

韓莎莎的家在一個偏僻的城鎮，我們驅車兩個多小時才到。

讓我們意外的是，韓莎莎並不在家，她的父母對我們的到來顯得很抵觸。在杜森連哄帶嚇下，韓莎莎的父母告訴我們，爲了安全起見，他們把韓莎莎送到了山上一個神婆那裡。

「這不胡鬧嗎？相信神婆？快帶我們過去。」杜森一臉不快地說道。

路上，韓莎莎的父親告訴我們，他們也是沒有辦法才這麼做的。

韓莎莎回來後一直發燒、說胡話。他們找過醫生，但是沒有好轉，後來她外婆提議去山上杜陰婆那兒看看。

杜陰婆在附近四鄉八里特別出名，很多無法解決的怪事，大家都找杜陰婆。韓莎莎的父母無奈之下，才將她送了過去。

山路不好走，我們一直走到天黑才到了杜陰婆的家。那是一座修葺在半山腰的石板房，四周一片陰森，只有房子裡點著細小的蠟燭。

房子內，韓莎莎坐在床上，一臉呆滯。旁邊坐著一個面目陰沉的老太婆，直勾勾地看著我和杜森。

「妳好，杜婆婆，我是員警，需要找韓莎莎瞭解一些情況。」杜森亮明了自己的身份。

杜陰婆點了點頭。杜森看了我一眼，我們走到了床邊。

「妳不用怕，我是杜警官，之前在公安局我們見過面。」杜森說道。

杜森的友好讓韓莎莎僵直的表情緩和了很多，眼神也變得溫和起來。

「我知道胡曉峰出事前曾經找過妳，你們還一起出去了一趟，能和我說一下你們去了哪裡嗎？他找妳說了什麼？」杜森問道。

韓莎莎點了點頭，說道：「胡曉峰那天約我去吃飯，因爲宅子裡的事，我們都很害怕。我並沒答應出去，後來他來宿舍找我，我才和他出去了。他跟我說想回家待幾天，我們喝了點酒。回去的時候，我們看見藍沁一個人在馬路對面，我們喊她，但是她卻沒聽見。我們準備過去的時候，卻看見一輛車停在她面前，把她帶走了。

當時天色有些暗，胡曉峰想上前看看，但沒看清帶走她的人是誰。」

「後來呢？」杜森繼續問。

「後來胡曉峰說要去看電影，我覺得太累，就拒絕了他。他也沒勉強我，我便回了宿舍。晚上的時候，我接到他的電話，他說發現了一個秘密，我問他是什麼，他說現在不方便說，第二天再告訴我。第二天，我想再問他，結果他卻……」

後面的事，我們自然是知道的。

「胡曉峰死了的那個晚上，我很害怕，特意去了隔壁宿舍，和其他人住在一起。但是半夜的時候，其他人都睡了，我感覺有人在拉我的被子，並且一直在喊我的名字。我害怕極了，偷偷從被子縫裡望了一眼，卻看見胡曉峰站在我的床邊。我睡在上鋪啊，他竟然就站在那裡，你說那不是鬼是什麼？我一動不動地繃著身體，不知道過了多久，聽見下鋪的同學喊我，我才露出了頭。你們肯定不相信，你們是員警，怎麼會相信有鬼呢？」韓莎莎的語氣開始急躁起來，大口大口地喘著氣。

「世間萬物，各安其命。任何事都沒有絕對的可信，也沒有絕對的不可信。」這個時候，一直沉默的杜陰婆忽然說話了。

「後來，我收到了一段影片，就是胡曉峰死前收到的那個催命視頻。周銘明明死了，我們親眼看見他的屍體的，但是他在影片裡動了，還說話了。他一定也會殺了我的，一定會的！」韓莎莎的情緒徹底失控了，身體開始瑟瑟發抖。

旁邊的杜陰婆立即走到她身邊，扶住她並且按著她的人中穴，嘴裡嘟嘟囔囔不知道說了一些什麼，她的身體慢慢平復了下來。

杜森還想問什麼，卻被杜陰婆拒絕了。

我想幫忙爭取，卻被杜陰婆用力推了一下，我措手不及，打了個趔趄，身體撞到了旁邊的牆壁上，口袋裡掉出來一樣東西。

是林文麗交給我看的那個鎮鬼夜叉的小石像。

看到小石像，杜陰婆的臉一下子像死人一樣難看。

驚變

回去的路上，我和杜森都沒有說話，想著臨別時杜陰婆的忠告。

「天命不可違，看來一切早已註定了。」看到那個鎮鬼夜叉，杜陰婆的情緒發生了很大的轉變，臉色先是更加陰沉難看，像是看到了什麼恐怖的東西，轉而又變成了無奈，最後是絕望。

「這種神婆就會這樣。你記不記得韓莎莎說，胡曉峰出事前，他們看到藍沁上了一個人的車，之後胡曉峰說他發現了一個秘密。你說，這個秘密會不會和藍沁有關係？」杜森打斷了沉默。

「怎麼會聯繫到藍沁身上？」我反問道。

「我是從直接推理聯想的，韓莎莎說當時胡曉峰想跟過去看看藍沁上了誰的車，但沒看清楚。後來，胡曉峰告訴韓莎莎他發了一個秘密，當下不方便說，我懷疑那個秘密會不會和藍沁有關。或許胡曉峰知道藍沁上了誰的車，那個人讓他覺得意外，但不知爲什麼，沒有直接跟韓莎莎說。也許是胡曉峰發現的這個秘密，惹來了殺身之禍。」杜森的一系列疑問都把矛頭指向藍沁。

「你說這個世界上有屍體復活這種事嗎？」我沒有回答杜森的問題，而是問了另一個問題。

「從員警的角度看，不可能。即使有人看到了，也可能只是錯覺或者心理暗示。屍體怎麼能復活呢？」杜森搖搖頭。

「視頻裡的屍體可以作假，但是現實裡的屍體復活卻無法作假。」我也很想弄清楚這是怎麼回事。

胡曉峰被害的時候，我看到了周銘屍體說話的視頻。接下來，陳少樂帶著藍沁找到我，藍沁告訴了我她遇見周銘屍體復活的恐怖遭遇。

再後來，陳少樂帶我和林文麗去林宅尋找藍沁，然後我們知道了臨仙神圖的事情。最後，白小若浮出水面，成爲所有問題的解鈴人，但是她卻失蹤了。

杜森的思路讓我悚然一驚，似乎有些東西把我繞進去了。我開始仔細回想關於陳少樂的事情。最初，我們是在一個懸疑交流會上認識的，陳少樂說的一些話題和我挺投機。交流會結束後，我們又聊了很久。陳少樂從事歷史教學工作，所講的東西都有歷史根據和可信度，聽起來很眞實。後來，我還經常去找他詢問一些歷史方面的神秘資料。

可是，仔細想來，我對陳少樂的瞭解並不多。他總是一副溫和儒雅的樣子，金絲眼鏡後面的兩隻眼睛彷彿帶著深不見底的迷霧，讓人無法看清。

這時候，杜森的電話響了。

「剛才上頭給了我答覆，搜查令下來了，可以對林宅進行徹底調查了。」杜森欣喜地說道。

「對林宅進行搜查？」我愣住了。

「周銘出事後，我便提議對林宅進行全面搜查。本以爲很快就會批准，沒想到拖了這麼久。林宅的建築結構有些複雜，它的地下一層連接著一個古建築，那個古建築之前政府一直沒有對外公開。」杜森道出了原因。

「林宅的地下一層？古建築？」我感覺十分驚奇。

「林宅事實上是建在一個古墓上面，之前發現的時候，考古研究所已經將它的資料和預估價值交給政府。但是因爲一些特殊原因，那裡一直沒有挖掘。這些我也剛剛才知道。估計那個古墓沒什麼高價值的文物，否則早被盜墓賊光顧了。」杜森說著打開了車燈，我們已經進入了市區，車速也慢了下來。

如果林宅下面是個古墓，那麼我們在地下室見到的那些，很可能和古墓有關。陳少樂應該早就知道林宅下面是個古墓的事情，爲什麼卻裝作不知道呢？

一連串的疑問將我拉進了一個看不到邊的黑網裡，我決定找一趟林文麗。

我讓杜森送我去林文麗的親戚家裡，林文麗卻不在。

「她去了醫院，走得很急，電話都沒拿。」林文麗的親戚說。

這麼多醫院，她去了哪個呢？我的頭都大了。正在我準備找人幫忙的時候，林文麗卻打來了電話。

「我在一八〇醫院，六婆快不行了。」

「什麼？我馬上過去。」我掛了電話，立刻向一八〇醫院趕去。

在急診室門外，我看到了一臉焦急的林文麗。

「六婆快不行了，她要見你！」看見我，林文麗焦急地說道。

我跟著林文麗走進了急診室。

床上的六婆臉色蠟黃，嘴唇蒼白，眼睛渾濁。眞難以想像，昨天看起來還好好的六婆，怎麼一天時間就變得奄奄一息了。

「你……來……」六婆抬抬手，指著我說。

我湊了過去，握住了她的手。

「鑰匙被偷走了，要找回來，那是屬於……屬於你們的。」六婆斷斷續續地說。

「什麼鑰匙？誰偷走了？」我慌忙問道。

「臨仙殿裡臨仙宮，歸王愛妃歸王送。」六婆呢喃著兩句話，我和林文麗聽得一頭霧水。

「六婆，誰偷走了鑰匙？」林文麗急問。

六婆指了指自己的口袋，我伸手探了進去，裡面有一支手機。

我拿了出來，遞給了她。

「照……片……」六婆說完這兩個字，旁邊的監視儀發出了嘀的聲音，儀器上出現了一條直線。

尋訪

六婆的手機相冊裡只有一張照片，上面的人很清晰，也很漂亮，是白小若。

根據六婆臨死前說的話，可以確定，是白小若偷走了鑰匙。這點，很快我從杜森那兒也得到了確認。只是，讓我有些意外的是，報案的人竟然是陳少樂和藍沁。

看來所有的答案都在白小若身上。杜森將白小若的資料調了出來，她的老家在西南一個偏遠之地。林文麗堅持讓我和她一起去尋找白小若，完成六婆的心願。杜森也覺得線索現在卡在白小若身上，要跟我們一起過去。有了杜森，很多事我們做起來就方便了。

讓我們沒有想到的是，出發的時候，竟然見到了陳少樂。

「這一次我們要和赤族人打交道，是陳少樂主動申請幫忙的，我們需要這樣一個人。」杜森說道。

雖然我有些不情願，但是杜森的考慮不無道理。一天一夜的火車，坐得有些累人。在火車上，杜森和陳少樂很少說話，偶爾起來看看風景。林文麗則顯得有些興奮，也許是在國外太久的緣故，對國內很多風景都好奇，只是想起六婆，她的心緒便有些低落。看出她的心思，我便一直安慰著她，這一點被杜森看在眼裡，時不時會對我們開個玩笑。

火車經過隧道的時候，我忽然想起了那天晚上的夢。在夢裡，我和林文麗被困在一個看不到盡頭的地下走廊。夢的最後，我們互相擁抱、親吻……

火車穿過隧道時，我覺察到林文麗的手緊緊拉著我的衣角。之前她說過，很小的時候她就怕黑，怕打雷。那種感覺像是心裡住著一個魔鬼，在夜深人靜的時候，猙獰地對她吼叫。

也許，這是父母從小不在身邊的緣故。

我伸手握住了她的手。那一刻，我看到她眼裡閃過的光芒，像璀璨的星星。

來接我們的是當地派出所的員警，名叫張迪，對於我們的到來，顯得很熱情。他開著一輛有些破舊的麵包車，將我們的行李放好便出發了。本以爲沒有多遠，沒想到竟然足足開了四個小時。

林文麗翻看著地圖，想尋找這裡的座標。但陳少樂卻打碎了她的希望，「這裡屬於西南偏北，地圖上的座標是一片森林或者一條河流。」

「陳老師說得很對，這裡沒座標。你們看，前面的山就是你們說的那個地方，當地人叫它火神山，自古就傳說那裡住著火神，民衆都不敢靠近。後來，才知道那裡住著一個族落，因爲怕外人騷擾，才對外說住著火神。」張迪說道。

張迪說的火神山就是赤族的族落所在，不過現在那裡早已經沒人住了，居民紛紛搬到山下的合林鎮上。

白小若的籍貫也在合林鎮，事不宜遲，我們提出馬上去合林鎮。不料，卻遭到拒絕。

「每個地方都有一些獨特風俗。合林鎮上的居民大部分是從火神山上搬遷過去的，從今天到後天，他們要舉行祭祖儀式。這期間，是不讓外人進去的。你們眞想過去，只能在三天以後。」張迪解釋道。

「這都什麼時代了，還可以這樣？」杜森無法相信，「我們是警察，也不能進嗎？萬一有什麼不法活動呢？」

「合林鎭裡也有我們的同事，這是他們的傳統。」張迪無奈地攤了攤手。

「這個我知道，中原的祭祖大典也是這樣，只不過那是公開的。歷史上，有很多族落舉行祭祖儀式都是隱密的。」陳少樂跟著說道。

「那我們怎麼辦？」林文麗說。

「沒事，我已經給你們安排好住處了，就在我們派出所旁邊的招待所，不過條件簡陋，希望不要介意。」張迪笑著說。

「那眞要謝謝你了，本來我們還想著到了再找賓館，剛才來的時候看了一下，根本沒有賓館、旅店啊！」我鬆了口氣。

「是的，這裡很少有外人來。」張迪帶著我們向前走去。

招待所雖然簡陋，但是很乾淨，張迪安排好我們後便離開了。我的房間挨著林文麗的房間，對面分別是杜森和陳少樂的房間。

坐了太久的車，很疲憊，我一頭栽到床上睡了起來。

不知道過了多久，我聽見有人叫我。迷迷糊糊睜開眼，竟然看見杜森和林文麗坐在我的床邊。

「你們怎麼進來的？」我一下子坐了起來。

「門都沒鎖就睡了？」杜森白了我一眼。

「是啊，睡得這麼死，都不知道我們進來了。」林文麗跟著笑了起來。

「你們要幹什麼？莫不是要偷偷潛入合林鎮吧？」我忽然明白了過來。

「當然，難不成我們眞的在這裡等三天啊？再等三天，估計什麼都查不到了。」杜森說道。

「那陳少樂呢？」我這才發現陳少樂並沒有跟他們在一起。

「他不願意做這種事，畢竟他是尊重歷史的。」杜森歎了口氣。

「那我們現在就走吧。」我站了起來。

赤族公主

我們沒有走大路，杜森吃飯的時候跟招待所的服務員套出了一條小路，三人從鎮子後面繞山路而行。

合林鎮依山而建，合林山地勢不高，看起來就像是合林鎮的一個屏風。我們沿著山路，藉著樹木的遮掩，暮色四合時來到了合林鎮的後面。

萬萬沒想到，我們見到的第一個赤族人，居然就是白小若。看見我們，她也驚呆了。此時的她頭戴翎毛頂帽，身著五彩花衣，手上和脖子上還戴著一些銀光閃閃的首飾。

「你們快藏起來，千萬別被人發現！」白小若驚慌失措地將我們帶到附近的一片坡地後面。

很快，前面過來了一群人，衣服和白小若一樣，無論男女，都滿臉興奮，每個人都舉著一個火把，將周遭映得通亮。

我之前在網上看過一些少數民族的祭祖影片，儀式大都一樣，最開始是要懷念祖上，然後是祭拜圖騰、唱祭祀之歌，最後是一起共舞之類的。赤族的儀式稍微有點不一樣，他們一開始便唱歌，雖然聽不懂內容，但是旋律悲傷，似乎是輓歌一樣的曲調。然後，一個老者拿著一本破舊的書講述，最後一群人圍著圈子跳舞。

白小若自始至終都坐在中間，無論是唱歌還是跳舞，都沒有動。一直到最後，衆人跳完舞，四個赤族人拿著一張巨大的照片走到中間，白小若才站了起來。

那似乎是他們前人的照片，所有人都在跪拜，只有白小若站在那裡。

那張照片被轉了過來，明亮的火把照射下，可以清晰地看見，那竟然是六婆的照片。

「怎麼是六婆？」林文麗驚呆了，脫口喊道。

她的聲音不大，但是在空寂的野外卻格外清晰。

前面正在跪拜的人群一下子站了起來，目光齊齊地掃向我們的藏身之處。我看著杜森，苦笑了一下。我們藏身在坡地下面，唯一的出路在坡地的上面，赤族的人只要站到坡地，我們便顯露無遺了。

果然，赤族人開始往這邊走。白小若似乎在和那個老人說著什麼，但是並不管用。就在我們不知所措的時候，林文麗忽然站了起來，走了過去。

這一下，我和杜森沒得選擇了，只好跟著走了出來。杜森掏出了員警證和配槍，雖然我知道那裡面根本沒子彈。

「我是員警，不信你們可以問問張迪。」杜森試圖用張迪的名字來壓制眼前的狀況。

「我們也是員警，張迪又怎樣？就是劉局長，也要尊重我們的風俗。你們偷看我們的儀式，我們可以懲罰你們。」旁邊有兩個男人叫了起來。

「大家不要急，我們眞的不是有意的。」我慌忙說道。

「六婆是你們的什麼人？」林文麗似乎對眼前的一切並不懼怕，看著面前六婆的照片問。

「什麼六婆？」白小若愣住了。

「就是照片上的人。」林文麗指了指。

「她是我們赤族的公主。」白小若頓了頓，「也是我失散多年的母親。」

我們愣住了。

「是阿林楠？」我忽然想起周銘在筆記本裡寫的那個傳說，脫口問道。

「是的，阿林楠是她的名字，可是她爲了一個外人，拋棄了赤族，甚至拋棄了自己的女兒。她是赤族的恥辱、背叛者！」一直沉默的那個老者說話了。

「不，她不是那樣的人。」林文麗情緒突變，大聲喊了起來。

「看樣子，妳跟她很熟悉。我看妳長得跟那姓林的有幾分相像，我問妳，妳和林生是什麼關係？」老者往前走了一步，咄咄逼人地問道。

「你認識我父親？」林文麗愣住了。

「妳是林生的女兒？」這一次輪到老者愣住了。只見他遲疑了幾秒，用幾乎是哭腔的語調大聲喊了起來，「天意啊，祖上有靈，祖上有靈啊！沒想到我們赤族多年的恥辱，今天可以洗清了。」

鬧了半天，林文麗的父親竟是赤族的仇人。難道當年阿林楠就是因爲林生才背棄赤族的？如果是這樣的話，我們今天又闖入赤族的祭祖儀式，新仇加上舊恨，這下慘了。

「白小若，我有東西給妳看。」林文麗對於老者的話並不在意，逕自走到白小若的身邊。

那是六婆臨死前交給我們的手機。

「這是妳母親臨死前給我們的。我想她從來都沒有忘記過妳，甚至一直都知道妳的存在。」林文麗將手機遞給了白小若。

那張照片是白小若在一個咖啡館的畫面，從拍照角度看，當時六婆應該是在窗戶外面。白小若的眼淚流了出來，兩隻手微微顫抖。

「成老，讓她交出回魂神術，這是唯一的機會。」這時候，旁邊一個男人對老者說道。

「對，當初阿林楠為救妳的父親，將回魂神術偷走，只要妳交出回魂神術，過往恩怨就一筆勾銷。」成老看著哭泣的白小若，對林文麗說道。

「我插一句。」我走了過去，「林文麗從來沒有見過自己的父母，從小在國外長大，剛回來沒幾天。我想你們說的回魂神術，她根本不知道。小若，妳解釋下，妳一定瞭解的。」我看著白小若說。

「是的，成老，他們並不知情。現在我母親已經死了，那些東西可能也沒有了吧？」白小若盯著手機上的照片，依然無法停止抽泣。

「冤孽，一切都是冤孽……」成老喃喃地說著，一下子癱坐到了地上。

對於我們的闖入，赤族人已經沒有了之前的敵意。也許是父母的原因，白小若和林文麗格外投緣。杜森則和幾名當員警的赤族族人聊在一起。我的心裡一直有些疑惑，這些疑惑想必只有成老能幫我解答。在我軟磨硬泡下，成老將林生和阿林楠的事情告訴了我。

誰是兇手？

二十多年前，林生路過火神山，不慎被毒蛇咬傷，昏倒在地，比他大十五歲的阿林楠救了他。

也許是從來沒有見過外人，林生的談吐和見聞深深吸引了阿林楠。時間一久，兩人便戀愛了。只是，愛情來得快，走得也快。林生離開的時候說一定會回來找阿林楠。起初，阿林楠一直期盼著，可是兩年過去了，林生卻一直沒有回來。

後來，阿林楠在父母和族人的壓力下，不得不選擇嫁人，不久生下了阿林若，就是白小若。

本以爲，林生已成爲了一個回憶。誰知，林生有一天突然又來到火神山，還帶著一男一女兩個人。興奮的阿林楠以爲林生來接自己了，卻很快就發現那個隨行的女人竟然是林生的愛人。阿林楠很傷心，但想到自己也已經嫁人生女，便以朋友的身份隆重地接待他們。

事實上，林生並非專程來看阿林楠，而是來尋找歸王神墓的。一直以來，赤族還背負著一個秘密，那就是守護歸王神墓。幾天後，林生三人離開了火神山。又過了一年，林生與一年前同來的那個男人重返歸王神墓，林生不幸中了機關。讓所有人沒想到的是，阿林楠竟然偷走了回魂神術，想要救回林生的命。從此以後，阿林楠便再也沒有回來過。

白小若並沒有因為母親的事情受到族裡人的歧視，十八歲那年，她發誓要將母親找回，要將回魂神術找回來。於是，她一個人離開了合林鎮，去了外地。

如此看來，阿林楠對林生頗為癡情。即使林生死了，依然守候在林宅。

我忽然想起阿林楠死前曾經念的那兩句詩，還說有人偷走了鑰匙。

「臨仙殿裡臨仙宮，歸王愛妃歸王送。這我從來沒聽過，不過我知道臨仙殿就是歸王神墓。歸王生前特別喜歡畫畫，很多畫像栩栩如生，堪稱神來之筆，所以他為自己的墓陵取名臨仙殿。」成老也不知道那兩句詩的意思。

聽到這裡，我的腦海裡一下子蹦出了一個驚人的反應。

起初我們以為是白小若偷走了鑰匙，現在看來白小若根本沒有偷鑰匙，那偷鑰匙並且害死六婆的人是誰呢？

想到這個，我趕緊走到了杜森他們身邊，提出了疑問。

「你不說，我們還眞忘了。會是誰害死了六婆呢？」林文麗疑惑地問道。

「我懷疑是陳少樂。」我直接說出了自己的想法。

先前我就懷疑過陳少樂，對韓莎莎的調查，讓我更加確定陳少樂和藍沁有問題。胡曉峰死前可能就是發現了藍沁和陳少樂的事情，才會被滅口。陳少樂肯定知道林宅下面是古墓的事情，可是卻裝作不知道，還讓藍沁跑到那裡，接著又跟我們講了臨仙神圖的事情。

他的目的是什麼，我們不得而知，但是一切嫌疑似乎都指向他。

「如果眞的是他，那麼他現在一定已經去尋找歸王神墓了。怪不得他不跟我們一起來，原來早有自己的打算。」林文麗恍然大悟。

是的，陳少樂一直都對赤族的事情格外癡迷，根本沒有理由不隨我們來。他不來這裡，正好可以撇開我們，單獨行動。

聽說歸王神墓可能會被人潛入破壞，成老立刻派了幾個赤族小夥子和我們一起去歸王神墓。也許是有了共同的目標，也許是所有的眞相即將找到答案，大家都顯得很興奮。

「我只是想找到殺死周銘的兇手。」我說。

「是的，說起來，如果不是我想調查母親的事情，周銘也不會死。」白小若有些自責。

「好了，等找到陳少樂，一切都會清楚的。」杜森安慰我們。

歸王神墓就在火神山後面，當初林文麗的父親林生第一次路過火神山，就是在那裡尋找墓穴，不幸被毒蛇咬中，陰差陽錯遇到阿林楠，才有了後面的恩怨情仇。我們在白小若和族人帶領下，很快便來到了歸王神墓的入口。這個隱藏在大山深處的詭異墓陵，似乎沒有那麼神秘。

「其實，裡面什麼都沒有。我小時候經常來這裡玩，之前政府還想把它開發，但是我們沒有同意。」白小若說著，摁下了入門的開關。

空蕩的墓陵裡，只有一些斑駁的壁畫，再無其他。

「當初，妳的父母就是從這個入口進到地下走廊的。後來，成老他們封了地下走廊，估計現在誰也進不去了。」白小若指著前面一個被石塊堆住的入口，對林文麗說道。

既然入口還被封著，那麼陳少樂應該還沒有進來。

「陳少樂可能來過這裡！」旁邊的杜森有了發現，指著角落裡一些還沒有燒完的樹枝說道。

「這天又不冷，他爲什麼要在墓道口生火呢？」杜森疑惑地看著那堆樹枝，其中一片奇怪的草葉引起了他的注意。

「這似乎是迷魂草，不好！大家快離開這裡！」白小若看到杜森拿起的那片草葉，忽然明白了過來。

可惜，沒走多遠，迷魂草的藥性開始顯現了。我前面的人一個一個接連暈倒在地上，我的眼前也開始模糊，最後倒在地上。

臨仙神殿

不知道過了多久，我醒了過來。眼前是一個華麗的地方，牆壁上全是絢麗的壁畫，上面的人物栩栩如生，風景也彷如眞實，讓我感到一絲眩暈。我用力掐了自己一下，確定自己不是在夢裡。

我坐了起來，旁邊還躺著三個人——杜森、林文麗和白小若，他們也陸續醒了過來。

面對眼前的壁畫世界，大家都驚呆了。

「難以置信吧？歡迎你們來到臨仙神殿。」顫抖的聲音從前面傳來，一個人走了過來。

正是陳少樂。

「有些東西，因爲沉默才會珍貴。這裡的壁畫全部是臨仙神畫，歸王爺一定是想讓自己的一切永遠存留在這裡。眞是可惜了這個神畫絕技！」陳少樂已經處於癲狂狀態，兩眼通紅，因爲太過激動，看起來像一個紅眼魔鬼。

「是你把我們弄進來的？」林文麗問道。

「是的，因爲進入臨仙宮，還需要你們的幫忙。我可以答應你們，只要讓我進入臨仙宮，所有的謎題都可以幫你們解開。」陳少樂提出了自己的要求。

「這裡難道不是臨仙宮？」杜森愣了一下。

「這裡不過是臨仙神殿，歸王爺和他的女人住在臨仙宮。那裡才藏著臨仙神畫的眞正絕技。我只要那個絕技，其他的一概不取。」陳少樂說道。

「那你到底需要我們做什麼？」我對於陳少樂的欺騙已經厭惡到了極點。

「只有白小若用通仙鑰匙才能打開臨仙宮的鎖。」陳少樂說著拿出一把鑰匙。

「是你殺害六婆搶走了鑰匙！」林文麗看到那把鑰匙，大聲叫了起來。

聽到自己的母親是被陳少樂殺死的，白小若的臉色頓時變得鐵青，眼睛裡怒火熊熊燃燒。

「只要你們帶我進入臨仙宮，我會告訴你們一切。」陳少樂避而不答。

「好，我開。」白小若遲疑了一下，答應了他的要求。

所有的一切，陳少樂都已經準備就緒。只是因爲那把通仙鑰匙必須由白小若使用才能打開臨仙宮的門，所以他才會用迷魂草把我們迷暈，然後把我們弄進臨仙神殿。當然，他知道威逼利誘白小若未必會如願，但是用真相換取，一定會成功。

白小若拿著那把鑰匙，插進了陳少樂指定的鎖孔。寬大的石門頓時分作兩半，緩緩開啓。

一股濃重的灰塵撲面而來。陳少樂第一個走了進去，我們也陸續跟了進去。

意外的是，我們並不是第一批進入臨仙宮的人。臨仙宮的門口，有三具骸骨，衣服已經腐朽，旁邊有一把洛陽鏟和一把匕首。更讓我們想不到的是，還有一只軍用手電筒。

陳少樂的臉變得鐵青，嘴唇顫抖著說：「這不可能，怎麼會有人先來這裡？他們是誰？他們是誰？」

「他們是盜墓賊？」林文麗驚訝地說道。

「別說得那麼難聽，他們是盜墓賊，妳難道不是盜墓賊的女兒嗎？」這時候，臨仙宮外傳來一個冰冷的聲音。

聽到這個聲音，我和杜森渾身驚悚，第一時間轉過了頭，看到進來的人，徹底驚呆了。

進來的人赫然是周銘！已經死了的周銘！這的確是一個讓我們所有人都震驚的

情況，白小若的眼淚不知道是驚還是喜。

印象中的周銘和我聊得並不多，大多聊聊工作，偶爾聊聊情感問題，再者就是交流神秘知識——這一點倒和陳少樂極爲相似。同樣的，他和白小若的相識也是因爲一本記載回魂術的老書。

其實，我早應該想到，周銘爲何要讓白小若把記載著他的發現的筆記本交給我。這一切從一開始就已經設計好了。

我們都忘了，周銘是一名設計師，一名優秀的設計師，他的作品不僅侷限於廣告，最大的作品可能是人生。

周銘騙了所有人，包括他的合作夥伴陳少樂。周銘的父親是國內屈指可數的繪畫天才，爲了讓妻子和孩子生活得更好，在朋友林生勸誘下鋌而走險，一起參與了第一次盜墓。

那次盜墓讓周銘的父親再也沒有回來。周銘的母親因爲太過思念丈夫，確認丈夫死亡半年後也撒手人寰。那時候，周銘還小，便一直跟著姑姑生活。可惜姑姑在他十三歲的時候遭遇車禍，也離開了他。

姑姑臨死的時候給了他一些父親畫作的手稿，但他一直都看不明白。直到他認識了陳少樂，才知道原來那些手稿裡竟然藏著畫臨仙神圖的技巧。

對美術十分癡迷的陳少樂對於這種傳說中的畫技渴盼已久，當他和周銘通過手稿找到周銘父親畫給母親的畫後，徹底瘋狂了。

周銘的父親畫給妻子的畫，就在林宅的地下室，她的名字就叫南溪。

林宅裡地下室的壁畫和通往地下室走廊上的畫，都是周銘父親的傑作。

爲了尋找這種繪畫神技，陳少樂決定幫周銘找出當年的眞相。本來他們只是想利用我和杜森，再透過白小若，找到歸王神墓，然後尋找眞相，沒料到林文麗竟然從國外回來。

於是，周銘展開了另一個計劃。

爲了得到通仙鑰匙，陳少樂和藍沁把我和林文麗騙到林宅，告訴我們臨仙神圖的秘密，其實都是爲了讓隔牆偷聽的六婆知道。

原來，當初林生並沒有讓周銘的父親跟他一起去盜墓，而是將他囚禁在林宅的地下，逼他講出畫臨仙神圖的技法。在林生逼迫下，周銘的父親在林宅下面創作了臨仙壁畫。

真相

「可是，臨仙神圖這裡不是也有嗎？」我聽得有些糊塗。

「林生要的不止是臨仙神圖，更要歸王神墓的地圖。臨仙神殿的壁畫是誰畫的，你們知道嗎？」周銘指著外面。

「難道……難道是……」白小若一下子捂住了嘴巴。

「不錯，就是我們周家祖上畫的。林生說要畫臨仙神圖的技法，其實是想要這裡的地圖。我父親無奈之下，只好將地圖交了出來，可惜他並沒有被放出來，而是被囚禁在地下室。」周銘的眼裡閃出了淚花。

得到地圖後，林生來到了歸王神墓，可惜卻中了機關，奄奄一息。知道消息的阿林楠偷了回魂神術想要救他，卻還是沒有留住他的性命。林生臨死前，請求阿林楠照顧自己的女兒，但是阿林楠來到林宅的時候，他的女兒已經被帶走。自知無法面對族人，阿林楠於是留在了林宅。

「我的父親死在林宅下面，阿林楠無意中知道了地下室的秘密。她以為那是惡鬼作祟，於是請了一個鎮鬼夜叉放在地下室。其實，那不過是因為她心裡有鬼。」周銘冷笑了一聲。

「她不過是想救自己喜歡的人，又有什麼錯？」白小若歎了口氣。

「錯，她親手殺死了林文麗的親娘。也許是因為這件事，她才覺得自己愧對林生，直到死的時候才終於解脫了。」周銘大聲說道。

「我母親是被六婆殺的？」這個眞相讓林文麗無法相信。

「所有有罪的人都應該得到懲罰，包括我。」周銘苦笑著說道。

「可是……法醫鑑定你明明死了，怎麼會……」杜森依然無法相信周銘活著的事實。

「哈哈，那可是我的功勞。臨仙神圖的第一層就是畫臉。我不過是找了一個和周銘身材差不多的屍體就把他換了出來。這年頭，有些事很簡單的。關於那些影片，不用我解釋了吧？」一直站在一邊的陳少樂笑了起來。

這是所有事情的眞相。

讓人唏噓，讓人傷心，讓人驚歎，更讓人無奈的眞相。

「所有和眞相有關係的人都來了，我們一起結束吧。」周銘的臉皮顫了顫，轉身按了一下旁邊石門的開關。

杜森一把衝過去將他推開，然後死死地按住開關。石門停止了顫動，但是依然慢慢閉合。

「快走！」杜森對我們喊道。

我立刻拉著一臉呆滯的白小若和林文麗往外面跑去。

砰的一聲，陳少樂狠狠地將杜森打暈在地上。

石門的閉合速度開始越來越快。

「杜森！」我想衝過去幫忙，卻被林文麗拉住了。

「哈哈，臨仙宮裡，我們在一起……」陳少樂大聲地笑著，已然陷入了癲狂。

尾聲

我們眼睜睜地看著石門關住。

這一次，是永遠的關閉，通仙鑰匙也留在裡面。

臨仙神殿距離墓陵走廊並不遠，我們三個人出來很快就見到了滿臉焦急的赤族人。他們詢問裡面的情況，我們誰都沒有說話。後來，我們告訴張迪，在火神山上調查的時候，杜森為了救陳少樂墜入了山崖。

我和林文麗當天晚上就回去了。那個幽暗的夢似乎還在。火車穿過隧道的時候，我用力抱住了林文麗，再也忍不住內心的傷痛，大聲哭了起來。

天亮的時候，我們到站了。

三天後，我在報紙上見到了關於杜森的殉職報導。

也許，有些事真的該結束了。

新年的最後一天，我在書店看到剛出版的新書，封面是一個俊朗的員警。那是一個虛構的故事，裡面的人物卻都有我熟悉的影子。我想，除此之外，我不知道該怎麼紀念他們。

新聞上說，林宅終於被拆了。政府將下面的古墓圈了起來，裡面的臨仙神圖引起了很多人的關注。

有些故事註定要結束。我想起了藍沁，她的提早離開也許是最明智的選擇。我之前答應過她，找到眞相會告訴她，這個眞相其實就在這本書裡。

給藍沁快遞出我的新書後，手機收到一則訊息。

我打開看了看，上面寫著：「新年快樂，愛你的文麗。」

第2章

靈宅驚魂

靈堂旁邊站了四個人，兩男兩女，穿著單薄的紙衣，臉上還抹了白粉，塗了腮紅，腳上穿著尖嘴鞋。但是讓年伯害怕的是，那四個人的腳都是懸空的。

周遠的故事

張致恆的故事說完後，大家長長地舒了口氣。

這個故事有些長，中間一共停頓了兩次，甚至為了讓故事更明朗化，張致恆還在電腦上打了一部分。

「嘿嘿，這個故事很精采啊，張老師開了個不錯的頭嘛。」喇叭裡又傳來了神秘人的聲音。

其他人都沒有說話，似乎還沉浸在故事裡。

「今天已經很晚了，難道我們不講完故事就必須待在這裡嗎？」我衝著喇叭喊了一句。

「當然不是，你們可以回到房間裡休息。不過，故事不能停啊，我怕我的時間不夠了。」神秘人說著，咳嗽了兩聲，似乎很難受的樣子。

這時候，投影幕布緩緩地升了上去，幕布的後面竟然是一道隱形門。只聽電子鎖「嘀嘀」響了兩聲，門開了。我們推開門，門裡面竟然是一條走廊，走廊兩邊分別是類似於賓館的房間。

推開其中一間，我走了進去。

房間裡面設施齊全，唯獨沒有電話。我坐到了床上，抬頭竟然在門上發現一個喇叭和一個攝影鏡頭。

「各位，在房間裡，你們依然可以講故事。不過，大家先休息吧。一個小時後，我希望聽到第二個故事。」喇叭裡傳來了神秘人的聲音。

讓我沒想到的是，第二個講故事的人是周遠。

還沒到一個小時，周遠便開始講起了他的故事。我戴上耳機，躺在床上，仔細傾聽他的故事。

序曲

午夜，十二樓的天台。

月光很亮，白得怵人。

女孩站在天台的邊緣，風吹著她的長髮，單薄的紅裙子濕漉漉的，緊緊地裹著她嬌柔的身軀。

對面的鐘擺正一秒一秒地走著。驀地，手機響了，來電的頭像是一個帥氣的男孩，女孩靜靜地看了幾秒，最後放下了手機。

風更大了，刮得身後破損的門乒乓作響，像是地獄裡惡魔的召喚。

噹噹噹噹……

十二點，對面的鐘報時了。

與此同時，女孩的身體往前一傾，栽了下去。

砰的一聲，天台的門被撞開了，一個男孩衝了過來，瘋狂地撲到了天台邊緣想要抓女孩，卻眼睜睜地看著她的身體墜落下去。

男孩痛苦地大叫了起來，用力捶打著天台邊緣，繼而癱坐在地。

這時候，女孩的手機響了，是一則訊息。男孩顫抖著拿起來看了一眼，眼睛幾乎要冒出血來。

很快，樓下傳來了尖銳的警笛聲，順眼望下，可以看見女孩的身邊已經圍了不少人，閃爍的警車停在旁邊，時不時有人望向樓頂。

等員警爬到樓頂的時候，天台已經悄無一人……

最冷的一天

路，沒有盡頭。

眼前全是若隱若現的樹林，剛才還在的月亮也不知道藏哪兒去了。身後的小紅跑不動了，衝著我氣喘吁吁地擺了擺手，「我實在是跑不動了。」

「我們必須離開這裡，不然會死的。」我回頭拉著她繼續跑。

「今天是她的頭七，她肯定不會放過我們，我們怎麼跑也跑不出去的。今天我們就不該來這裡。」小紅絕望了，一屁股坐到了地上。

樹林裡開始有響動，似乎有什麼東西從空中竄過來。我立刻拿起了手機，顫抖著打開了手電筒，強光照過去，什麼都沒有看到。

「當初我們就不該拋下她，她肯定死不瞑目！我說要救她，你們爲什麼不聽？現在她來找我們報仇了，其他人已經都死了。我們也逃不過的，我們逃不過的！」

小紅哭著喊了起來。

樹林裡傳來了嗚咽的哭聲，彷彿有無數人在哭泣，伴著細碎作響的風聲，顯得鬼魅莫測。

「別說了，我有辦法對付她。」我從口袋裡拿出一個桃木牌，「這是我去元靈寺求的，是大師開過光的。」

桃木牌舉起來，嗚咽聲一下子停了下來。

這時候，月亮也從雲層裡鑽了出來。我的臉上露出了笑容，回頭對身後的小紅說：「好了，好了，看來這個的確管用。」

小紅站了起來，走到我身邊，「讓我看看。」

我把桃木牌遞給她。

小紅低頭看了看，忽然用力將桃木牌掰成了兩段。

「妳幹什麼？」我驚叫了起來。

小紅抬起了頭，眼裡流出了猩紅的淚，嘴角一張一合地說：「這下，你們還能跑得了嗎？」

我一屁股坐到了地上，歇斯底里地叫了起來。

「哢，停停停！」導演忽然喊停。

所有人都站了起來，攝影師停止了拍攝。我和肖紅對視了一眼，有些迷惑。

「周遠，你是不是腦子進水了？看看你的表現，簡直還不如臨時演員。要是沒學過，就滾回學校重新學習去，別在這浪費我們的時間。去丁子峰那兒領上你這幾天的勞務，滾蛋！」導演指著我的鼻子瘋了一樣罵起來。

「導演，我不是故意不按台詞說的。我覺得在這種氣氛下……」

「滾蛋！」

沒有聽我解釋，導演甩給我一句話，走了。

這是劇組常有的事，尤其是像我這樣的三流小演員。我默默地整理了一下衣服，離開了片場。

我有些想不明白。從來到這個劇組，我對每個人都客客氣氣的，尤其是導演和副導演丁子峰，幾乎都是當祖宗供著的，爲了能讓自己上戲，我還給了副導演不少好處，沒想到還是遭到驅逐。

丁子峰住的房間距離片場並不遠，走到房間門口，我就聽見女人的呻吟聲從裡面傳出來。

媽的，看來這孫子又在潛規則女演員了。想到這裡，我這幾天的憤怒瞬間點燃了，一腳踹開了門。

床上的兩個人驚叫了起來。

「你他媽的傻了？」丁子峰看見我，罵了起來。

「我是傻了，給你那麼多錢，現在甭想一句話就把我趕走！」我大聲喊道。

這時候，藏在丁子峰身下的女人往外掃了一眼，又很快別過了頭。

雖然只是一瞥，但我卻看清了她的樣子。

我立刻衝過去，一把推開了丁子峰。

我的腦子瞬間短路了，眼前的女人竟像是我的女朋友方媚。

「看什麼看！要不是你女朋友，你連現在的機會都沒有！」丁子峰並不慌張，斜眼看著我說。

「我去你大爺的！」我瘋了一樣向床上的兩個人衝過去……

黑衣女子的邀請

江邊風很大，遠處有情侶們在嬉笑打鬧，偶爾有人跑步經過。我的臉上隱隱作痛，但是心更痛。

很多時候，我會一個人來這，對著江面沉思。我一直對自己說，自己只是沒有遇到適合的角色。但是今天的事情讓我幾乎要絕望了。望著暗光粼粼的江面，我忽然有一種跳下去的衝動。

這種感覺就像是有根繩子，拉著我不自覺地向江邊靠近。

「你想跳下去？」忽然，身後有人說話。

回過頭，我看見一個穿著黑衣服的女人。她看上去四十多歲，頭髮梳得整齊。

「你是個演員吧？」女人又說話了。

「妳怎麼知道？」我轉過了身子。

「我看過你拍的電影，雖然只有幾個鏡頭。」女人咳嗽了一下，「我這有個恐怖電影，你有興趣參與嗎？」

我愣住了。

「說是恐怖電影，其實比電影還要恐怖。」女人又加了一句。

「我天生喜歡恐怖電影，妳說說吧，就是不給錢也可以。」我來了興趣。

「這個給你，期待你的參與。」女人從口袋裡掏出一個信封，遞給了我。

我還想說什麼，女人已經走了，很快轉進旁邊的街道，消失在黑暗中。

回到家裡，我撕開女人給我的信封，裡面是一張邀請函。內容很簡單，一個名叫程耀天的老人生前喜歡恐怖故事，希望能在自己離世後的守靈夜聽別人給自己講恐怖故事。如果故事優秀，可以獲得遺產五百萬人民幣。

合上邀請函，我的心跳個不停。

一直以來，我都期待自己的生活能夠有一些不尋常的經歷，爲了尋找刺激，經常會去一些廢棄的鬼屋探險。真沒想到，竟然能遇到這樣的邀請，我毫不猶豫地做了決定。

出發之前，我給父親打了一個電話，只說我要出趟遠門。父親一直不同意我演恐怖電影，所以我不能告訴他去幹什麼。

我給方媚留了個字條，離開了。也許，這是最好的結束。

程耀天的家並不遠，但是非常偏僻。我下了車，又走很久，中途問了幾次，終於看到矗立在半山腰的程家別墅。

氣喘吁吁地敲開程家別墅的大門，我看見了那個給我信封的女人，她依然穿著那件黑色的衣服，表情冷漠，一言不發。

「怎麼稱呼妳呀？」我主動跟她說話。

「梅姑。」

梅姑帶著我穿過院子，來到了宅子的大堂。一股濃重的浮灰味鑽進鼻腔，大堂裡已經坐了四個人。看見我，他們紛紛抬起了頭。我掃了一眼，讓我意外的是，丁子峰也在，看著我尷尬地笑了笑。

大堂裡設著靈堂，靈堂邊上站著一個穿著黑色西服的男人，看了看我，說道：「周遠，來，給程老爺子上炷香吧。」

我點點頭，走到靈堂前，恭敬地上了一炷香，然後坐到了旁邊的椅子上。

「好，現在人齊了。我先自我介紹一下，我叫李圖，是誠正律師事務所的律師，程耀天老先生的遺囑以及財產分配交給了我們事務所，具體由我來監督。你們都是程老爺子生前選中的人，希望你們珍惜這次機會。」穿黑色西服的男人走到前面，對大家說。

我掃了一下其他人。

坐在我左邊的是個女孩，穿著有些暴露，四目相接時，她露出嫵媚的笑容。我慌忙轉過了頭，卻看見靈堂旁邊的供桌上竟然有一個小男孩的頭，睜著大眼看著我，忽然笑了起來。

「啊……」我嚇了一跳。

「小宇，別搗亂。」這時候，坐在我斜對面的女人喊。

我這才發現原來那個供桌中間有一個洞，小男孩從桌子下面鑽上來，故意嚇唬我們。

「現在，大家先自我介紹一下吧。」李圖說。

詭異的守靈規則

參加守靈的一共五個人，除了我和丁子峰，還有坐在我左邊的那個女孩白柔，帶著孩子的女人趙珊，和另外一個面目陰沉的男人楊磊。

李圖介紹了一下守靈規則。守靈一共三天，每天晚上十二點開始，五個人依次到程耀天的靈堂前講故事。所有的故事都會被靈堂前的那個DV攝錄下來，等三天守靈結束後，李圖會按照之前程耀天定下的評選標準，選出優勝者，然後根據遺囑將五百萬元人民幣轉給對方。

如果參加守靈的人沒有意見，還需要簽一個風險確認書，以保證程耀天的遺願能順利完成。

「會有什麼風險啊？」白柔問。

「這個不好說，比如你們其中某人心臟有問題，面對守靈和恐怖故事這樣的環境，出了什麼事，那就不好了。所以，大家要簽這個後果自負的協議。當然，如果誰覺得接受不了這種規則，可以選擇退出。」李圖解釋道。

面對鉅額酬勞，大家都沒有異議，認同了規則。梅姑拿出協議，挨個發下來，在李圖見證下，我們五個人都簽了協議。

「好了，現在我已經完成了我的工作，接下來就看你們的表現了。這三天，你們的飲食起居全部由梅姑負責。你們的手機等一切通信設備我都拿走了，三天後，我會開車來接你們，祝你們好運。」

李圖說完，收拾好自己的東西，離開了。

晚飯過後，梅姑帶著我們簡單看了一下宅子，並且給我們安排了房間。

爲了方便大家守靈講故事，我們都住在大堂兩邊的房間裡。安排好住處後，梅姑讓我們抽籤來決定午夜去靈堂前講故事的順序，依次是丁子峰、趙珊、白柔、楊磊和我。

我很幸運，抽到了最後一名。回房間的時候，丁子峰拍了我一下，似乎想跟我說什麼，我瞪了他一眼，沒有理他。

房間很簡單，除了床、桌子和椅子，再沒其他傢俱。打開窗戶，正好可以看見大堂的側面。此時已經是晚上十點多，靈堂前的燈籠輕輕搖曳，彷彿是等待輪迴的亡魂。

坐到桌子前，我開始構思自己要在程耀天靈前講的故事。

我平常看過很多恐怖故事，但是程耀天能夠定出這種守靈規則，普通的恐怖故事肯定過不了關。不知道爲什麼，我想起了一些恐怖故事裡的場景：幾個人受邀來到一個封閉的空間，卻一個一個被殺，最後發現所有受邀請的人其實都是曾經犯過錯的人……

砰砰砰，這時候，門響了。

我站起來開了門，丁子峰站在外面，一臉訕笑。

「你來幹什麼！」

說著，我便要把門關上，他卻用力往裡推著。

「周遠，別，別……我知道，是哥做得不對。現在你得幫我，求求你。」丁子峰說道。

「滾！」我用力關上了門。

說實話，我恨丁子峰，不過我更恨方媚。

想起他們兩個在床上的樣子，我恨不得殺了他們。時間一分一秒地過去了，迷迷糊糊的，我竟然睡著了。

黑暗中，我來到了一個天台。一個女孩站在天台上，穿著紅色的裙子，風吹得她瑟瑟發抖。我不自覺地向前走著，她緩緩轉過了頭，那是一張清秀但卻慘白的臉，甚至還能看見眼角掛著的淚珠。

我想說話，卻說不出來。

遲疑間，我看著她身體慢慢往下傾斜，斷線風箏一樣摔了下去。我霎時追了過去，從天台往下望去……

忽然，一陣急促的敲門聲將我從噩夢中驚醒。我心有餘悸地睜開眼，發現自己冷汗涔涔。

打開門，楊磊陰沉著臉看著我說：「出事了！」

丁子峰的故事

靈堂前靜悄悄的，所有人都閉口不語。梅姑面無表情地燒著紙，面前的DV重播著丁子峰講故事的畫面。

「程老爺子，你好，我叫丁子峰，是一名導演。我拍了很多恐怖片，但那些都是虛構的，既然老爺子你想聽恐怖故事，那我就給你講一件以前我在劇組經歷的事吧。」DV裡，丁子峰開始講故事。

「那是一個叫《女鬼多情》的恐怖片劇組，那時候我還是個劇務，每天要面對一堆雜七雜八的瑣事。很多時候，工作人員拍完現場，我還要過去幫忙收拾。有一天，道具師臨時有事，讓我幫忙去片場準備晚上拍攝需要的道具。和我一起幹活的是一個剛來劇組實習的年輕人，大家都喊他菜頭。」

「我們當天晚上選的拍攝地點是一座廢棄的宅子，據說已經有幾十年沒住過人了，白天進去都陰森森的，晚上更是詭異駭人。」

「菜頭去佈置房間裡的道具，我在外面忙活。工作進行得差不多的時候，菜頭忽然喊我。原來，他在房間裡發現一個暗格，暗格的背後竟然是一個封閉的房間。我和菜頭好奇之下，便走了進去。房間四四方方，沒有窗戶，暗格是唯一的出口。我們打開手電筒，竟然看見一口黑漆漆的棺材。」

「菜頭到底是年輕人，膽子大，走過去打量了一下棺材，慢慢推開了棺材蓋子。那瞬間，手電筒忽然滅了一下，然後又亮了。雖然我跟過不少恐怖片現場，但是那都是人為設計的，眼前這種眞正的經歷，讓我渾身發冷、汗毛倒豎。這時候，菜頭興奮地衝我叫了起來，似乎發現了什麼東西。」

「我走過去一看，原來那口棺材裡面除了躺著一具骸骨以外，還有一些看不出年代的陪葬品。菜頭將那些東西一一拿了出來，裝到了自己的口袋裡。我試圖阻止他，但是他不聽。」

「走出房間的時候，我不自覺地回頭看了一眼，竟然看見棺材邊站著一個人，陰沉地看著我們。我慌忙拉住菜頭，讓他快把東西還回去，但是他卻不以為然，甩開了我。」

「接下來的幾天，我一直提心吊膽，幸好直到電影拍完，都沒出什麼事情。菜頭拿著那些東西去換了不少錢，私底下要分給我，但是我沒敢要。」

「最後一天的殺青慶祝會上，大家都喝得很高興。我喝了不少啤酒，中途出來上廁所的時候，看見菜頭一個人搖搖晃晃地向前走，我越看越覺得不對勁，便跟了過去。」

「菜頭像是被什麼東西拖著一樣，跌跌撞撞地向前走著。最後，他竟然走到了先前拍過戲的那座廢棄宅子裡，打開暗格，走到了那口棺材前。透過暗格的縫隙，我看見菜頭拿著一把刀將自己的手指一根一根切掉，扔進棺材裡。他一邊扔，嘴裡一邊說著什麼，臉上卻沒有一絲痛苦，反而很享受的樣子。看到這裡，我嚇得慌忙跑開了。」

「第二天，沒有見到菜頭。我問統計人數的同事，他說菜頭昨晚給他發了訊息說有事先走了，我忽然想到菜頭在棺材面前一根一根切指頭的畫面……那次以後我再也沒有見過菜頭，但是這個畫面卻深深地刻進了我的腦海裡。」

這是丁子峰講的故事，他的聲音通過DV播放顯得有些低沉沙啞。但最不可思議的是，他的屍體靠在棺材上，一隻胳膊大半隻在棺材裡面，另外一隻手拿著一只手錶。

梅姑說，那個手錶是程耀天生前最喜歡的東西。從現場看，似乎是丁子峰去程耀天的棺材裡拿東西，但是卻被棺材卡住了手。

「現在怎麼辦？」白柔問道。

「我看事情不對。」一直沉默的楊磊說話了。他戴上一副手套，走到了丁子峰的屍體面前，仔細察看了一番。

「楊磊是員警。」白柔解釋道。

趙珊把兒子小宇摟在懷裡蜷縮在一邊，梅姑在旁邊看著，一言不發。我走了過去，和楊磊一起推開棺材蓋子。程耀天的屍體安靜地躺在裡面，但是他的一隻手卻緊緊抓著丁子峰的手。

楊磊盯著丁子峰被卡的手看了一下，說道：「似乎是死後被卡住的，先把他放下來吧。」

「守靈還要繼續嗎？如果你們不願意繼續下去，我立刻給李律師打電話。」梅姑環視著衆人。

「要，爲什麼不要？丁子峰只是因爲偷東西，結果被卡在棺材裡，自己把自己嚇死了。」白柔第一個拒絕了梅姑的提議。

我和楊磊對視了一眼，誰都沒有說話。

白柔並沒有看見棺材裡的情況，實際上是程耀天的手抓著丁子峰的手。不過，這種情況我之前也聽人說過，說是人死後神經並沒有完全死掉，在特定的情況下，會發生痙攣。

「那先把丁子峰的屍體抬回他的房間吧。」梅姑對著我和楊磊說道。

合作

這個晚上有些驚悚。

從丁子峰的房間出來，我倆看到梅姑在靈前燒紙。火光下，她的臉陰沉詭譎，兩條眉毛畫得有些長，越看越恐怖。

「你覺得丁子峰是怎麼死的？」我問楊磊。

「誰知道，可能是被人殺的，也可能是意外。幾百萬的鉅額遺產，哪有那麼容易得到？」楊磊說道。

「我很好奇，你是一名員警，爲什麼也來參與這件事呢？」我問楊磊。

「是梅姑找到我的。我是個員警，但也是一個懸疑小說作家，曾經在網上發表過作品，可能是這個原因吧。」楊磊說道。

我點了點頭，沒有再說話。看來五個人應該都是和「恐怖」有些關係，我是個恐怖片演員，丁子峰是個恐怖片導演，楊磊是個寫懸疑小說的作家，就不知道白柔和趙珊又和「恐怖」有什麼關係？不過，丁子峰如果眞的是被人害死的，那可不是一件好事。

回房間的時候，經過白柔的門口，她突然探出頭喊住了我。

「我有事和你說。」

白柔把我拉進去關上房門，一臉神秘兮兮的樣子。

「有什麼話不能在外面說嗎？」我看她只穿一件單薄又性感的低胸裙子，不禁感到有些尷尬。

「你可能不記得我了，但我記得你，我們曾經在某個電影裡合作過。」白柔笑了起來。

我愣住了，仔細看了一眼白柔，在腦子裡搜索了一會，依然沒有任何印象。

白柔說了一部電影名字。記憶開始有些明晰了，的確有一部恐怖片，裡面有幾場戲用了一些模特。

「我和你一樣，都特別希望拍一部屬於自己的恐怖片。」白柔說道。

「妳找我就是爲了說這個嗎？」我問。

「我知道你和丁子峰的過節。」白柔說道：「之前我聽一個劇組的朋友說起過你們打架的事情。」

「然後呢？」我不知道白柔說這些做什麼。

「丁子峰不是什麼好東西，他騙了不少女孩，也不知道爲什會被選來這裡。其實，我想說的是，我們能不能合作？」白柔說著走到了我面前。

一股香氣撲面而來，我往後退了一步，白柔卻抱住了我。

「我們一起講一個故事，如果獲勝的話，這錢歸我們倆，你說好不好？」白柔嬌滴滴地看著我。

「我……我考慮一下吧。」我慌忙推開了她。

「周遠，你要知道這是五百萬，其他人也會想辦法的。」白柔說道。

我沒有再理她，開門走了出去。

失蹤的小宇

天台的風很冷。我又看到了那個女孩，穿著紅色的裙子，站在那裡。

我走了過去，有人從後面抱住了我。回過頭，我看見白柔嬌媚的眼睛和猩紅的嘴唇。接著，畫面開始跳躍，我們來到了片場，丁子峰站在一邊，鏡頭下的白柔穿上了紅色的衣服，慢慢地走向一口棺材。我衝過去拉她，卻被她甩開。白柔躺了進去，棺材蓋子合上了，旁邊的道具師吹起了風，漫天的紙錢在眼前飛舞。

「不是要用生命演戲嗎？現在滿足你們。」丁子峰一臉狡黠地看著我，手裡拿著一把斧頭，向我砍來。

我一下子驚醒過來，揉了揉腦袋，起身下了床。隱約聽見外面走廊裡有人說話，我看了一下時間，凌晨兩點，看來應該是趙珊去講故事了。我立刻走到門前，拉開一條縫，向外望去。

大堂裡，梅姑正在燒紙。趙珊母子穿過走廊，走到靈堂前。梅姑站起來走了，小宇坐在一邊，趙珊開始講故事。

也許是出了丁子峰的事情，這次有幾個人在大廳觀看著。整個過程大約十幾分鐘，期間並沒有發生什麼怪事。小宇一直待在趙珊身邊，直到她講完故事，兩人一起離開了大堂。

我剛準備關門，卻看見白柔從楊磊的房間走了出來，臨走的時候還親了楊磊一下。她轉過頭，正好迎上我的視線，我一下子關上了門。

也許是白柔之前的示好和表白讓我對她多了一份關心，也許是感覺受到欺騙，我的內心翻騰著。

難道女人都是這麼善變的？我不禁想起了方媚。

我們第一次見面是在大學的圖書館，那時方媚坐在一個角落裡，陽光照在她的身上，那個畫面很恬靜。

我愛方媚，更依賴她。很多時候，我會蜷縮在她的懷裡沉沉睡去。方媚知道我從小就怕黑，所以睡覺的時候從來不關燈。可是，最終她還是背叛了我。

我呆呆地看著天花板，淚水滑過臉龐。

夜，靜悄悄的，牆上的鐘錶滴答滴答地走著。不知道過了多久，外面傳來了趙珊的喊聲。

我好奇地打開門探出頭。

「看見小宇了嗎？」趙珊問我。

我搖了搖頭。

趙珊的喊聲也驚動了其他人。

「怎麼回事？」楊磊問。

「我睡著了，醒來的時候發現小宇不見了。」趙珊有些著急。

「應該不會走遠吧？會不會在大堂那兒？」我看了看前面。

一行人向大堂走去，梅姑也從房間裡走了出來。奇怪的是，我們找遍了前後左右，都沒有見到小宇。

「真是奇怪了，怎麼會消失了呢？大門都沒開啊！」梅姑說道。

趙珊顯得惴惴不安，身體微微顫抖。

「是不是小宇調皮藏了起來？大家再仔細找找，有沒有漏過什麼地方？」楊磊安慰著趙珊。

「還有一個地方沒找。」白柔忽然想到了什麼。

「哪兒？」梅姑問道。

「丁子峰的房間。」白柔頓了頓，說道。

「不會吧？」趙珊的臉更白了。

楊磊看了看我們，逕自向丁子峰的房間走去。推開門，我們被眼前的一幕驚呆了。小宇竟然靠著丁子峰的屍體一動不動。

「小宇……」趙珊哭了起來，立刻衝了過去。

「嘿嘿嘿……」小宇笑了起來。

所有人都愣住了。

「你個伢子，怎麼跑這裡來了？誰讓你來的？嚇死媽媽了！」趙珊一激動，罵了起來。

「是叔叔讓我來這兒的啊。他說媽媽要賺錢的話，要講恐怖的故事，做恐怖的事情，我這樣可以幫媽媽。」小宇睜著眼睛一本正經地說道。

「叔叔？哪個叔叔？」小宇的話讓我們愣住了，楊磊禁不住問。

「周叔叔啊！」小宇伸手一下指向了我。

我愣住了，所有人的目光都聚到了我身上。

「小宇，你在胡說什麼？」我又氣又急。

「想拿錢別用這麼卑劣的手段，利用孩子做什麼！」趙珊瞪了我一眼，拉著小宇走了。

「我真沒有，我都沒出來啊！」我解釋著。

但是白柔和楊磊似乎根本不相信我的辯白，梅姑則一言不發地離開了。

「白柔，妳等等。妳是不是不相信我？」我問道。

「我可以理解的，開始我還以爲你是個正人君子呢。」白柔不屑地笑了一下。

「妳胡說什麼，眞的不是我。我不像妳……」我一下子火了。

「我怎麼了？誰做過什麼誰心裡清楚！我眞後悔之前找你合作！」白柔狠狠地白了我一眼，轉身離去。

我還想說什麼，話到嘴邊又嚥了回去。

趙珊的故事

我被孤立了。

白柔不但跟我撕破了臉皮，還告訴楊磊我和丁子峰的過節。不過，這樣也好，爲了五百萬，什麼事情都有可能發生。小宇的誣陷不知道是誰安排的，但是很顯然對方一定想把我排擠出去。

氣氛詭異的宅子，讓我忽然感覺後背發麻。自從來到宅子裡，一直待在房間和大堂，我決定去院子裡走走，透透氣。

院子裡風很大，空氣清新，讓我壓抑的心情頓時緩解了不少。沿著旁邊的圍牆走了走，沒想到經過迴廊的時候，看到旁邊有個小門，門裡有微弱的光亮透進來。我有點好奇，推開那個小門走了進去。

原來這是宅子的後院，光亮來自一間小屋。

我正要靠近看個究竟，眼前竟忽然閃過一個人影，我急忙躲到了一邊。那人警覺地環顧四周，隨後匆忙走進了小屋。雖然燈光不是特別亮，我還是看清了那個人，是趙珊。

我躡手躡腳地走到小屋的窗邊，透過窗戶望進去。趙珊背對著窗戶，身體微微顫抖，幾秒後，她開口講話了。

王卌是一個普通的家庭婦女，丈夫在一家廠子工作，兒子上學，一家人本來很開心。沒想到，有一天晚上，丈夫下班被一輛車撞了。等送到醫院的時候，已經錯過了最好的救治時間，成了一個只能躺在床上的廢人。從那兒以後，王卌負擔起了家裡所有的事情——丈夫的醫療費，家裡的開支，兒子的學費。王卌很辛苦，每天忙到很晚，但是依然入不敷出。

有一天，王卌去超市，看見一個三歲左右的小男孩在哭，她便走過去抱住他。別人都以爲王卌是小孩的媽媽。說來也奇怪，那個男孩任由王卌抱著，既不哭，也不鬧。王卌帶著小男孩回家，本來她準備第二天把男孩送去派出所。但是，晚上隔壁鄰居來找她，說自己一個遠房親戚想抱養個男孩，如果王卌能把男孩給他們，他們可以付給王卌一筆酬勞。

王冊知道這是拐賣，但是又抵不住那一筆豐厚酬勞的誘惑。經過一晚上的煎熬，理智被打敗了，她將那小男孩交給了鄰居。

王冊拿到了錢，心裡卻有些愧疚。尤其是每當聽見警笛聲便渾身顫抖，天天晚上睡不著覺。一個月後，她受不了了，於是拿著那筆錢找到鄰居，希望可以換回小男孩。但是，鄰居告訴她，那個小男孩死了。

這個消息讓王冊徹底陷入自責中。詭異的是，從此以後，王冊的家裡接二連三地發生了一些怪事。最開始是王冊的兒子說總是聽見有小孩的笑聲，然後是她的丈夫總聽見有人在外面拍門。

更恐怖的是，有一天晚上，王冊起來，看見丈夫竟然站在兒子床邊，嘴裡喃喃地說：多少錢賣了合適呢？

王冊害怕極了，精神也陷入了崩潰的邊緣。終於有一天，她看見那個被她賣了的孩子回來了。小男孩渾身是血地拉著她，走出家門，經過一條小路，穿過午夜大街，最後跳進了護城河。

「嘿嘿，真好聽。」趙珊講完後，我忽然聽見了一個小孩的聲音。

我的心裡陡然一驚。這時候，趙珊微微側了側身子。我看見一個小男孩就站在她面前，那小孩臉色煞白，嘴唇猩紅，穿著一件紙折的衣服，看見我，擠眉弄眼地笑了笑。

我的腦子嗡嗡作響，吸了口氣，慌忙蹲了下來。這時候，忽然有人從後面拍了我一下，我的恐懼瞬間升級。

「你在這裡做什麼？」拍我的人是小宇。

「你個毛孩子，嚇死我了！」我瞪了他一眼。

「媽媽又在講故事了。」小宇笑嘻嘻地看著我。

「小宇，是誰讓你說跟我玩遊戲的呀？」我輕聲問道。

「爺爺讓我那樣說的，他說那樣媽媽就會贏錢，然後我就能買電動汽車。」小宇說道。

「爺爺？哪個爺爺？」我越發疑惑了。

「你倆在這兒幹什麼？」突然，我頭頂上傳來了趙珊的聲音。抬頭，我看見趙珊怒氣沖沖的臉，正看著我和小宇。

「不好意思，我不是有意的。」我不知道該怎麼跟趙珊解釋。

「孩子小，亂說的，你別在意。」趙珊說完拉著小宇離開了。

我回頭看了一下眼前的小屋，遲疑了幾秒，走了進去。

神秘的信件

暗黃色的燈光下，整個小屋顯得詭幽幽的。

屋子不大，十幾平方米，不過卻堆滿了雜物，大部分是些發黃的舊書。旁邊還有一張破舊的桌子，上面放著一面古銅色鏡子，從鏡子的位置看，剛才趙珊就是對著鏡子在講故事。

我拿起那面鏡子看了看，並沒有什麼奇怪之處。四處打量了幾眼，正準備離開，卻看到了角落裡有件東西。

那是一個黑色的盒子，因爲光線的緣故，猛一看還以爲是桌子的投影。盒子古香古色，方方正正的，上面還有一個銹跡斑斑的小銅鎖。

我拿起盒子拉了拉那把鎖，竟打開了。盒子裡放著厚厚一疊信件，搖曳的燈光下，我拿起其中一封讀了起來。

子文：你還好嗎？

這是我離開你的第七天，我已經開始瘋狂想念你了。這裡的環境還可以，就是天氣有些乾燥，如果不是因為母親，我絕對不會在這個地方待的。你不知道我在這裡都經歷了什麼。

第一天來到這個宅子裡，我見到了邀請我來的人，還有和我一樣來參加守靈的其他人。這個宅子很大，也許是因為人少的緣故，感覺空蕩蕩的。你不知道，我們的守靈很詭異，那個程老爺竟然喜歡聽鬼故事，我們要在子時依次給他講故事，誰的故事最恐怖才會得到報酬。

以前只從說書先生和一些殘書斷記裡知道北方的夜晚，沒想到有一天我竟然會在這黃夜孤影下給你寫信。

宅子裡的其他人並不友善，也許因為都想得到報酬。你知道我的膽子比較小，但是好奇心卻非常強。子時是第一個人講故事的時間，雖然管家交代我們最好不要來回走動，我還是忍不住，偷偷去看了看。

第一個講故事的人叫陳冬，我躲在靈堂後面，看見他一板一眼地在那唱鬼戲。穿堂風吹進來，白燭輕晃，紙人亂動，哀怨的腔調在靈堂裡徘徊。我感覺後背陰森森的，彷彿有什麼東西在吹氣。

就在我準備離開的時候，看見程老爺的棺材裡伸出了一隻白森森的手。那隻手越伸越長，最後竟然悄無聲息地伸到了陳冬的背後，一把扼住了他的脖子，將他拖進了棺材裡。

現在，我的手還在顫抖。

是的，我看到棺材裡的人將陳冬拖進了棺材裡，可是等其他人發現的時候卻發現陳冬死在了棺材旁邊。

他們說是陳冬唱鬼戲驚動了路過的亡靈。

我們都害怕極了，但是卻沒有人退出。

第二個講故事的是一個女孩，比我大一歲，叫華裳，是一個繡娘。在大家處理陳冬屍體的時候，我偷偷告訴了華裳，讓她講故事的時候注意那口棺材。

現在是華裳講故事的時間，我沒有再過去。我的面前總是那隻從棺材裡伸出來的手。

子文，我很想你。

織錦民國三十三年春

看到這裡，我驚呆了。

這封信竟然是民國三十三年寫的！

信上說的事情和我們現在做的事情很像。最離奇的是上面說的陳冬和丁子峰一樣，都是死在棺材旁邊。

難道程家從民國時就有死後聽鬼故事的傳統？猛然間，我聽見外面傳來了一陣腳步聲。我立刻將信放回盒子裡，將盒子塞進了懷裡。

陰人

梅姑陰沉著臉看著我，我訕訕地笑了笑。

「不是說過不要亂跑？這個房間不乾淨。」梅姑死死地盯著我，似乎要窺探我內心所有的秘密。

「剛才看有光亮，以爲這裡有人，便進來了。我現在就走。」

我說著，快步向外面跑去。

走過大堂，我看見白柔在靈堂面前坐著，看來是輪到她講故事了。

拐過走廊，我看見楊磊正向靈堂走去。看見我，楊磊似乎有話說，但我沒停下，快步往我住的房間方向走。不用說，楊磊自然是去陪白柔講故事的。他們現在一定達成了共識，成爲聯盟。

回到房間，我立即掏出了那個盒子，翻到了第二封信。

子文：又有人死了！

這次是李德。他是我們這幾個人裡年紀最大的。他講故事的時候，我們所有人都在場。他說的是自己的故事。

一年前，李德去鄉下走親戚，結果回來的時候迷了路，在一個人煙稀少的樹林裡怎麼也走不出來。後來，他看到了一座宅子，便敲門請求留宿。宅子的門房說宅子不留外人，但是後來宅子的主人看到他，卻讓他進來了。宅子的主人叫古月，他說很多年前和李德有過一面之緣，於是熱情地招待李德。

也許是太累太餓，李德又吃又喝，迷迷糊糊地便醉倒了。臨睡前，他只記得那個主人說了一句話：莫與陰人訴陰魂。

天亮的時候，李德發現自己竟然睡在一個土坑裡，不禁嚇了一跳，爬出來拼命往前逃。幸運的是，沒過多久便遇到了一輛路過的馬車，載著他離開了。

李德講完故事後，靈堂前的蠟燭忽然滅了。梅姑從旁邊出來，重新點著了蠟燭。然後我們大家都散了。

李德和我、華裳走在一起。路上，李德的樣子很奇怪，跟我說，他昨天晚上夢到那個古月了。其實，那次以後他想了很久，都沒想起之前在哪裡見過古月。後來有一天經過集市看到有人在賣狐狸，他一下子想起以前曾經救過一隻狐狸，那個狐狸的眼神和古月的眼神一模一樣，古月古月，就是胡……

華裳嘻嘻地笑著，說李德真是個講故事的高手。誰知，那是我們最後一次見到李德。

天亮的時候，他被發現死在了自己的屋子裡。

現在我的腦子裡一直在想那個古月跟他說的那句話——莫與陰人訴陰魂。

陰人是什麼？

陰人不是死人，我懷疑，程老爺根本就沒死，或者說他根本就不是人。還有那個梅姑，總是鬼氣森森的。還記得之前我們在老家遇到過的那個道士嗎？他說過，這個世界上並不只有死人和活人，還有一種人叫陰人。

我覺得這座宅子就是個陰宅，我想先從梅姑身上開始調查。

織錦民國三十三年春

梅姑？

我的眼前浮現出了梅姑的模樣。

她總是穿著黑色的衣服，頭髮梳得整整齊齊，走路板板正正，陰沉著臉，說話很簡單。信裡說的梅姑和現在的梅姑簡直就是同個人。還有，我在信裡看到的那個詞——陰人。

陰人是什麼人呢？

織錦在信裡說，聽道士說這個世界上除了活人和死人外，還有一種人叫陰人。莫非陰人就是界於死人和活人之間的人，那不就是活死人？

我莫名地打了一個寒顫，想起了一件事。

兩年前，我在一個劇組跟班。那個恐怖片還在一個空曠的墳場拍攝，爲了辟邪，劇組特意從當地找了一個懂陰事的老人，大家都喊他年伯。當時，由我接待年伯，他跟我講了很多神神鬼鬼的事情，其中一件就是關於活死人的。

那是一個入秋後的夜裡，一個男人來找年伯，請他幫忙做一場陰事。年伯開始有些不情願，不過男人給了他一大筆錢，他就同意了。

那天的夜色有些濃，那個男人開著車載著年伯，七拐八拐、兜兜轉轉開了幾個小時才來到一個偏僻的村莊。男人在路上說他們是少數民族，一些傳統風俗有些奇怪，希望年伯不要介意。

做陰事時間長了，年伯知道很多地方都有一些詭異的規矩，並不以爲意。但是，到了靈堂現場的時候，他還是被嚇了一跳。

死者是一個年輕女人，靈堂蓋得很寬大，旁邊站滿了穿著紙衣的活人。從來都是靈堂旁邊站紙人，還沒聽說旁邊站活人的。不過，有了之前那個男人的叮囑，年伯沒有多問，按照程序，開始給死人做陰事。

所謂的陰事並不需要多久，和僧道做的法事差不多。年伯念了一些往生咒，走到了棺材面前。

按照慣例，年伯要在棺材上頭燃一炷香，誰知詭異的事情出現了，怎麼點都點不著那炷香。

年伯做了三十年陰事，第一次遇到頭香點不著的情況。原因只有兩種，要嘛是香不好，要嘛就是死者不讓路。香是年伯親自買的，不會出問題；死者不讓路，這可是從來沒遇到過的。

「點不著就別點了，時間不早了。」不知道什麼時候，帶年伯來的那個男人站到了他身邊，急躁地說。

年伯點了點頭，開始走下一道程序。

也許是頭香沒點著的緣故，後面的程序都出問題。所幸夜裡十二點之前，陰事的程序走完了。男人開始催促年伯離開，年伯立即收拾東西，匆促間，一不小心羅盤掉在了地上。

他蹲下身去撿，無意間瞥了一眼前面站在靈堂邊的紙衣活人，這一看心嚇得差點跳出來。

靈堂旁邊站了四個人，兩男兩女，穿著單薄的紙衣，臉上還抹了白粉，塗了腮紅，腳上穿著尖嘴鞋。猛一看上去確實很恐怖，但是讓年伯害怕的是，那四個人的腳都是懸空的，如果不是蹲下來，根本發現不了。

直到回了家，年伯依然心有餘悸。他很早就聽師父說過，這個世界上有一種人，不死不老，與世隔絕，分辨他們的唯一辦法便是看他們的腳是不是著地。

楊磊的目的

我的思緒像是飛揚的柳絮，伴隨著織錦的信和年伯的故事飄盪。直到一陣低沉的敲門聲響起來，我才回過了神。

敲門的是楊磊，讓我有些意外。他進來後一把關住了門，神情凝重。

「你要做什麼？」我警惕地看著他。

楊磊從口袋裡拿出一盒煙，遞給我一根，但我拒絕了，他便自己塞進了嘴邊。幾口煙後，楊磊道出了他來這裡的緣由。

三年前，楊磊負責過一起失蹤案。報案人叫盧明生，他的兒子盧奇去參加一個網友聚會，遲遲沒有回來。一開始，楊磊以爲是年輕人玩瘋了，並沒有太當回事。但是幾天過去了，盧明生說盧奇還沒回來。他和同事們想辦法找到了盧奇參加聚會的地點，那是一處廢棄的工廠，裡面根本就沒有人。

仔細搜查後，楊磊在廠子下面發現了一間地下室。地下室是之前工廠的實驗室，他們在裡面找到了三具屍體，其中就有盧奇。

外人只知道那裡發現了三具屍體，但是第一個看到現場的楊磊卻怎麼也忘不掉打開地下室看到三具屍體的情景。黑漆漆的地下室，手電筒光下，三具屍體坐在地上，抬頭向上望著，嘴角帶著詭異的微笑。

技術科的死亡鑑定是三名死者死於二氧化碳吸入過多，所以臉上出現笑容。楊磊對這個鑑定結論持懷疑態度，因爲地下室雖然緊閉，但上面是有一個通風口。楊磊發現屍體的時候，還曾經近距離地觀察過盧奇，他的臉上以及身上裸露的皮膚慘白，沒有一絲血色，就像是被吸乾了血一樣。

盧明生沒有再來過，楊磊曾找過他問一些關於盧奇的事情，他卻拒絕回答，再後來竟然搬走了。那個案子很快過去了，但是楊磊卻過不去。他開始追查盧奇參加的那次聚會，試著去調查那天到底發生了什麼事。

這個案子，楊磊追查了三年，沒有任何進展。直到一年前，他在一次尋訪中竟然看見了盧奇，還有另外兩個和他一起死在地下室的人。楊磊簡直無法相信自己的眼睛，等他追上去的時候，三個人卻不見了。

這個案子困擾了他三年，尤其是見到了死而復生的盧奇三人。這種事情按道理是根本不可能的，可是他十分確信自己親眼看到了盧奇三人。

直到前幾天，他接到梅姑的邀請，說如果他來參加程耀天的守靈夜，就會找到眞相。於是，他想都沒想便答應了。

沒想到，楊磊來這裡的目的竟是爲了一起案子。

「那你有什麼發現嗎？」我問。

「有。丁子峰死後，他的屍體出現了和盧奇一樣的情況。我們找到小宇的時候，他靠在丁子峰的屍體旁邊，那時候丁子峰的屍體體徵幾乎和盧奇一樣。直到那個時候，我才知道梅姑並沒有騙我。」楊磊說道。

「你是說丁子峰也會復活？」聽到這裡，我叫了起來。

「不知道，也許吧。」楊磊遲疑了一下，「我來找你，是希望在我講故事的時候，你能盯緊白柔。」

「白柔怎麼了？」我愣住了。

「我懷疑她已經不是之前的白柔了，總之，你盯緊她，我得走了。」楊磊說著轉身離開了。

最後一封信

楊磊講的事情讓我陷入了更深的迷惑中。尤其是他最後說白柔可能已經不是之前的白柔，難道白柔變成了陰人？

我忽然想起來，那個盒子裡還有織錦寫的信，於是趕緊拿起了那個盒子，找到了第三封信。

子文：見信如晤。

梅姑真的很有問題。她總是穿著一件黑色的長裙，整個裙子將腳包著，根本看不到下面。

不過，過了今天，我就可以離開這裡了。今天吃飯的時候，華裳突然很友好地跟我坐在了一起，還說起了很多她的事。可讓我覺得有些奇怪的是，她明明是繡娘，有些女紅的事情問起來卻顯得很外行。

上樓的時候，走在後面的葉城忽然跑到我身邊，低聲說了一句話：小心華裳。我還想問什麼，葉城卻快步向前走去。

自從來到這裡，葉城幾乎沒跟我說過話。現在陳冬和李德死了，只剩下我們三個。葉城為什麼會說讓我小心華裳呢？

難道華裳有什麼問題？

我的房間和華裳的房間是對門，也許是葉城的話讓我格外關注起了她。回到房裡沒多久，我便聽見華裳開門出來了。透過門縫，我看見她向左邊的走道走去。這下我愣住了，那邊並沒有出口，只有兩個房間，一個是鎖著的，另外一個是陳冬的房間，並且陳冬的屍體就躺在裡面。

我打開門，偷偷探出頭看了看，竟然發現華裳走進了陳冬的房間。

好奇心一下子冒了出來，不知道為什麼，當時我竟然不知道害怕，輕輕打開門跟了出去。

陳冬房間的門虛掩著，我輕輕地推開了一條小縫，往裡看。這一看，差點把我的心都嚇得跳出來。

華裳竟然抱著陳冬的屍體站在床邊，我清楚地看見華裳的腳距離地面有一些距離，那分明就是之前那個道長跟我們說的陰人的樣子。

我嚇得幾乎要喊出來了，連忙捂緊嘴逃了回來。

子文，我想離開這裡。

葉城講完故事，就輪到我了。可是，我真的不想再待在這裡了，一分一秒都不願意。

織錦民國三十三年

這是織錦寫的最後一封信。

我蓋上了盒子。這時候，對面白柔的房門突然響了一下。我慌忙縮了縮身體，眼睛卻盯著門縫外的白柔。

白柔從房間裡出來，轉過身向旁邊走去，讓我沒想到的是她竟然走進了丁子峰的房間。我的頭皮一下子發麻，渾身顫抖。

織錦在信裡寫的是華裳走進了陳冬的房間，而此刻白柔竟然走進了丁子峰的房間，這幾乎和織錦信裡所說如出一轍。

我顫抖著手，拉開了門，躡手躡腳地跟了過去。

白柔把丁子峰房間的門緊關著，我把耳朵貼在門上，仔細聽著。忽然，門開了，我一下子摔了進去。

白柔站在房裡看著我，我站起來，這才看見丁子峰的屍體竟然坐在了旁邊的凳子上，慘白的臉，僵硬的表情，眼神陰惻惻地看著我。

「要聽聽我講的故事嗎？」白柔說。

閨蜜

小美愛上了一個叫風的男孩。她把這個消息告訴了最要好的閨蜜小柔。風是一個演員，很努力，卻總是沒有機會。

很多時候，小美都在四處託人幫忙，希望能給風多個上戲的機會。這讓小柔很不高興，她不希望小美的愛情是這樣的。

終於有一天，小美高興地說，她找到了一個導演朋友，可以幫到風。不過，那個導演要小美晚上去找他，小美希望小柔可以和她一起去。

天黑了，小美和小柔一起去了那個導演住的酒店。

在酒店門口，小美跟小柔說：「如果接到我的電話，妳一定要來找我。」可是，小美的電話卻在小美離開後幾分鐘莫名其妙地關機了。小柔等了十幾分鐘便衝進了酒店，可是卻記錯了房間號。等到她好不容易問到服務員的時候，卻看見小美衣衫不整、滿眼是淚地從房間裡跑了出來。

小柔去找導演理論，卻被對方趕了出來。

小美從酒店的天台跳了下來。小柔被導演推搡出來，到處尋找小美，可哪還有小美的影子？正當她手足無措地從酒店大門衝出來的時候，卻正好看見小美從上面摔下來，整個人都摔碎了，但是小美的兩隻眼睛卻死死地盯著她。

從那以後，小柔夜夜難以入睡。她總是聽見門外有人用指甲刮門，一下，一下，又一下，刀子般鑽進她的耳朵裡，刺進她心裡。

後來，在一個風雨交加的夜晚，她一個人離開了家，穿過深邃的街道和死寂的荒路，來到了小美的墳前。

她聽見了小美的召喚，於是拼命地刨開了小美的墳，打開了小美的棺材，躺了進去。

小美在跳樓的時候，風給她打過電話，小美沒有接，風目睹了她跳樓的整個過程。風無法接受小美的離開，陷入了痛苦和自責中。雖然之後他沉浸在自己的影視角色裡，但是這種狀態根本不適合表演。終於，在一次拍攝的時候，他被導演趕了出來，去副導演那裡領薪水撞見副導演又在搞潛規則，於是和副導演大打出手，他徹底被拋棄了。

「不要再說了！」我打斷了白柔的講述。

疼痛開始在腦子裡劇烈地蔓延，小美就是方媚，小柔就是白柔，而風就是我，我是周風。和丁子峰在房間裡偷情的不是方媚，而是另一個女演員。

我想起了那個月光慘淡的晚上，方媚像斷線風箏一樣從天台上掉了下去。我的眼淚流了下來，記憶終於衝破了那道屏障，湧了進來。

門外，楊磊已經講完了故事。很快就輪到我了，可是我卻決定放棄守靈遊戲。聽到我的決定，梅姑說：「那來靈前上炷香吧。」

盯著程耀天的遺像，我深深鞠了一躬，然後將梅姑點好的香插進了香爐。梅姑在旁邊燒起了黃紙，很快眼前揚起了飄浮的灰燼。

我的意識開始有些迷糊，感覺頭暈乎乎的，剛想說什麼，卻一頭栽倒在地上……

真相

等我醒過來時，我發現自己身在一個漆黑的房間裡，眼前是一排顯示器，上面是程家別墅的各個角落。其中有四個顯示器分別正播放著丁子峰、趙珊、白柔、楊磊講故事的畫面。

其他三個人的故事我已經聽過，我把目光聚到了楊磊的畫面上。

「接到報案後，我第一時間趕到了現場。那個女孩躺在地上，紅色的裙子和身上的血跡幾乎已經無法分辨。事後的調查很簡單，也讓我很吃驚。涉案的人竟然有丁子峰。當我告訴他可能因此吃官司的時候，他要求我必須幫他搞定，否則就揭穿我之前的一個謊言。那件事，我絕對不能讓人知道。於是，我只好幫丁子峰，做了偽證。」

這時候，房間的門忽然開了。梅姑和一個老人走了進來。老人的樣子有些面熟，很快我認了出來，他是方媚的父親方明德。

「方叔叔，這是怎麼回事？」我意外地看著他。

「我來告訴你。」方明德揮了揮手，「所有的一切都是我安排的，這些人和你一樣，全部都是演員。除了這個宅子。」

「演員？」我驚叫了起來。

「不錯，我之所以這麼做也是爲了你和方媚。」說著，方明德的眼眶濕潤了。

方明德在方媚的遺物裡發現了一個日記本，方媚生前最大的心願就是希望能夠看到有一部屬於我的恐怖電影。方媚的死屬於自殺，丁子峰有不可推卸的責任，但是卻在現場調查的員警幫忙下逃脫了法律的制裁。一個悲劇，隨著時間的推移被人們漸漸忘記，唯有方明德和我無法釋懷。

方明德想到了這個辦法，賣掉了家產，準備導演一部電影，除了了卻女兒的遺願，將我從痛苦的深淵中拉出來，更希望能讓人知道事情的眞相。

這一次，我是眞正的主角。沒有導演的咒罵，沒有合作演員的鄙視，全部都是方媚和方明德滿滿的愛。

丁子峰、趙珊母子、白柔和楊磊走了進來。本來故事的最後應該是我講故事，發現程家別墅所有人都是陰人的，但是白柔講的故事卻讓我恢復了記憶。

「生活和電影不一樣，電影的一切都是設計好的，而生活卻是無法設計編排的。」作爲整個電影編劇的梅姑無奈地說道。

我緊緊握住了方明德的手，我想這一切方媚一定看得到。

回到家裡，我收到了梅姑撰寫的劇本，仔仔細細從頭看到尾，但是劇本裡並沒有趙珊母子去院子裡那間房子的情節。

我忽然想起了織錦的信。

方明德說，梅姑是在網上看到招募訊息後自己聯繫他的，對於梅姑的來歷，他並不知曉。

憑著織錦信裡提到的訊息，我在圖書館翻查了很多民國時期的資料，終於在一部地方誌上看到了這樣一則舊聞：民國三十三年冬，有外人來尋妻，警察局在一座老宅發現四具屍體，死相怪異，全部趴在一口棺材面前。

舊聞上面還刊登了幾張現場照片，雖然模糊不清，但是其中一個女的，還是依稀可以辨認出來，那赫然就是梅姑的樣子。

第3章

四人鬼宅

不遠處就是四人宅，兩只燈籠在風中搖曳，似乎是一雙猙獰的眼睛。我們走進了四人宅。關上門的那一刻，我打了個哆嗦。恐懼像是風一樣，悄無聲息地吹進了每個人的心裡。

關於凶宅的故事

周遠的故事講完了，我不得不佩服，這真是一個不錯的恐怖故事。

「呵呵，這個故事不錯，看來這一次讓你們到這裡來，果然是一個不壞的選擇。」耳機裡又傳來了那個神秘人的聲音。

我靜靜地聽著，想要仔細分辨一下這個人的聲音，可惜始終沒有頭緒。

「今天大家都累了，早點休息吧。明天我們繼續聽故事。」神秘人說道。

陌生的環境，我無法入眠。

面對現在這個遊戲，說實話，我並不覺得害怕，甚至還有一點小興奮。

我需要給自己準備一個故事，可是關於凶宅的故事，我該怎麼準備呢？

無數個素材開始在我腦子裡飄蕩，又都被我一一否決。

不知道過了多久，我睡著了。

等我醒過來的時候，我聽見外面有人在砸門。

推開門，我看見孟誠正拿著一把凳子在砸門。

他的動作也驚醒了其他人，可以看出來，凳子已經砸得有了明顯的裂痕，但是門卻紋絲不動。

「好了，還是好好想想故事吧。恐怕只有講完故事才能知道下一步該怎麼做。」唐山安慰他。

這時候，喇叭裡傳來了神秘人的聲音，「看來大家都很興奮，既然都起來了，那我們不如在早餐開始之前講個故事聽聽吧。」

我看了看孟誠和唐山，現在就我們三個還沒講故事。

我剛想說不如由我先來，結果唐山卻搶先站了出來，「我先來講吧，本來這個故事我以為一輩子都不會有人知道。但現在，我想把它講出來。故事名叫『四人鬼宅』。」

荒唐的求助

那天晚上本來是李木值班的，但是李木的岳母忽然生病被送進了醫院，他便把我喊了過來。說是值班，其實就是記錄一下各個派出所處理不了的事情，第二天再根據輕重緩急安排人員處理。

晚上九點多的時候，報警電話突然響了。

「救命，救命，有人要殺我！快來！」電話裡傳來一個男人的求救聲。

「你在什麼位置？誰要殺你？」我立刻問道。

「城南賓館七〇一……」電話被掛斷了。

放下電話，我立刻撥了城南派出所值班室的電話，但是打了兩次卻一直沒有人接。人命關天，沒有多想，我拿起衣服，快步向外面跑去。

城南賓館離我們局其實並不遠，雖然已經是夜裡，但是街上的人還很多。車子拐上輔路，穿過一條巷子，我看到了城南賓館的門頭。

賓館老闆有些意外，但還是很配合地帶著我來到了七〇一房間，並且用備用鑰匙打開了門。

房間裡黑漆漆的，窗簾全部拉著。

「不要開燈。」黑暗裡突然傳來一個男人的聲音。

聽見裡面的人說話，老闆退了出去。

「把門關上。」裡面的人又說。

我遲疑了一下，關上了門。

「謝謝你能來。」黑暗中的男人說話了，但是聲音似乎充滿了絕望。

「你叫什麼名字？」面對黑暗中的人，我試著先瞭解他。

「陳石。」

「你好，陳石，你是不是遇到什麼麻煩了？」我繼續問道。

「我告訴你一個秘密，千萬不要去那個宅子。他來了，他來了！」

陳石忽然歇斯底里地叫了起來。

我立刻打開了旁邊的電燈開關。

燈亮的那一瞬間，我看見一個黑衣人跳出窗外，就在他即將跳出去的那一刻，回頭看了我一眼，竟然是一個骷髏人！

地上躺著一個男人，他睜著眼睛，身體正在抽搐。

「救……救……救……」男人還想說話，但最終只是抬抬手，便不再動彈。我衝到窗戶邊一看，這是七樓，牆面平滑，剛才的骷髏人居然從七樓跳了下去。

地上的男人正是陳石。他身上的財物並沒有丟，錢包裡有身份證和一張照片，照片上是他和一個女孩的合影。女孩十八九歲的樣子，應該是他的女兒。陳石的右手攥著一張名片，上面寫著：豫城商貿公司經理，曲勁。

我又一次聯繫城南派出所。很快，局裡刑警隊的刑警和法醫也來到現場，這個偏僻安靜的賓館頓時熱鬧起來。

負責案子的是刑警隊長凌子昊，之前在局裡開會時見過幾面。

「心肌梗塞，急性的。」法醫說出了初步鑑定結果。

「凌隊長，借一步說話。」我猶豫了一下，還是把開燈時看見的那一幕告訴了凌子昊。

「骷髏人？從七樓跳了出去？」凌子昊看著我問。

「也許是我眼花了。」我也不知道該怎麼描述這一幕。

「可能有這種情況，比如兇手戴著骷髏人的面具，從七樓跳下去，也早就安排好了逃離繩索，陳石可能是看到骷髏人嚇得引發心肌梗塞。之前我辦過一個案子，一個黑心房東爲了侵吞租客的租金，經常假扮死去的鄰居去嚇人。」凌子昊幫我分析了一下。

從賓館出來，已經快後半夜兩點了，我的思緒還停留在剛才的疑問中。凌子昊的分析不是沒有道理，只是骷髏人是何時出現的？陳石又是否看到他了呢？還有，陳石臨死前說的宅子和那句「他來了」又是什麼意思呢？

喵！突然，一個黑影從馬路邊竄了出來，我嚇得一激靈，一腳踩住了煞車。

死寂的馬路中間，一隻貓被軋在車輪下面。因爲疼痛，牠瘋狂地衝著我慘叫。我急忙下車察看牠的傷情，牠卻惡狠狠地露出了白森森的牙齒。

「你撞了我的貓。」身後忽然傳來一個陰森的聲音。

我急忙回頭，看見一個佝僂著身體的老人，目光死死地盯著我。

「我……牠突然跳出來，眞的不好意思。」我語無倫次地說著。

「各有各命，你好自爲之吧。」老人沒有理我，逕自走到車前，彎腰一把將車輪下那隻貓拽了出來。

那隻貓淒厲地叫了起來，被拉了半個身子出來，一片血肉模糊。

老人將半隻貓抱在懷裡，轉身向前走去。

我怔怔地站了一會兒，才又回到了車裡。車子開動的時候，車燈正好晃到了前面老人的背影。老人拐進了路邊的一條巷子，就在巷子口，他側了側身微微回頭，衝著我露出了一個詭異的微笑。那半隻貓竟然也衝著我笑了笑，彷彿根本沒有受傷一樣。

我渾身打了個哆嗦，趕忙驅車離開了。

已死之人

我的父親因爲參加唐山大地震救援時目睹了太多慘烈的場景，回來後，心神出現了很大的波動。他經常會跑到派出所找人幫忙，喃喃自語地說：「有人被壓住了，需要救出來。」

每次，都是在派出所工作的叔叔將父親送回家來。

員警這個職業，從我小時候就被注入了不一樣的情感。十四歲那年，父親去世了。葬禮上，我發誓要做一名員警。

從警校畢業的那一年，母親帶著我來到了父親的墳前。那天，她說了很多話。在回來的路上，她說：「唐山，這個世界上有很多看不到的東西，只有員警和當兵的才能鎮住他們。這下我們太平了，你父親在九泉之下也安寧了，不會有小鬼欺負他了。」

父親長病的那幾年，母親曾四處求醫，甚至還找過一些神婆。她們說是父親在唐山救援時得罪了一些冤魂，母親深以爲然。

這些年，我從基層員警一步一步做起，現在在局裡做行政工作，接觸過很多案子，也遇到類似當年我父親的情況，但是我始終不相信那些所謂的鬼神之說。

可是現在，我驚魂未定。

回到局裡，我連喝了三杯熱水，依然感覺渾身發冷。離奇死去的陳石、詭異的骷髏黑衣人、淒厲的半隻貓、佝僂身子的老人，這些畫面瘋狂旋轉，在我腦子裡形成一個陰森森的黑洞，讓我欲罷不能，深陷其中。

昏昏沉沉的，我趴在桌子上睡著了。不知道過了多久，我聽見有人敲門，努力想睜開眼，卻一點力氣都使不上。

門開了，有人走了進來，一股陰冷的風隨之而來。

「你不該進來的。」來人說話了，像是從地獄鑽出來的聲音，冰冷沙啞。

我想說話，但卻發不出任何聲音來。

「既然進來了，就出不去了，呵呵呵……」那個聲音笑了起來，刺耳得像個惡魔。終於，我能抬起頭了，模模糊糊的視線中，一個背影走出門去。迷迷糊糊的，我失去了知覺。

等到再次醒來的時候，天已經亮了，桌子上放著一個黑色的信封。我一下子想起了那個似夢非夢的情景，還有那個陰森鬼魅的笑聲。信封裡有一張紙條，上面只有六個字：望靈鎮，四人宅。

望靈鎮似乎是個地方，我用網路搜索了一下，卻一無所獲。

這個時候，接班的人來了，我簡單收拾了一下就離開了。昨天晚上的事情太過奇怪。回到家裡，我才發現身上裝著一張照片，是陳石和她女兒的合影。

面前又一次出現了陳石出事時的情景，漆黑的房間裡，陳石一直在向我求救，卻沒有成功。陳石應該是知道自己已經沒救了，爲什麼還要求救呢？難道他要我救的人不是他自己？我的腦子裡忽然閃過一個念頭。

對了，陳石死的時候，右手裡還有一張名片。我記起了那張名片：豫城商貿公司經理，曲勁。

莫非陳石的死和這個曲勁有關係？

砰砰砰！一陣敲門聲響起。我收起名片，打開了門。門外站著一個男人，穿著一件黑色上衣，戴著一頂鴨舌帽，看不清長相。

「你找誰？」我問道。

「陳石死前找到你了？」男人低聲問道。

「你是誰？」我警惕地看著他。

「如果想找到答案，來這個地方。」男人說著遞給我一張紙，然後轉身離去。

「喂，你到底是誰？什麼答案啊！」我衝出去對著他喊道。

男人停了下來，緩緩轉過身，微微抬頭，露出一張蒼白的臉，「我叫曲勁，你想要的所有答案。」

什麼意思？

等我反應過來時，曲勁已經離開了。回到房間裡，我拿起曲勁給我的那張紙看了一下。那是一張破舊的報紙，上面用紅色的粗筆劃了一個簡單的路線圖，在一個地方用紅圈標注了幾下。

我一頭霧水，將報紙放到桌子上。忽然，眼角掃過報紙一角上的內容，又立刻拿了起來。那是一則火災報導，出事地點是豫城商貿公司，遇難人員的名字竟然是曲勁，旁邊還附了一張黑白照片——赫然就是剛才來找我的曲勁！

我頓時感覺頭皮發麻，後背像有無數個蟲子爬過，一下癱倒在地上。

怪事連連

這是一輛通往寧城的大巴車。

曲勁給我的地圖上的座標是寧城的一個小縣城。

大巴上人不多，我坐在靠後的位置，左邊是一個黑衣男人，戴著黑皮帽子，整個人縮在座位上。

車子駛離了大路，拐進了一條崎嶇的土路。此刻天氣有些陰沉，前面是一大片看不到邊際的樹林，樹林銜接著烏雲，彷彿一塊纏裹在一起的巨大幕布。

車子上了一個坡，忽然停了下來。車前走過來一群人，走在最前面的全部穿著白色的孝服，中間的穿著灰色的喪服，最後是紅色的喜服。

「晦氣，結陰親的。」坐在前座的女人隨口罵道。

司機似乎很好奇，將頭伸出去看。這種事在寧城並不少，但是大白天卻不常見。

很快，那群人從車旁繞了過去。前面一個人抱著一張遺像，照片上是一個年輕人，戴著一副眼鏡，文質彬彬的。後面穿喜服的人群中也有人抱著一張照片，不過卻用紅布蓋著。

坐在我旁邊的黑衣男人突然從座位裡鑽了出來，死死地盯著車窗外面的人群，似乎發現了什麼，用力地敲著車窗。

但是，外面的人根本聽不見，沒有人理會他。

「幹啥呢？」司機喊道。

黑衣男人停了下來，緩緩地又縮回了座位裡。

外面有風吹起，那個蓋著紅布的照片忽然露出了一角，像是被人掀起來一樣，露出了相片的下半部分，竟然是一個骷髏的下半邊臉。

那個抱著照片的人似乎發現了什麼，回頭瞪了我一眼。我慌忙轉過了頭，心裡卻騰騰地跳個不停。

汽車重新啓動了。

旁邊黑衣男人突然探過來頭跟我說話，「你剛才看見了嗎？」

「什麼？」我問。

「那個抱照片的人身上，」男人低著聲音，「背著半個人。」

我愣了一下，不自覺地往外面看去。已經遠去的送親隊伍有些看不清了，但不知道是因爲黑衣男人的話，還是有些眼花，我似乎眞的看到人群中有個人身上背著半個人。

「大白天結陰親的，都是晚上不敢出門的。」黑衣男人繼續說。

「別聽他胡說八道！你個大老爺們，怎麼膽子這麼小？」這時候，坐在前面的一個女孩忽然說話了。

女孩的話一下子提醒了我，好像自從那天晚上去找陳石之後，我開始變得疑神疑鬼，膽子也變得越來越小了。

「哼，小丫頭片子，知道什麼！等遇見事了，看妳還嘴硬不？」黑衣男人冷笑一聲，又縮了起來。

這個時候，司機突然一個急煞車。

「操，邪了門了！」司機叫了一聲。

「怎麼了？」前排的人問道。

「剛才明明看見一個人在前面，難道是我眼花了？」司機疑惑地說道。

「別磨蹭了，天都快黑了。」其他人催促起來。

車子繼續前行。這時候，黑衣男人忽然拉了拉我，指了指後車窗。我回頭一看，頓時嚇了一跳。

車窗外站著一個人，渾身是血，目光死死地盯著我們。看見我，他竟然擺了擺手，似乎在說什麼話。

「唯有死亡不可阻擋。」黑衣男人說。

砰！車子撞到了什麼東西。

我感覺天旋地轉，腦袋重重地磕了一下，暈了過去。

無常之境

雨水打醒了我。汽車翻下了山溝，我被甩出了車窗，整個身子一片麻木。幸運的是，只是受了一些皮外傷。

在我前面不遠處，是之前在車上說我膽小的那個女孩。她俯身趴在地上，不知道怎麼樣。我靠過去把她翻過來，拍了拍她的臉。她的額頭被撞破了，血水混著雨水，看起來似乎很嚴重。

「她沒事的。」身後傳來說話聲。

轉過頭，我看見之前旁邊的黑衣男人坐在地上。他依然保持著車禍前在車上蜷縮的姿勢，只是此刻他的臉從帽子裡面露了出來，一副愁眉不展的模樣。

「都這樣了，還沒事？」我有些生氣地說道。

「我們的厄運才剛剛開始。」黑衣男人站了起來，走到了我面前。

我這才發現這個男人個子很高，應該有一米九，眞不知道他這麼高的個子爲什麼要蜷縮著。

這時候，女孩醒了過來，看見我抱著她，不禁有些害羞。

「我看看其他人怎麼樣了。」我尷尬地站了起來。

「不用看了，就我們三個了。」黑衣男人又說話了，「我剛才看過了，其他人都不見了。也許，之前根本就沒有人。」

我和女孩都愣住了。

「介紹一下，我叫馬集。」黑衣男人說道。

「我叫玲子。」女孩撫了撫額頭上的頭髮。

「我叫唐山。」我說。

「你叫唐山？」馬集驚訝地看著我。

「有什麼問題嗎？」我問。

「不對，你還有別的名字嗎？」馬集又問。

「沒有，只有這一個名字。」我堅定地說道。

「你認識陳石嗎？」馬集想了想，冷不防地問我。

「你認識他？」我的心一下子提了起來。

「陳石死了？」馬集似乎明白了什麼，顫抖地看著我。

「是的，他死了，之前我並不認識他。」我點點頭。

「我明白了，看來眞的是躲不過的。」馬集臉色瞬間變得鐵青，嘴角哆嗦著。

「你們在說什麼？這裡到底是什麼地方啊？」玲子看著我們問道。

「給你們看一下。」馬集沒有回答，突然從口袋裡掏出一把閃著寒光的匕首，衝著玲子的胸口插去。

玲子驚愣呆愣地看著眼前的一幕，可接下來的事情更讓人意外，被匕首刺中了的她卻一點事都沒有。

馬集苦笑了一下，反手把刀子插進了自己的心口，然後又抽出來。

「知道這裡是什麼地方嗎？」馬集自問自答，「無常之境，生與死的交界處。我們現在不是死人，也不是活人。」

我和玲子被徹底驚呆了。

「走吧，要想知道答案，跟我去那裡吧。」馬集收起了匕首，指著前面說。前面不遠處，有燈光，看起來似乎是一座宅院。

「那是什麼地方？」玲子問。

「四人宅。」馬集緩緩地說道。

「死人宅？」我的臉皮顫抖了下，反問道。

「不是死人的死，是一二三四的四，四個人的宅院。」馬集解釋道。

「可是我們只有三個人啊！」玲子說。

「所以，還差一個人。」馬集的臉變得陰沉起來。

我們沒再說話，因爲前面走過來兩個人。一男一女，男孩文質彬彬，戴著一副眼鏡，看起來有些眼熟。女孩穿著一條裙子，在雨中瑟瑟發抖。

「怎麼是兩個人？」玲子疑惑了，脫口問道。

「因爲有一個不是人。」馬集看了我一眼。

我一下子想起來，那個戴著眼鏡的男孩，分明就是今天看到結陰親時，遺像上的人。

鬼宅

女孩叫曲麗麗，是曲勁的女兒。

男孩沒有說話，陰惻惻地站在女孩身後，幽靈般孤立。

「現在我們可以出發了。」馬集拍了拍手。

「等等，我們到底要做什麼？」我攔住了馬集。

「也好，乾脆先告訴你們吧，」馬集掃了我們一眼，邊走邊說：「我們現在的目的地是四人宅……」

第一個發現四人宅的是陳石。四個人的戶外裝備裡，他的望遠鏡是最好的，即使天色昏暗，依然能清晰地看見亮著燈光的宅院。

已經在山裡走了兩天一夜，身上的乾糧也沒了。四個人都是老手，但因爲走錯了路，迷失在了這片深山老林裡。如果再不出去，怕是要出事了。幸運的是，陳石發現了一座宅院。

鎖定好方向，四個人感覺希望就在眼前。

一個半小時後，他們來到了宅院前。宅院依山而建，一條路蜿蜒曲折，遠遠望去，如同一隻孤獨的沉默獸。

「四人……什麼宅？」馬集念出宅院門匾上的字，中間有個字看不清楚。

「管他什麼宅的，先找吃的吧。」曲勁用力敲了敲門，門卻被敲開了。

有風從裡面吹出來，涼颼颼的，在孤寂的荒山裡，空幽幽的庭院散發著攝人魂魄的氣息。

「這地方有些玄乎。」膽小的王子雪縮了縮身體，藏到陳石的後面。

「怕什麼，你們跟著我。」

曲勁第一個走了進去，其他人隨之而入。

門緩緩關上了，彷彿要將外面的世界隔離開。

宅院不大，四四方方的。中間是大堂，走廊對稱而開，院子裡空蕩蕩的。地上的爬牆虎已經蔓延到牆上，像是一條條臥在上面的蛇，風一吹，沙沙地響。

大堂裡只有四把椅子，中間是一張古色古香的桌子，下面點著四根白色的蠟燭。桌子旁邊還有兩根柱子，柱子上面有一些奇怪的花紋，模模糊糊的還有幾個古體字，看不出是什麼。

「這房子眞奇怪，有人嗎？」曲勁圍著大堂轉了一圈，大聲喊了起來。

「看這樣子，不像是有人。」馬集說。

「那蠟燭還點著呢！」王子雪說。

「這蠟燭不是普通的蠟燭，似乎是鮫油做的。我以前在山上見過一些獵戶留宿的過路房，裡面也有這種蠟燭，點上以後，可以燃燒很久。」陳石盯著桌上的蠟燭說道。

「這裡是什麼？」旁邊的曲勁似乎有了新的發現。其他人這才注意到，不知道什麼時候，曲勁繞到了桌子後面。

那張桌子後面有一張布簾，布簾後面竟然有一個小木門，拉開木門，是一條通往地下的階梯。

四個人沿著階梯走下去，大約走了十幾分鐘，階梯到了盡頭。下面是一個空曠的地下室，地下室中間放著一口猩紅色的棺材。

白蠟燭，紅棺材。

「我們走吧，這裡太恐怖了。」王子雪拉了拉陳石。

「怕什麼，既來之，則安之。」曲勁生性膽大，走過去用力推開棺材蓋子。

一股奇怪的味道從棺材裡冒出來。曲勁往裡面看了一眼，身體莫名地抖了一下，然後快速地合上了棺材蓋子。

「怎麼了？」馬集看到曲勁的變化，問道。

「我們……我們走吧。」曲勁的臉色變得慘白，嘴角微微有些顫抖。

「裡面有什麼？」馬集走到了棺材前，推開了棺材蓋子。

詛咒之宅

說到這裡，馬集突然停住了，不再說話。

「棺材裡有什麼？」我問。

馬集抬起了頭，若有所思地望著前方。

「棺材裡是什麼呀？」玲子也追問道。

「棺材裡是一具屍體。」曲麗麗說道。

「棺材裡有屍體，這有什麼奇怪的？」站在曲麗麗旁邊的男孩笑嘻嘻地說。他的嗓音又啞又澀，彷彿被人捏著脖子一樣。

「奇怪的是，我在棺材裡看到的屍體是我自己，曲勁看到的屍體是他的。這才是恐怖的地方。」馬集說道。

馬集並沒有繼續講下去，因爲天色更幽暗了。

烏雲翻滾，似乎要下暴雨了。

不遠處就是四人宅，兩只燈籠在風中搖曳，似乎是一雙猙獰的眼睛。

在一知半解的故事裡，我們走進了四人宅。關上門的那一刻，我打了個哆嗦。然後，我看到了馬集說的那個大堂，還有四四方方的宅院。

大堂裡面的情景跟馬集描述的差不多，四把椅子，一張供桌，桌子上立著四根白蠟燭，只是蠟燭並沒有點燃。馬集坐到了旁邊的一張椅子上，繼續講起了後面發生的事情。

恐懼像是風一樣，悄無聲息地吹進了每個人的心裡。

「棺材裡到底是什麼？」陳石也有些好奇，走了過去。

「不要看。」馬集忽然拉住了他。

「我們快點離開這裡吧。」曲勁說著，快步往外走。

可是，走下來時只用了十幾分鐘的階梯卻像是無限延長了一樣，怎麼走都走不到盡頭。四個人就像陷入了迷魂陣，上面是看不到盡頭的階梯，下面也是看不到盡頭的階梯。

「我就說這裡有問題，我們不該來的。」王子雪嚇得哭了起來。

曲勁的額頭上也冒了汗，不過依然不信邪，繼續帶頭向上走著。不知道又走了多久，他們終於走出了階梯。只是眼前已經不是之前的四人宅大堂，而是一個陌生的房間。

房間裡有三個人，其中一個長髮男人坐在桌子後面，另外兩個站在旁邊。他們全都穿著黑色衣服，站著的兩個甚至還戴著黑色的頭罩，看不見模樣。

「不好意思，我們迷路了，因此才來到這裡。」馬集看見他們闖進了別人的房間，慌忙解釋道。

「進了四人宅，就算是因爲迷路也回不了頭了。」男人呵呵一笑，揮了揮手。旁邊的兩個黑衣人走到了門口把守。

「這是什麼意思？你是這四人宅的房主？合著不讓我們走了？」曲勁走近前去，大聲呵道。

「坐吧。」男人依然笑呵呵的，指了指旁邊的椅子。

四個人相互看看，坐了下來。

「我先簡單說下四人宅的來歷吧。」男人撫了撫額頭前的長髮，「我的名字叫嬴勾，守著這個宅子好多年了。你們是第幾批客人，我記不得了，不過不管是誰，到了這裡，就是我的客人。既然是客人，就要遵守我的規則。」

「不好意思，嬴勾先生，我們只是迷路了。如果方便，我們現在就走。至於你的什麼規則，我們不想參與，再見。」曲勁站起來，轉身向外面走去。

嬴勾沒有說話，依然微笑著。

馬集和其他人也跟了過去，可是走到門口不得不停了下來。那兩個守在門口的黑衣人一動不動，曲勁伸手去推，卻無意中將其中一個的面罩扯了下來，露出了一張骷髏臉。

「我說過，你們要遵守我的規則。即使他們不攔你們，你們覺得走得了嗎？」嬴勾站了起來，一揮手，門開了。

讓大家震驚的是，門外竟然是萬丈懸崖。曲勁不再說話，四人互相看了一眼，默默地重新坐回去。

「現在，我來說一下規則。」嬴勾又笑了起來，「四個人只能走三個，你們可以商量著選出一個留下來。半年的時間，你們要帶其他人來這裡換人，並且出去的三個人不能逃跑，如果發現有人逃跑，另外兩個人必須殺死他。然後再找一個人代替他，湊齊三個人繼續找人來這裡換人。半年後，如果你們沒來換人，留下的人可以自行離開。不過，他也去會失去一些東西。」嬴勾笑得有些陰森。

「這是什麼遊戲，簡直是胡扯！」陳石憤怒地站了起來。

「這不是遊戲，這是詛咒。」嬴勾的嘴微微往上一翹，「進入四人宅，就是進入了詛咒宅，誰都逃不掉。」

馬集的故事讓我們徹底呆住了，那個神秘的嬴勾，彷彿就站在大堂盯著我們。馬集說到那兩個黑衣骷髏人的模樣，簡直和我之前在城南賓館七〇一房間陳石死亡現場看到的一樣。

這不是故事，而是真實遭遇。

想到這裡，我不禁起了一身雞皮疙瘩。

馬集剛想繼續說下去，旁邊的曲麗麗卻接過了話繼續解釋。

死而復生之人

三個男人最終商量將王子雪留下來，因爲王子雪膽子小，大家怕她出去以後會逃跑。

聽到要讓自己留下來，王子雪強烈反對，但是卻沒有人理她。嬴勾微笑著擺了擺手，守在門口的兩個黑衣人走過來將王子雪帶走。曲勁、馬集和陳石離開了四人宅，帶著沉重的詛咒，走向了外面的世界。

出來的第一件事，他們選擇報警。可是員警根本不相信他們的描述，在衛星地圖上也根本找不到那個宅子。

曲勁回到家後，開始每天晚上做惡夢。他把自己關在房間裡，拉上窗簾，大白天都不願意見人。家人不得不幫他找了心理醫生，在心理醫生催眠理療下，他們知道了曲勁和四人宅的秘密。但是，心理醫生說，這是曲勁內心的幻想，這個世界上沒有詛咒。

為了給曲勁治病，家人把他送到精神病醫院。讓人沒想到的是，半年後的一個夜裡，他偷偷跑到豫龍商貿城裡放了一把火，將自己燒死在裡面。

曲勁死後，曲麗麗找到馬集和陳石，她說自己已經知道了四人宅的秘密。她願意替父親和馬集、陳石一起繼續換人遊戲，但是曲麗麗提出想要先進四人宅看看。

於是，馬集和陳石帶著曲麗麗又一次來到了四人宅。這一次，他們並沒有進去，因為他們遇見了一個人。這個人叫肖墨，他也是四人宅詛咒的受害者。

肖墨的同伴因為懼怕而逃跑了，結果全部被殺。在這期間，肖墨發現了四人宅的秘密，那就是三個離開的人，其中一個出去的時候就已經不是人了。他必須用各種辦法將其他人殺死，自己才能復活，不然便變成孤魂野鬼，無法轉世輪迴。

肖墨的話讓馬集和陳石起了內訌，開始互相不信任。最後，他們並沒有進入四人宅，而是鬧翻了臉，分道揚鑣。

「難道那個肖墨就是他？」聽到這裡，我的目光落到曲麗麗後面那個男孩身上。

「不錯，我就是肖墨。」男孩點點頭。

「那我們來到這裡，都是被選中了？」我忽然明白了一個問題。

「不錯，從陳石找到你的時候開始，你就已經進來了。」馬集點了點頭。

「那，那我呢？我怎麼會被選中？」玲子疑惑地問道。

「妳是怎麼來到這裡的？」曲麗麗問道。

「我只記得和男朋友吵架，爭執中，我差點摔進地鐵隧道，幸好旁邊有個男的拉住了我。後來，我跟那個男的一起出了地鐵站。那個男的看我心情不好，情緒也不穩定，建議我外出旅遊，於是我便坐上了旅遊大巴到了這裡。」玲子道出自己來到這裡的原因。

「不管什麼原因，既然來到這裡了，就都是宿命。我們只有解除了詛咒才能解脫，否則只有死路一條。」馬集咳嗽了一聲，站到了桌子面前。

鬼審人

很多年前，我執行過一個任務。

通過線報，我們得知一個名叫李成的通緝犯從外地偷偷回到了家裡，派出所立刻制定了抓捕計劃。當時，我和另外一個叫張奎的員警一組，蹲守在李成家果園附近一座廢棄的磚窯裡。

張奎人高馬大，膽子卻非常小，在所裡也只是擔任戶籍工作。那次因爲有另一起大案子，很多同事都過去幫忙，才臨時抽調張奎。

我和張奎在那個磚窯蹲守了一天一夜，李成終於在第二天夜裡來了。但奇怪的是，李成是被人押著來的，押著他的是兩個穿著一黑一白衣服的怪人。我和張奎疑惑地看著他們走到了我們旁邊的一座磚窯裡。

農村的磚窯大多只有一層夯土，爲了透氣，會有很多透孔。本來我準備衝過去抓住李成，卻被張奎拉住。

他神色緊繃地跟我說，那兩個怪人有些像鬼差。

張奎一說，我也有些懵了。

那兩個押著李成的人還眞的有些奇怪，穿的衣服似乎是紙做的，還拿鐵鍊鎖著李成，看起來就像傳說中的黑白無常。

就在我遲疑的時候，張奎拉著我走近旁邊的透孔，觀察另一座磚窯裡面的動靜。昏暗的磚窯裡，李成跪在地上，黑白無常站在旁邊，中間有一張低矮的桌子，桌子後面坐著一個滿面黢黑的人。

黑面人拿著一個竹籤似的東西在桌子上拍來拍去，黑白無常就將李成按住，將一把閃著寒光的匕首插進了李成的心口。

張奎膽小，拉著我趕緊離開了。

回到所裡，張奎哆哆嗦嗦地講了鬼殺李成的事情，還讓我證明。

後來，這個事就傳開了。那個時候，鄉下資訊閉塞，有些思想傳統的老人對此深信不疑。他們認為李成的罪惡已經由判官審判了，派出所不能再進行抓捕。

張奎嚇得請假回家了，我則被推到了風口浪尖。派出所裡，趕來的局長把我罵得狗血淋頭，但在群眾眼裡，我成了鬼審人的最佳證人。

這個世界上眞的有鬼神嗎？沒有人有答案。

因爲那起案子，我被調走了。直到幾年後，有一回在省城，見到了被調走後不再幹員警的張奎。那天中午，他請我喝酒，幾杯酒下肚，說起了那起案子。現在，我依然清晰地記得他的歉意與愧疚。

所謂的鬼審人，不過是李成爲了脫逃追捕的計策而已。那天發生的一切好像都是爲了演給我倆看的，張奎似乎知道些底細，但卻不明說。

張奎道歉後，我懸在心裡多年的疑惑減輕了些。

現在，我懷疑，所謂的嬴勾莫非也是一個騙子？但不解的是，我之前在陳石的死亡現場見過骷髏人，然後還看到死了一年的曲勁來找我。如果這是陰謀，對方的動機是什麼呢？難道眞的是詛咒嗎？

「或許，你們還不知道嬴勾的來歷。」這時，肖墨開口了。

「嬴勾？聽起來有些像古人的名字。」玲子說道。

「不錯，他的確是古人，而且是很早以前的古人。上古時期，傳說有四個殭屍始祖……」

「難道是和將臣、旱魃、後卿一起的那個？」馬集驚叫了起來。

肖墨沒有說話，點了點頭。

「怪不得，怪不得……」馬集像是明白了過來，手微微顫抖。

「你們說得的確很厲害，但是我想說的是，真的有嬴勾這個人嗎？」我的理智仍保持了一絲冷靜。

這個時候，一個奇怪的聲音從下面傳來，像是有無數個人在吹口哨。聽到這個聲音，馬集和曲麗麗大驚失色。

「這是嬴勾的信號，看來你們要下去了。」肖墨陰沉地看著我們，似乎在宣佈一個噩耗。

四人遊戲

我們在階梯上一直走著，不知道走了多久，到了盡頭。

盡頭處是馬集說的棺材。

「你們要看嗎？」馬集問。

玲子搖了搖頭。

曲麗麗走向了棺材。

「我跟妳一起。」我跟了過去。

推開棺材蓋子，我們看到了一具無面人屍體，看不出是男是女，安靜地躺在裡面，散發著一股詭異的味道。我看了曲麗麗一眼，她的臉色突然變了，像是看到了什麼恐怖的景象。

我向棺材看去，奇怪的事情發生了，那個無面人的樣子開始變了，像是有人在臉上畫畫，一筆一畫地描摹著。很快，我看到一張面孔清晰地浮現出來，赫然就是我的樣子。

「我們走吧。想必你們也看到了，無論是誰，看到棺材裡的人都是他自己。」馬集說道。

一切如同之前馬集講述的一樣，看不到盡頭的階梯，一層又一層，似乎延伸到了地獄。我們一直走著，不知走了多久終於走出來了。眼前不是之前的四人宅大堂，而是一個陌生的房間。房間中央坐著一個長髮男人，旁邊是兩個黑衣人，戴著黑色的面具，看不出樣子。

「歡迎來到四人宅。」嬴勾笑著看著我們。

馬集陰沉著臉，曲麗麗和玲子有些驚慌。

「老規矩，四人選一個留下來，其餘三個人走。」嬴勾的聲音微微顫抖，帶著壓抑不住的興奮。

我們四個人對視了一下，然後我快步走到了嬴勾面前，「我留下。」

「好。」嬴勾拍了下手。

兩邊的黑衣人走到我身邊，架著我離開。我回頭看了一眼其他人，他們的眼裡帶著擔心。

我被兩個黑衣人帶進了一個房間裡，四周靜悄悄的，沒有任何聲音。

入夜，我站在窗戶前，等待肖墨的信號。

在四人宅大廳時，贏勾的奇怪信號響起來之後，我們約定，四人遊戲選擇的時候，由我留下來。肖墨跟我講述了留下來的命運，以及該怎樣逃脫。

這是一個奇怪的旅程，從陳石的求助開始到現在，我覺得自己在一個夢中。手機、錢包、證件、配槍，這些之前從不離身的東西，現在都不知所蹤。唯一有的東西，是一張紙牌，上面寫有一個號碼：04358。我想了很久，想不起來這個號碼牌是幹什麼用的，想扔掉又怕會用得著。

外面傳來了一個細微的聲音，我身體一緊，這是肖墨的暗號。果然，站在門口的黑衣人開始四處搜索。藉這個機會，我噌地竄了出去。

第一個路口，第三棵樹，第四個分岔路。然後，我看到了一片荒草地和站在那裡等我的肖墨。

身後的宅子隱約還能看到。

「好了，終於出來了。」肖墨舒了口氣。

「怎麼離開這裡？」我問。

「跟我走吧。」肖墨說著，轉身向前面的荒草地走去。那裡是一片近半人高的荒草，風吹著，沙沙作響。

我跟在肖墨身後，走著走著，覺得有些不對。風並不大，但是我的身體卻越來越冷。我疑惑地停住了腳步。

「怎麼不走了？」肖墨轉身問我。

「我們到底要去哪兒？」我問。

「離開這裡，你知道的，這裡是無常之境。」肖墨說。

「這條路的盡頭是哪裡？」我又問。

肖墨沒有說話。

「那你要回去嗎？」許久，肖墨問道。

誰是鬼

我轉過了身，向回走去。

「你要回四人宅嗎？」肖墨追了過來。

「不，我要離開這裡。」我猶豫了一下說道。

兩邊的荒草晃動得越來越厲害了，我看見眼前的肖墨開始變得猙獰起來，目光變得兇狠，兩隻手似乎在慢慢變長。我慌忙向前跑，卻感覺像是逆風奔跑一樣，用盡全力卻怎麼也跑不快。

「留下來是你的選擇，現在爲什麼又要離開？」肖墨在背後嘶吼。

我倒退著，驚恐地看著肖墨。他的臉開始劇烈地抖動，詭異莫測，一會兒變成馬集的樣子，一會兒又變成曲麗麗的樣子，一會兒又變成了玲子的樣子。

我奮力抵抗著，慌亂中，順手從兜裡掏出個東西扔了過去，那是我口袋裡的號碼牌。

風，瞬間停了。我重重地摔倒在地，腦袋撞到旁邊一塊石頭上，眼前一黑，暈死過去。

雨水沖刷著我的臉，天地一片昏暗。汽車在眼前冒著煙，在我前面不遠處有一個女孩，俯身趴在地上，不知道情況怎麼樣。

我走過去扶起她，拍了拍她的臉，她的額頭被撞破了，血水混著雨水，看起來似乎很嚴重。

是玲子。

「妳怎麼樣？玲子？」我扶住她。

玲子睜開了眼，看見我，顯得很意外。

「馬集他們呢？」我問。

玲子站了起來，猛地眼睛閃出恐懼，「你不是在四人宅嗎？怎麼出來了？」

我歎了口氣，說了一下後來發生的事情。

「怎麼會這樣？」玲子呆呆地望著前方。

「馬集他們呢？」我問。

「他們，他們……」玲子喃喃地說了兩句，然後告訴我她的經歷。

從四人宅出來，玲子和曲麗麗在馬集帶領下離開。天昏沉沉的，景象開始有些奇怪。玲子覺得有些害怕了，拉了拉曲麗麗，想要停下來。曲麗麗變了臉色。這時馬集走到了玲子身後，和曲麗麗前後包抄。

「我們到底要去哪兒？」玲子問道。

「當然是離開這裡。」曲麗麗說。

「可是，這路不對啊。」玲子感覺自己正走入一條不歸路。地面越來越陡，身邊的樹林越來越多，沒有風，但卻特別冷。

「走吧，馬上就到了。」馬集說道。

玲子更加害怕，不肯再走，警惕地看著馬集和曲麗麗，此刻眼前這兩人看起來有些詭異。

「爲什麼不走？」馬集和曲麗麗一步一步向她靠近。

玲子再也不敢停留，轉身瘋了一樣向後跑去。漆黑的樹林裡，她拼命地跑著，後面是追趕的馬集和曲麗麗。突然，不知道被什麼東西絆到，她一頭栽了下去，等醒過來的時候，已經在這裡了。

「如此看來，馬集、曲麗麗和肖墨都有問題，我們快離開這裡。」聽完玲子的經歷，我果斷說道。

我們沿著路往前走，灰沉沉的天幕下，什麼都沒有。不知道走了多久，玲子停了下來，有些絕望了。

「難道這裡眞的是無常之境？」我想起之前馬集拿刀刺玲子的事情。

「我實在走不動了。」玲子說。

「前面是什麼地方沒有人知道，我們不如再回四人宅吧！」我說。

重回四人宅

一樣的路，只是少了馬集他們三人。

我和玲子沿著來路，沒過多久便看到了矗立在前面的四人宅。

似乎它是這個世界唯一的建築物。我們推開門，走了進去。空空蕩蕩的宅子裡，竟然讓我有種莫名的踏實感。

大堂裡的蠟燭已經點燃，我和玲子走了進去。

「難道我們只能在這裡嗎？」玲子恐懼地蜷縮著身體。

我沒有說話，仔細看了看四周。之前來的時候受到馬集他們過多干擾，沒有來得及仔細看。

很快，我看到了大堂桌子後面的木門，連忙喊玲子過來。

那個木門藏在一個布簾後面，如果不走近，很難看出來。

打開門，是一道階梯，我們取了一根蠟燭，攙扶著慢慢向前走著。走了好一會兒，我們走到了盡頭。那是一道木質的黑門，推開門，我看見嬴勾和兩個黑衣人。

玲子嚇得往後縮了縮。

「看來你已經領會了遊戲的規則。」嬴勾笑著說。

「除非找到其他人，不然根本沒有辦法離開四人宅。」我說。

「你們在說什麼？」玲子忽然明白了什麼，看著我們。

「妳的回來，自然是爲了他的離開。」嬴勾說道。

我回過頭看向玲子，眼神裡有些愧疚。

事情回到我被肖墨追趕的時候。甩脫肖墨後，我跑回四人宅，在那裡我又一次見到了嬴勾。對於我的回來，他很意外。四個人留下一個，出去的人可以在外面找任何人回來換人以破除詛咒；同樣的，留下的人也可以找任何人來代替自己。嬴勾對我的提議沒有反駁。

現在我可以離開了，我解開了四人宅的詛咒。玲子被黑衣人帶走了，我走出了大門。萬萬沒想到，前面竟然是萬丈深淵，就在我回頭想要問嬴勾的時候，後面的黑衣人突然推了我一下，我瞬間栽了下去……

我睜開了眼睛，眼前的世界一片雪白。白色的天花板，白色的牆壁，我身上也穿著白色的病號服，面前是穿著白大褂的醫生。

「感覺如何？」醫生笑嘻嘻地看著我。

我想動，卻感覺胸口一陣悶痛。

這時候，病房的門被推開了，隊長走了進來。

「太好了，還以為這次你真玩完了呢！」隊長大聲笑了起來。

「我怎麼了？」我的腦袋還有些恍惚，依然沒有從四人宅的情景裡走出來。

「可能他剛醒來，記憶還會有些間歇性的遺忘。」醫生說道。

「你為了救那個陳石，自己從窗戶栽了下去，還好你命大。」隊長說道。

「我從樓上摔了下來？」我摸了摸腦袋，什麼都想不起來。

「你先好好休息，其他的別想了。」隊長拍了拍我，和醫生走了出去。

我閉上眼睛，腦子裡依然一片混沌。我想，我需要好好休息一下，理一理這混亂的思緒。

真相

城南賓館對面的監控攝影記錄了我進入醫院之前最後的畫面，畫面上清晰地顯示我從窗戶裡跳了出來，似乎想抓住什麼東西，然後直直地摔了下去。

陳石死亡之前的畫面我並沒有忘記，包括他給我的那張照片，照片上的女孩是他的女兒，名叫陳玲。

我墜樓的那天晚上，陳玲不幸遭遇了車禍。她在醫院躺了很久，在我醒過來的那天去世了。

我開始搜索四人宅的資料，可惜找了很久都沒有線索，只能把目光放到曲勁、馬集和曲麗麗身上。然而讓我沒想到的是，馬集和曲麗麗失蹤了，一直都沒有人再見過他們。

我忽然想起，之前馬集說過，當初跟他們一起去四人宅，還有一個王子雪。在同事幫忙下，我找到了王子雪，可是她已經瘋了，在精神病院住了半年。

對於我的詢問，王子雪除了傻笑，再無其他回應。

似乎一切都難以追尋，四人宅是一個只有經歷過的人才知道的秘密。玲子就是陳玲，我經常想起最後一刻她恐懼的眼神。

我開始做噩夢，不時夢見肖墨在後面追我，前面是獰笑著的嬴勾和哭泣的陳玲。

爲了緩和情緒，我去了一個寺廟靜心。

寺廟的牆壁上都是壁畫，上面有各種神話傳說。那些故事讓我有種莫名的歸屬感，我開始一幅一幅仔細觀看，從菩薩殿到天王殿，再到大雄寶殿，每個殿裡的故事都不一樣。

終於，在最後面的輪迴殿裡，我有了一個驚人的發現。

壁畫上的故事叫輪迴。

據說，人死之後，會走過很長很長的黃泉路，這條路上只有黃沙，唯一的風景便是一座深色的宅院。每一個人都會進去，那是通往地府的唯一休息點。從那裡出來的人大都會選擇繼續往前走，很少有人會選擇往回走，名爲人生陰陽路。

一個書生愛上了一個富家千金，可惜門不當戶不對，沒法在一起，於是兩個人選擇殉情。走在黃泉路上，他們進入了那個宅子。一直堅定要死在一起的書生，忽然改變了主意，希望能讓愛人繼續活下去。於是，他用盡各種辦法想要帶愛人離開那個宅子走回陽路，終究還是無法脫逃輪迴的宿命。

看到壁畫的署名時，我禁不住叫了出來，竟然是肖墨。

「這是一個客人有一天在這裡畫的，故事跟傳說中的孟婆府差不多，不過無論是什麼樣的故事，對於我們來說都是一樣的。」旁邊的僧人說道。

四人宅的故事，成了我一個人的秘密。肖墨的故事隱藏在了那個壁畫裡，他也許依然徘徊在四人宅附近，提醒或者引誘下一個人。

可是，下一個會是誰呢？

唐山講完了。

大家都沉默了，尤其是孟誠，我發現他的手正微微顫抖。

讓我們沒想到的是，孟誠竟然馬上說要講自己的故事。不過，他不想講出來，他說這個故事對於他來說太過煎熬，希望張致恆能幫他寫出來。徵得我們同意後，他和張致恆走進了房間。

接下來是一個漫長的等待過程，我回到房間繼續構思我的故事。最近，我並沒有經歷過離奇事件，唯一的凶宅經歷，就是蘇子明家的老宅。不過，我們只是在那裡講了一些鬼故事，就算後來小葵和馬麗加入，也算不得驚險恐怖。如果要講這個的話，我只能自己再加點東西進去了。

這個主意在心裡打定，我便開始構思。

時間在構思中飛快地溜走，等我構思得差不多的時候，張致恆已經幫孟誠寫好了故事，發了出來。

於是，我點開了全文，看了起來。

孟誠的故事，張致恆幫他取名為《陰樓守靈》。

第4章

陰樓守靈

外面的雨漸漸小了，但每個人心裡的恐懼卻越來越大。這個風雨飄搖的老宅裡，隱藏著兇手，所有未知的人都是待宰羔羊，更讓人恐懼的是，那個隱藏在背後的兇手究竟是人還是鬼？

棺材旁的老人

夜色越來越暗，最後的光亮也躲進了雲層裡面。

他抿了抿乾澀的嘴唇，繼續向前走。

要不是眼前不遠處那一絲燈光使身體裡的能量又一次聚積了起來，他整個人幾乎要癱軟到地上。

燈光從一座宅院透射出來，孤零零的宅院，坐落在深山之中，彷彿一座孤獨的墳塋。他踉蹌著來到宅院門前，用力敲門。

門開了，他一頭栽了進去。院內燈火通明，空無一人。大廳空著一口棺材，棺材面前放著三盤供品。他嚥了口唾沫，瘋狂地撲了過去，將盤子裡的東西快速地塞進嘴裡。

空寂的大廳，只有他的咀嚼聲。

噹啷！有東西掉到了地上。

他停住了咀嚼，回頭看見門口站著一個女人，女人的手裡拿著一個蓋子，飯盒打翻在地上，身體哆嗦著看著他，滿眼恐懼。

他似乎感覺到了什麼，慢慢回過了頭。

迎面，看到了一雙眼睛。

一個老人站在棺材旁，目光淩厲地盯著他，「你爲什麼吃我的東西？」

他驚呆了。

「既然想吃，那就多吃點吧。」

老人拿起盤子裡的一個蘋果遞給他。

他往後退了兩步，身體一下癱倒在地上……

古怪的遺囑

走了半個小時山路，孟誠總算來到了趙培德家的祖宅。這座建在平翠山半山腰上的老宅，據說是趙家祖上的遺產，即使趙德培現在擁有了上億資產，依然會每年回來祭祖。

沒想到的是，趙培德卻在這次祭祖中急病身亡。

宅院門口停了三輛豪車，趙德培的三個子女已經趕來了。守在門口的管家丁鐵一眼認出了孟誠，立刻迎了上來。

對於此刻來到趙家的尷尬，孟誠早已料到。讓他沒想到的是，剛進大廳，便遭到了趙德培小兒子趙子良的質疑。

「孟先生是先生生前特意邀請的，這個鄧律師清楚。」丁鐵幫忙解圍。

「對，趙先生特別交代，如果沒有孟先生在場，遺囑不能成立。」站在一邊的律師鄧明浩點頭說道。

「既然是父親的意思，那孟先生，請進吧。」沉穩冷靜的趙家長子趙子辰衝著孟誠微微點了點頭。

所有人都已經按照趙德培的遺囑到齊。

孟誠掃視了一圈，坐在棺材旁邊的是趙德培的第二任太太方雪梅，旁邊依次坐著長子趙子辰、兒媳莫雯雯、孫子趙興波。趙子辰的對面是趙德培的次女趙安琪和小兒子趙子良。

德培集團的律師鄧明浩站在一邊，對面是趙家的保姆杜琳和管家丁鐵。關於趙德培的遺囑，沒有人知道詳情，一直由鄧明浩保管。不知爲什麼，趙德培立遺囑的時候竟然增加了一個條款，所有有權繼承遺產的人必須在趙家祖宅爲他守靈七天，如果中途離開，立刻取消繼承人身份。

「父親怎麼會有這樣的條件？難道不知道我從小最害怕在這裡過夜？」趙安琪第一個開始抱怨。

「害怕就走吧。」趙子良嘟囔著。

「子良，你胡說什麼！」對面的方雪梅訓了他一句。

孟誠知道，趙子良是方雪梅所生，和趙子辰、趙安琪同父異母，因爲從小備受方雪梅寵愛，性情乖張。

「我只負責宣讀趙先生的遺囑，也會嚴格按照趙先生的要求執行，這些都有詳細的法律文書備案。希望各位能夠遵循趙先生的遺願，幫他守靈七日。這幾日，宅院已經備足了所需物品，爲了讓大家能夠安心守靈，我會讓人將各位的汽車開走。有不同意的，現在可以提出來。」鄧明浩說道。

大廳空寂，無人說話。

「那好，有事大家可以電話聯繫。」鄧明浩說著微微鞠了一躬，準備離開。

「鄧律師，我能問一下嗎？」突然，兒媳莫雯雯說話了。

鄧明浩點點頭。

「孟先生在這裡的作用是？」莫雯雯把目光投向孟誠。

「我是醫生，怕大家身體不適，專程前來的。」孟誠頓了頓，說道。

「哦，那謝謝孟先生了，內子是醫學博士，足可以保障我們的醫療安全。不如孟先生和鄧律師一起離開，等到宣佈遺囑的時候再來吧。」趙子辰說。

「不，孟先生不能離開，他必須在這裡。這是趙先生特意吩咐的，如果他離開，遺囑就不能公佈。」鄧律師擺了擺手。

「這是爲何？父親只是說要他在場，並沒有要他跟我們一起守靈吧？」趙子良疑惑地問道。

「是，只是……」鄧明浩看了孟誠一眼，欲言又止。

「好吧，其實我不是醫生，我是一名術士，也就是人們說的抓鬼先生。不好意思，我也是受趙老先生所託，希望大家別介意。」孟誠道出了自己的身份。

陰森老宅，八人一屍。

孟誠表明身份後，所有人都沉默了。

除了四歲的趙興波，其他人都知道術士的意思。一直以來，趙德培都是很講究風水的人，尤其是對於趙家祖宅的一些佈置，如今竟然還找了一個術士來陪兒女們一起守靈，連從不信鬼神的兒媳莫雯雯都有些忐忑。

失蹤

丁鐵和杜琳早已經收拾好房間，按照趙德培生前的要求，第一晚守靈的是長子趙子辰和兒媳莫雯雯，其他人則回到自己的房間休息。

孟誠作爲特殊的客人，住在了一樓的客房；對面便是管家丁鐵和保姆杜琳的房間；方雪梅、趙子辰夫婦的房間在另一邊；趙子良和趙安琪的房間則安排在二樓。

晚飯還算豐盛，但各懷心事，食之無味，倒是趙興波吃得津津有味。

吃完飯，趙子良和趙安琪早早上到二樓休息，杜琳也帶著趙興波離開了。偌大的大廳，只剩下趙子辰夫婦。雖然燈火通明，但是在這陰森的老宅裡守著父親的屍體，趙子辰還是有些莫名的不適。

「人死如燈滅，不用害怕的。」莫雯雯覺察到了丈夫的恐懼，握住了他的手。

「其實，妳不知道這個宅子的來歷。」趙子辰囁嚅著說。

每個老宅都有一些故事，但是趙家老宅的秘密卻鮮爲人知，趙子辰也是無意中發現的。

老宅建於清朝末年，當時的趙家祖上將整個平翠山買下來蓋宅子，可惜戰亂不斷，宅子蓋好不久，祖上便不知何故被官府帶走。後來，老宅被一名富商買走。沒想到，入住的當晚，富商一家老小十幾口人全部離奇死在宅子裡。官府隨即介入調查，卻始終沒有查出端倪，只好不了了之。

老宅成了凶宅，方圓幾十里傳得越來越玄乎，沒有人敢靠近它。

一直到民國時期，一個軍閥不知道從哪裡聽說老宅裡有寶藏，於是帶著部下進駐，半個月後，軍閥不僅沒有找到寶藏，隨行的屬下、家人還接二連三地出事，最後只得落荒而逃。

趙德培在二十年前將老宅買回來，當時還只是一名普通商人。也許因爲這本就是趙家的產業，買回來後一直相安無事。隨著趙德培的生意越做越大，凶宅的說法才被人們漸漸遺忘。

「眞的這麼邪門？」莫雯雯聽完老公的講述，心裡有些發毛。

「其實，我覺得那些事情都是巧合，當然也可能是趙家祖上做的。或許是當初建宅子的那位祖上被人冤枉，因而進行報復。這事我問過父親，但是他說有些事過去了就過去了。」趙子辰說。

這時候，杜琳一臉焦急地走了過來。

「小波不見了，在你們這嗎？」

「吃完飯不是跟著妳去玩了嗎？」莫雯雯說。

「都怨老鐵頭，讓我幫他拿東西，等我回來，發現小波不在房間裡了。我把一樓各個房間找了個遍也沒找到。」杜琳焦急地說道。

「會不會去二樓了？」趙子辰站起身來。

童眼

所有人都聚到一起。老宅就這麼大，但大家將各個角落都找了個遍，仍沒找到趙興波。

「怎麼找不到呢？這可是在山上，他一個小孩子……」莫雯雯急得哭了起來。

「要不要報警？」趙安琪說著拿起了手機，這才發現竟然沒有信號。

這個時候，一直沉默的孟誠說：「小孩子就在老宅裡，他還小，可能看到了什麼東西。」

孟誠的話，讓所有人都驚呆了。

「我也聽說過，童眼可以看到大人看不到的東西。」杜琳說著，看了一眼大廳裡的棺材。

所有的地方都找了，就剩下一個地方——趙德培的棺材。

趙子良縮了縮脖子，「別胡扯！」

孟誠往前走了兩步，旁邊的趙子辰一把拉住他。孟誠看了看趙子辰說：「看看也無妨。」

孟誠的話剛說完，棺材裡突然傳來撞擊的聲音。大家都嚇了一大跳，尤其是杜琳和趙安琪。趙子辰鬆開了孟誠，驚愕地看著棺材。

孟誠走過去，一把推開了棺材蓋子。棺材裡，趙興波正坐在趙德培的旁邊，兩隻眼睛一眨一眨的。

「你……你怎麼在這裡？」趙子辰想要把他從棺材裡抱出來，卻發現趙興波的一隻手竟然被趙德培抓著。

「爺爺說要玩捉迷藏。」趙興波絲毫不知道害怕。

「爸，你要幹什麼呀？」趙子辰一下子跪在地上，莫雯雯跟著哭了起來。一直鐵青著臉的方雪梅也哭了起來，旁邊的趙子良趕忙扶住了她。

孟誠看了看棺材裡的趙德培，嘴裡念叨了一句話，趙德培的手頓時鬆開了。然後，他將趙興波從棺材裡抱了出來。

棺材重新被合住了。每個人都驚魂未定地坐在大廳。尤其是趙安琪，渾身微微顫抖，緊貼在莫雯雯的身邊。

「你們都回去吧，今晚我在這裡守靈。」方雪梅打破了沉默。

「媽。」趙子良拉了她一下。

「梅姨，今天晚上還是我來吧，畢竟我是長子。」趙子辰說。

「你看好小波吧，明天再從你們幾個子女開始。」方雪梅不容反駁地說道。

其他人看這情況，不再說什麼，各自回到了自己的房間。

孟誠沒有回去，跟著趙子辰來到了他們的房間，隨後又問了趙興波一遍剛才發生的事情。

原來，吃過飯後，趙興波在杜琳的房間玩球，結果球滾到了門外，他去撿，卻看到爺爺站在門外向他揮手，於是便跟了過去。後來，爺爺問他要不要一起玩捉迷藏，他點頭，於是便跟爺爺一起鑽進了棺材裡。

聽完趙興波的講述，孟誠若有所思地離開了。

趙子辰想說什麼，卻被莫雯雯拉住。

隨手帶上房門，孟誠沒有走遠，隱約聽見屋子裡傳來了莫雯雯的說話聲，「這事眞邪門了，小波手上多了一條手鍊，這不是你媽媽的遺物嗎？」

「噓，小聲點，我也看到了。」

「這算哪門子事啊？不行，我們走吧。」

「妳腦子進水了？我是長子，家裡的遺產不要了？我看這事有問題。」

趙興波手上的手鍊，孟誠也看到了，方雪梅之所以堅持要守靈，恐怕也是看到了那個手鍊。趙德培的第一個妻子叫劉婉，是趙子辰和趙安琪的生母，不過已經死去多年了，她的遺物怎麼會突然出現在趙興波的手上？

孟誠感覺事情越來越詭異了。

墳墓裡的人

大廳裡，方雪梅獨坐在那裡。燈光照在棺材上，泛著鬼魅般的光澤。孟誠走過去坐到了她對面，兩人都沒有說話。

棺材面前的銅盆裡，紙錢已經燃燒過半，偶爾有灰燼吹起，再落下。

「孟先生什麼時候認識拙夫的？」突然，方雪梅打破了沉默。

「哦，有一些日子了。」孟誠說。

「能到這個宅子裡的人，都不是外人。」方雪梅的話逼得很緊。

「呵呵……老實說，我不是什麼抓鬼先生，是一個偵探。」孟誠拿起一疊紙錢扔到了銅盆裡。

暗火很快將紙錢引著，火光大了起來，映得對面方雪梅的臉有些陰晴不定。

「不知道孟先生你來這裡要調查什麼？」方雪梅又問。

「呵呵，趙太太多慮了，或許是趙先生怕有什麼事發生吧？妳看小波的事，不就讓大家挺意外的嗎？尤其是他手上的那個手鍊。」孟誠說著站了起來，走到了棺材旁邊。

棺材是上等楠木做的，價格不菲，蓋子上面佈滿了密密麻麻的小孔，孟誠似乎能感覺到躺在蓋子下面的趙德培。

這個時候，門突然開了，管家丁鐵跑了進來。

「什麼事？慌慌張張的。」方雪梅坐直身體瞪了他一眼。

「後院……後院有些奇怪。」丁鐵怯怯地看著方雪梅。

「後院？什麼地方？」方雪梅的語氣也有些變了。

「劉婉太太的墳墓……」丁鐵頓了一下，「似乎被人動過。」

聽到腳步聲，孟誠回過了頭。趙子辰和杜琳走了過來，看來發現問題後，丁鐵除了來告訴方雪梅，還讓杜琳告訴了趙子辰。

方雪梅站了起來，向外走去。樓下的響動驚動了樓上，趙子良和趙安琪也跑了下來，衆人一起向後院走去。

這似乎註定是一個不眠的夜晚。

孟誠跟著他們剛到後院，天空響了個炸雷，風也有些大了。後院除了劉婉太太的墳墓和幾株松樹，別無其他，墳墓修葺得也算豪華。丁鐵說的事情其實很明顯，墓碑後面埋棺材處被人刨開了，有的地方甚至露出了棺材蓋。

「這誰幹的？」趙子辰大聲叫著。

趙安琪也很生氣，跟著哥哥大聲咒罵著。

「怎麼發現的？」孟誠問丁鐵。

丁鐵簡單說了一下情況。

剛才所有人都離開後，丁鐵關了大門，又到後院關門，卻看見有燈光亮著。後院除了幾株松樹，就是劉婉的墳墓，怎麼會有燈光？爲了安全起見，丁鐵便喊上杜琳一起去看，結果在微型手電的燈光下看到劉太太的墳被人刨了。於是，他立刻讓杜琳去告訴趙子辰，自己則來找方雪梅。

「你們看！」突然，趙子良指著旁邊驚叫了起來。

孟誠順著望去，那塊地上竟然有一灘血跡，可以看出來還是新鮮的。

「怎麼會有血？」

大家都愣住了，不約而同地望向了眼前的棺材。想起剛才小波的事，每個人的心裡都忐忑不安。

「會不會裡面還有其他人？」趙子良小聲說。

趙子辰瞪了他一眼。

孟誠蹲下身子，摸了摸棺材上的土，的確，是剛翻出來不久的。跟著，他又挪了挪棺材蓋子，竟然可以挪動。

他一用力，將棺材蓋子錯開了一條縫。

「你幹什麼？」趙子辰用力拉了他一下。

孟誠沒鬆手，棺材蓋子又被推開了一些，裡面躺著一個人。

看到那個人，所有人都傻了。

裡面的人，竟然是鄧律師。

迷霧重重

天空響了個炸雷，大雨將下。

趙子辰搖了搖頭，放下手機。很顯然，還是沒有信號。

孟誠彈著手指頭，似乎鼓足了勇氣，站起來說道：「我想……我想說一件事。」

所有人的目光都聚到了他身上。

「其實，趙先生並沒有死。」孟誠說。

「你說什麼？」方雪梅的眼裡流露出詫異的神色。

「鄧律師現在死了，我想應該是出事了。」孟誠看了一眼旁邊的丁鐵和杜琳，

「事實上，趙先生之前身體確實出現嚴重不適，進入了假死狀態，但後來又恢復了過來。不過，鑑於死訊已經發了出去，便沒有對外說明。這些事情，丁鐵和杜琳可以作證。」

「丁鐵，到底怎麼回事？」趙子辰大聲喊道。

「是……是先生吩咐的，我們……我們才……」丁鐵和杜琳低下了頭。

「趙先生是想看看自己如果真的死了，子女們會是什麼反應？不過，現在鄧律師死了，我覺得還是讓趙先生親自給大家解釋吧。」孟誠說著，向大廳走去。

原來趙德培並沒有死，那看來剛才趙興波說是爺爺叫他的，應該也是真的。但是所有人都不明白，趙德培究竟要做什麼。

回到大廳，孟誠推開了棺材蓋子，說道：「趙先生，鄧律師死了，情況有些變化，我已經告訴了他們事情的眞相。」

趙德培躺在裡面，寂然不動。

丁鐵走了過去，「先生，起來吧。」

趙德培依然沒有任何反應。

孟誠和丁鐵對視了一眼，伸手拉了一下棺材裡的趙德培，卻發現棺材下面竟然有股紅的血跡滲出。

兩人一驚，立刻翻過趙德培的身體，只見趙德培的後背深深地插著一把匕首，只有刀把露在外面。

這個時候，大雨傾盆而下，似乎要將整個地面轟破。

孟誠是在旅遊途中迷了路，才來到這裡的。當時，他餓昏了，進來拿起供品就吃，結果看到「死而復生」的趙德培，並且勸他多吃一點。他當場嚇傻了，不過趙德培做了解釋後，孟誠便明白了過來。兩人聊得很投機，後來，趙德培便要求孟誠幫他演這一場戲。誰知，鄧律師和趙德培竟然死了，並且可以確定，他們都是被人謀殺的。

外面大雨直下，所有交通工具都不在這裡，手機也沒有信號，可以斷定，殺死鄧律師和趙德培的人就在這裡。

「也許，就是我們其中的某個人。」孟誠環視著眼前的每個人。

一直陰沉著臉的方雪梅說道：「鄧律師躺在劉婉的墳墓裡，那麼劉婉的屍體去哪兒了？」

方雪梅的話一下子讓所有人都愣住了。

「對啊，劉婉太太是土葬，剛才棺材裡只有鄧律師，並沒有看到她的屍骸。」杜琳驚叫了起來。

「我看這個事肯定是有人在搞鬼。你，你到底是什麼人？除了你，其他人都和趙家有關係，我懷疑你和鄧律師是一夥的，合謀殺了我爸之後，又殺死了他。」趙子良把矛頭對準了孟誠。

「為什麼？這樣做對我有什麼好處？如果我和鄧律師一夥，那麼趙先生的遺書上也該有我一份吧？」孟誠質問。

「好了，我們都不要吵了，現在外面雨這麼大，有什麼事等明天再說吧。明天我的助理會給我送來這個月的報表，到時候我們再報警，讓員警來查。」頭昏腦脹的趙子辰說道。

鳳釵

夜，難眠。

恐懼在房間裡蔓延，像是無形的潮水，慢慢逼近，一點一點侵蝕平靜的內心。孟誠靠在床上，低頭沉思。

有人說，大難不死，必有後福。可是，趙德培並沒有後福，相反的，卻被人害死了。兇手是誰呢？看似平靜內斂卻城府難測的方雪梅？看似莽撞卻滿腹鬼點子的趙子良？沉著冷靜又深藏不露的趙子辰？仿若單純少女的趙安琪？

這四個人，孟誠曾經聽趙德培說過。因爲每個人都有讓趙德培疑惑和不安的地方，所以他才決定藉著已死的消息演一場戲。

方雪梅是趙德培的續弦。趙德培在一次出差時坐飛機遇見方雪梅，兩人一見傾心，交往沒多久，方雪梅便嫁給了趙德培，之後便生下了趙子良。可是，趙德培一直覺得他和方雪梅之間有點問題，尤其是談到趙德培的原配劉婉，她牴觸得有些反常，但在面對趙子辰和趙安琪的時候，卻從來不會表現出來。這讓趙德培心裡隱隱感到不安，猜不透方雪梅的心思。

同樣，作爲長子的趙子辰，因爲生母劉婉的死而性情大變。

他雖然是德培集團的投資總經理，但卻和父親有著巨大的矛盾。這一點，趙德培知道，自從劉婉死後，趙子辰、趙安琪對他便生疏了起來。尤其是他和方雪梅結婚後，趙子辰和趙安琪幾乎再也沒有親近過他。

看似人丁興旺的趙家，其實各懷心思，一盤散沙。

孟誠拿起手機，試著撥號，但依然沒有信號。

就在這個時候，門外傳來了一陣輕微的腳步聲，時而輕，時而重，就像是有人故意一深一淺地走著一樣。

孟誠一下子從床上爬起來，走到門邊，側耳細聽。那個聲音就在門外。孟誠透過貓眼望了出去，門外一個女人背對著他，慢慢轉身離去。

孟誠拉開門剛想說話，人卻已經不見了。看見地上有一個白色的紙盒，他愣了一下將紙盒撿了起來。

回到屋裡，他打開了紙盒。

盒子裡是一支金色的鳳釵，似乎價值不菲。

孟誠仔細打量著這支鳳釵，燈光下，鳳釵閃著明亮的光澤。鳳釵旁邊還有一張淡黃色的紙箋，上面工整地寫了兩個字：綠娘。

「孟先生！」門外有人喊著。

孟誠站起來打開門，發現趙子辰在外面。

趙子辰剛想說話，卻看到了桌子上的那支鳳釵，臉色一下子變得非常難看。孟誠似乎感覺出什麼，正想問，趙子辰卻走過來一把抓住鳳釵，目光死死地盯著。

「你幹什麼？」孟誠問他。

「這是從哪兒來的？」趙子辰的聲音微微有些顫抖。

「剛才有個人放到我門口的，也不知道誰的。」孟誠說道。

「難道是真的？這不可能！不可能啊！」趙子辰連連說著，額頭上竟然沁出了一層密實的冷汗。

傳說

民國十六年，軍閥紛爭。當時的洛城被一個叫胡圖的軍閥占據。這個胡圖本是平翠山的一名土匪，後來拉幫結派、連搶帶打，竟然拉起了一支隊伍。來到洛城後，胡圖封鎖了整個城市，只許進，不許出，其實就是山匪守山的自保模式。胡圖的隊伍雖然不正統，但都是些亡命之徒，加上洛城地勢易守難攻，讓很多覬覦洛城的軍閥望而卻步。

這個胡圖沒什麼愛好，就是喜歡聽戲，尤其喜歡越劇。不久，他便下令在洛城裡四處尋訪會唱越劇的人。可惜洛城會唱戲的寥寥無幾，更別說唱越劇了。這讓胡圖的副官每天提心吊膽，迫不得已，便派人出城去尋找。

兩天後，一個三尺侏儒來到洛城，聲稱是副官手下的人找來的，可以讓胡圖聽神仙唱戲，不過必須離開洛城，去平翠山上的一座宅子裡。好奇心重的胡圖答應了侏儒，當天夜裡，便帶了幾名貼身兄弟跟著侏儒走了。

他們去的就是趙家老宅。侏儒帶著胡圖幾個人藏到宅子的後院，天黑沒多久，便聽見房子裡有人開始唱戲。最開始是一個女的，再後來有男女對唱，字正腔圓，餘音繞樑。藉著月光，還能看見人影在裡面晃動。

胡圖聽得心動，帶人闖了進去。可是剛走到門口，裡面的人影就沒了，聲音也戛然而止。

侏儒說，這是神仙唱戲，只要凡人一接近就會消失。胡圖是個膽大的主，一揮手說：「給我回去帶人過來，就是翻個底朝天，也要把這神仙給我找出來！」

很快，胡圖的隊伍來了，然而將整個宅子翻了個遍，也沒有找到任何人。第二天晚上，胡圖故意撤走了所有人，自己則躲到一邊留意動靜。一直等到月亮出來，唱戲的人又來了。胡圖立即衝進房間，但裡面又是空空如也。

這一次，胡圖徹底惱怒了，讓人挖地三尺，可三尺還沒有挖到，卻挖出一口小棺材。棺材裡有一幅畫和一支鳳頭釵，畫上是一個女子穿著戲服，戴著鳳釵，恍若活人。那個鳳釵和畫上的一模一樣。

這時，不知道從房間哪個角落又傳來了唱戲聲，像是畫上的人開了腔，一屋子人都嚇得渾身顫抖。

副官膽顫心驚地說：「這宅子不吉利啊，下午的時候我問過附近村民，說宅子裡死過不少人，所以一直空著，沒人敢進來。」

胡圖也覺得邪門，正準備回去。這時，有人來報信，說之前副官派出去的人剛出城就被人殺死了。胡圖悚然一驚，既然派出去的人死了，那麼，那個侏儒是誰派過來的？

可惜，還沒有等他反應過來，旁邊便湧出來一大隊人馬，將他們全部殲滅。

這是趙家祖宅傳下來的一個故事。後來趙家人說那個侏儒可能是想消滅胡圖的人找的，所謂的神仙唱戲，可能是在房間某個角落放了一個留聲機，人影晃動，則是利用光影的緣故。

趙子辰小時候也聽母親講過這個故事。母親講的故事裡，那個被挖出來的畫像裡的女子叫綠娘，是清末平翠山附近一帶有名的戲子。

所以看到孟誠手裡的鳳釵，趙子辰才神色大變。因爲這個東西，一直以來都是宅子裡的傳說，而綠娘的名字則只有趙子辰的母親劉婉說過。

綠娘索命

雨一直下著，越來越大。

趙子辰離開後，孟誠走到窗邊看著雨水沖刷著窗戶。他覺得自己此刻陷入了一個巨大的漩渦中。

趙德培應該料想不到，他的一個測驗竟然帶出了這麼多事情。

一連串的疑問一下一下敲打著孟誠的腦袋。

鄧律師是被誰殺死的？神秘的綠娘鳳釵又是誰送來的？趙家的每一個人都揣著心思，孟誠覺得自己成了眾矢之的。

也許，大家唯一的希望就是明天早上來送報表的助理，但是如果這一切眞的是有人暗中搗鬼，那明天還會有人來嗎？

又或者說，還會有明天嗎？

凌晨一點半，雨沒有絲毫停下來的意思，孟誠有些睏了。檯燈燈光投射在窗台上，泛出冷光。

吱……門外傳來開門聲，接著是噠噠的腳步聲，有人在外面走動！

孟誠坐了起來。腳步聲仍繼續，彷彿是有人在大廳裡來回走著。孟誠下了床，輕輕拉開門，躡手躡腳地走出去。大廳亮著燈，棺材安靜地躺在那裡。杜琳和丁鐵坐在旁邊燒紙，再沒有其他人。

孟誠悄悄回了房間，重新躺到床上。

吱啦吱啦……玻璃發出怪響。抬頭望去，只見一雙慘白的手在外面撓玻璃，一下，一下，又一下。

「誰？」孟誠的心一緊，喊了一句。

那雙手瞬間縮了下去。

雨水敲打著玻璃，眼前有些模糊。

孟誠走了過去，忽然，一張臉從外面貼到了玻璃上。竟然是趙德培的臉，臉色慘白陰森！

孟誠打了個激靈，一下子睜開了眼。雨還在下，玻璃上沒有趙德培的臉，整個房間安靜異常。他不禁鬆了口氣，擦了擦額頭上的汗。剛才的噩夢讓他渾身冰涼，冷汗涔涔。

已經是淩晨兩點多了，孟誠坐了起來，點了一根煙。剛吸了兩口，便聽見外面傳來了一聲尖叫。他掐滅煙，起身衝了出去。尖叫聲是從一樓東側傳來的，那是方雪梅的房間。

聽見尖叫聲的不止孟誠一個人，丁鐵和趙子良也跑了過來。只見方雪梅的房間門開著，杜琳坐在地上，渾身顫抖。房間裡面吊著一個人，是方雪梅！只見她穿著一件綠色的旗袍，嘴唇上還塗著鮮紅的口紅。

「媽！」趙子良瘋了一樣衝過去將母親抱下來，痛哭失聲。

「怎麼回事？」丁鐵問杜琳。

「我……我剛才來喊太太守靈，誰知道一直沒人開門，於是使勁敲了敲門，門卻自己開了，然後我看見太太她……」杜琳沒有再說下去。

這時，其他人都趕了過來，看到方雪梅的樣子，都驚呆了。痛哭的趙子良似乎摸到了什麼，從方雪梅的手裡取出一樣東西。

孟誠仔細看了一眼，不禁心頭大駭，那竟然是一支和之前神秘人送給自己的一模一樣的鳳釵！

「這是綠娘索命啊！」一直沉默的趙子辰忽然說話了。

聽到綠娘這個名字，所有人都怔住了。

「是不是……劉婉太太回來了？」杜琳壓著聲音說道。

暗夜

趙子良跪在方雪梅身邊一言不發。

時間是凌晨兩點半。外面的雨漸漸小了，但每個人心裡的恐懼卻越來越大。這個風雨飄搖的老宅裡，隱藏著兇手，正伺機而動。所有未知的人都是待宰羔羊，更讓人恐懼的是，那個隱藏在背後的兇手究竟是人還是鬼？

「可能我們陷入了一個圈套。」孟誠開口說道：「趙先生為什麼一定要做這樣一個測試？會不會是被人挑唆和誘導？趙先生只想測試一下身邊人的反應，然而兇手卻利用這個機會，真的殺死了趙先生和其他他想殺掉的人，再利用老宅往事和傳說來脫罪。」

孟誠的目光逐一在其他人身上掃過。

「可是，小波說是爺爺讓他去棺材裡的。」趙安琪提出了不同意見。

「如果小波說謊呢？」孟誠的目光定在趙子辰的身上。

「你什麼意思？你是說我們的孩子說謊嗎？」莫雯雯生氣地喊了起來。

「只是懷疑，如果是你們授意孩子的呢？還有，劉婉太太是趙子辰的親生母親，之前有人在我們前放了這支鳳釵，趙子辰便趕過來跟我講了綠娘的故事。這一切太過巧合，我不得不懷疑。」孟誠說著拿出了那支鳳釵。

看到孟誠手裡的鳳釵，其他人的臉色頓時變了。

「孟先生，你懷疑得很對。但兇手不會是我大哥，他再怎麼陰險，也絕對不會拿死去的媽媽來搞事。」趙安琪站了出來。

「是的，孟先生，你一定搞錯了。」丁鐵也說話了。

「但願是我搞錯了。等報了警，相信一切都會有答案。」孟誠頓了頓，說道：「我建議，天亮之前我們大家都待在一起，第一爲了安全，第二也可以洗刷自己的嫌疑。」

孟誠的意見沒有人反對，除了趙子良要回房間守著方雪梅的屍體。

爲了趙子良的安全，大家決定留在方雪梅隔壁的房間。那個房間本來是趙子辰夫婦的，此刻變成了安全屋。房間裡，莫雯雯和兒子趙興波坐在床上，趙子辰和趙安琪坐在床邊，丁鐵和杜琳坐在旁邊的凳子上，孟誠則坐在門邊，手裡擺弄著那支鳳釵。

燈光下，每個人的臉都陰晴不定。

「劉婉太太去世的時候，宅子裡來過一位客人。」杜琳突然打破了沉默。

「什麼客人？」趙子辰問。

「一個很神秘的女人，她當時穿的就是綠旗袍，跟現在太太身上那件一樣。剛才我沒敢說。」杜琳的聲音微微有些顫抖。

「鬼神之說，純屬胡扯。」孟誠看了一眼杜琳，「過分的猜想只會讓我們先入爲主，我們還是安心等到天亮吧。丁管家，你幫忙燒點熱水，我們喝點茶，免得大家犯睏。」

丁鐵點了點頭，走了出去。

鬼殺

鐵觀音茶，濃郁香醇。

熱茶能驅散人的恐懼，孟誠喝了幾杯，渾身泛暖。他感覺自己回到了小時候，父親的笑容，母親的懷抱，像是午後的陽光照拂在身上，他陷入了那片溫暖中，沉沉睡去。

身邊是棉花一樣的雲彩，前面是看不到盡頭的海洋。孟誠一直往前走著，腳下開始有些顫抖，像是有人在拉他的腳。

猛地，孟誠睜開了眼。

眼前一片混亂，趙子辰和趙安琪歪倒在床側，莫雯雯和趙興波躺在床上，丁鐵倒在自己身邊，旁邊的杜琳則俯身趴在地上。

劇烈的疼痛在腦子裡蔓延，孟誠感覺嘴乾舌苦，看了看錶，已經是凌晨三點十分。忽然，他有一種不祥的預感。

不久，趙子辰和其他人也陸續醒了過來，只有杜琳還趴在地上。旁邊的丁鐵想要叫醒她，卻發現她一動不動。

丁鐵扶著杜琳正面朝上，只見她手裡緊緊攥著手機，有件東西刺進她的心口，鮮血將她的胸口染得通紅。

那東西，竟然是綠娘的鳳釵！

「啊！」趙安琪看到杜琳的屍體，尖聲叫了起來。旁邊的莫雯雯慌忙捂住了趙興波的眼睛。

孟誠拿起剛才的茶杯看了一下，問丁鐵，「茶有問題？」

「我……我不知道。」丁鐵搖了搖頭，「這個茶就是你們剛到這裡時喝的啊，應該沒問題啊！」

趙安琪哭了起來，聲音越來越大，不知道是恐懼還是難過。

「趙子良呢？」孟誠忽然意識到，這裡的聲響這麼大，怎麼在隔壁的趙子良卻沒有任何動靜。

孟誠的話一下子提醒了其他人，丁鐵站起來衝了出去。

門開了，趙子良側躺在方雪梅的旁邊，腦袋耷拉著，身體僵直不動，顯然已經死去。

風吹進來，方雪梅穿的綠旗袍一顫一顫的，似乎是誰在低聲哭泣。

還沒有等大家反應過來，趙安琪的驚叫聲又從外面傳了進來。

讓趙安琪驚叫的是杜琳手裡的手機，上面的錄影，清晰地錄製了她的死亡過程。通過錄影可以確定，在茶裡動手腳的是杜琳。畫面上顯示當所有人都昏迷的時候，杜琳坐了起來，然後走了出去。

幾分鐘後，傳出了趙子良的慘叫聲，很快，杜琳又回來了。她把臉對準攝影鏡頭，臉上露出奇詭的笑容。接著，彷彿是有人控制著她，她拿起那把鳳釵，硬生生地刺進了自己的胸口。

「劉婉太太，我錯了。」這是杜琳生前最後一句話。

這最後一句話，讓所有人都震驚了。

趙安琪顫抖著嘴唇，搖著頭，「不可能！不可能的！」

孟誠走過去扶住了她，想說什麼，卻被她一把推開，「都是你！都是你！你就是個災星，我不想再看到你！」

「真的是劉婉太太啊，真的有鬼啊！」丁鐵也徹底癱倒在地上。

「這世界沒有鬼，我們不要被這些東西蒙蔽了眼睛。」孟誠大聲說道。

「可是，可是手機上的影片……」丁鐵顫抖著說。

「那又怎樣？如果有人脅迫杜琳那樣做呢？」孟誠冷笑一聲。

「你什麼意思？」趙安琪愣住了。

「我從不相信鬼神之說，我認爲一定是有人在搞鬼。試想一下，趙先生本來只是要做個測試，但卻眞的死了，隨後方雪梅和趙子良也死了。那麼最大的受益者是誰？」孟誠的目光定在趙子辰的身上。

「你在懷疑我老公？我們不會殺人，殺人是犯罪的。」一直沉默的莫雯雯說話了，站到了趙子辰的身邊。

「我對誰都懷疑，包括死去的人。但是，請原諒我，實在不能不懷疑趙子辰，畢竟他的嫌疑最大。不管是誰，都請你們不要再傷害任何一個人了。看著家人一個一個死去，你們很滿足嗎？我一定會把這件事查清楚的！」孟誠的聲音憤怒得要燃燒起來。

驚人的真相

「你以為我不知道你的眞正身份？」趙子辰的眼裡閃出凶光，「你說得沒錯，趙子良和方雪梅死了，受益最大的是我，但是別忘了，還有一個人。如果接下來出事的人是我呢？你們有什麼陰謀？」

「哥！」趙安琪叫了起來。

「你說得沒錯，出事的人如果是你，受益人當然是安琪了。」丁鐵說著話，向趙子辰靠近。

「你？」趙子辰愣住了。

「你們都得死！」丁鐵冷冷地從口袋裡掏出了一把黑漆漆的手槍，對準了趙子辰一家三口。

「不，你要做什麼？」趙安琪似乎明白過來，想要去拉丁鐵，卻被丁鐵推到了一旁。

「我不明白，我們都死了，你要怎麼解釋？」趙子辰冷笑了一下。

「很好解釋，明天我會自首，告訴員警這一切都是我做的。安琪是唯一一個活著的趙家後人，遺產也將會是她的，這件事跟她沒有任何關係。」丁鐵說道。

趙子辰死死地盯著丁鐵良久，誰都沒有說話。莫雯雯只是緊緊摟著趙興波，恐懼地看著眼前的一切。

「莫非我也要死？」孟誠問道。

「不，你不用死，你只需要告訴員警我所做的一切就行。」丁鐵搖了搖頭。

「丁叔，你不能殺哥哥，我不要遺產。」趙安琪爬起來衝到趙子辰面前，擋住了他。

「妳讓開，這是妳應得的，這是我們丁家應得的財產。」丁鐵的臉有些扭曲。

「丁家？」趙子辰拉開了趙安琪，有些疑惑。

「不如讓我來說吧。」孟誠往前站了站，「如果我猜得不錯，趙安琪並不是趙德培的女兒，而是你丁鐵的女兒。」

「什麼？」趙安琪驚呆了。

「嘿嘿，你是不是那天聽見我們說話了？」丁鐵看著孟誠笑了起來。

「只聽了一點點。我第一次來到這個宅子的時候，正好碰上趙先生『死而復生』，你和杜琳也嚇了一跳。後來，趙先生跟我說了讓其他兒女都過來守靈的事。我離開的時候，本想跟你告別，卻聽見你和杜琳竊竊私語，其中有幾句話，提到了自己的女兒。當時我並沒在意，現在我明白了，這裡除了趙安琪，沒有其他人選了。」孟誠說道。

「不錯，趙安琪的確是我的女兒。」丁鐵點了點頭。

「不可能，趙安琪是我妹妹。」趙子辰厲聲說道。

「當年的事情其實就是一個錯，如果不是那個錯，我怎麼會在趙家待這麼多年？我做的一切都是爲了妳，安琪，妳姓丁。」丁鐵說著說著，紅了眼眶。

「這麼說，人都是你殺的？鄧律師和趙先生？」孟誠問道。

「不錯，我等了這麼久，終於有機會了，爲什麼要錯過？」丁鐵往後退了一步，「趙德培該死，如果不是因爲安琪，我可能早就殺死他了。」

「當年到底發生了什麼？你說清楚！」趙子辰急切地看著他。

「好，現在我就告訴你們這一切，讓你們知道趙德培的眞實面目。」丁鐵吸了口氣，講了起來。

三十年前，趙德培還是一個普通的商人。一次偶然的機會認識了丁鐵，兩個人脾氣相投，便一起創業，生意越做越大。後來，趙德培和丁鐵發誓要成爲一輩子的朋友，於是一起住進了趙家祖宅。

因爲生意的分工，趙德培爲了業務開始勤於應酬，越來越少回家。很多時候，空蕩的趙家祖宅只有丁鐵和劉婉。看到獨守空房的劉婉，丁鐵總是勸趙德培要多陪陪妻子，但那時一心撲在事業上的趙德培卻並不在意。丁鐵看劉婉可憐，便經常陪她聊天解悶。

在一個趙德培不在家的夜裡，獨守空房的劉婉走進了丁鐵的房裡。兩個人荒唐地做了一件錯事，那個時候趙子辰已經三歲了。

其實，丁鐵一直都暗戀劉婉，但卻只能將對她的愛藏在心底，那一晚卻沒能控制住自己。

十個月後，趙安琪出生了。這一切，丁鐵和劉婉都以爲只有天知地知。一直覺得虧欠趙德培的丁鐵在公司整組的時候把股份轉給了趙德培。劉婉也背負著這個秘密，感覺愧對趙德培。

有天晚上，趙德培醉酒回來後突然對劉婉大打出手。他告訴劉婉，丁鐵和她的事他早就知道，只是爲了公司，他忍著不說。現在公司成爲他一個人的了，他再也不用忍了。

劉婉遭受了巨大的侮辱和殘暴的毆打，再也承受不住，第二天晚上便上吊自殺了。丁鐵看到了劉婉臨死前放在自己房間的遺書，要他好好照顧安琪。

從那以後，丁鐵將仇恨埋在心裡，甘心只做一名管家，在趙家低聲下氣。也許是劉婉的死觸動了趙德培，他並沒有爲難丁鐵。

這麼多年，丁鐵等的就是趙德培死的那天。他要把屬於自己的東西全部要回來，終於，他等到了這個機會。當他知道趙德培要兒女們回來守靈的時候，害怕趙德培會對自己的女兒安琪下手，所以決定先下手爲強，準備了這個復仇計劃。

最後的情殤

眞相讓所有人唏噓。

趙安琪癱倒在地上，目光呆滯，一言不發。

許久，趙子辰說：「可是我不明白，杜琳爲什麼要殺子良和方姨？」

丁鐵笑了一下，「你還記得杜琳是什麼時候來到趙家的嗎？」

「我十歲左右的時候吧？」

「不錯！其實，杜琳曾經也是你父親的女人，但是方雪梅的出現，卻讓她無處容身。杜琳把自己最好的時光都給了你父親，你父親一直以上一段婚姻受傷爲藉口沒有娶杜琳。誰知遇到方雪梅後，兩人便閃電結婚了，你父親還給了杜琳一筆錢讓她離開。心灰意冷的杜琳拿錢去整了容，回到老宅一心想要報仇。在趙家一待就是這麼多年，杜琳也瞭解了很多當初的事情。前些天，我準備實施這個計劃的時候，她發現了並要求參與，甚至願意付出自己的生命。」丁鐵說著，眼神黯了下去。

「爲什麼會是這樣？」趙安琪喃喃地說道。

「現在，我要做最後的事情了。」丁鐵轉頭看著孟誠，「你是要我打暈，還是自己來？」

孟誠搖了搖頭，「你眞的要殺趙子辰嗎？」

「不，你不能殺哥哥，不可以！」趙安琪絕望地喊道。

趁著丁鐵的注意力稍有分散，孟誠和趙子辰立刻衝了上去，奪下手槍，將丁鐵摁在地上。

丁鐵被綁了起來，大口喘息著，像是一頭洩氣的老牛。

趙子辰對著丁鐵的頭部用力打了一下，將他打暈了，然後將目光定在了孟誠的身上，「現在說說你，你眞的不記得自己和趙家的關係了？」

孟誠的心一抖，記憶裡有些東西蠢蠢欲動，但卻依然一片模糊。

「哥，不要，不要說了！我求求你了！」趙安琪像是被電到了一樣，一下子叫了起來。

「安琪，妳不覺得老天太不公平了嗎？媽媽臨走前還不忘讓丁鐵照顧妳，我呢？爸爸的眼裡只有子良，無論我做得多麼優秀，做得多麼出色，就算我幫趙家延續了香火，他依然對我不冷不熱。妳看多少人護著妳，你們眞的以爲我不知道孟誠的身份嗎？孟誠忘了，妳不會忘吧？」趙子辰獰笑著，像是一頭發怒的野獸。

「子辰！」旁邊的莫雯雯拉了拉他。

「趙安琪，我們是不是認識？」孟誠盯著趙安琪。從第一次見到趙安琪，孟誠就覺得與她似曾相識，但是卻怎麼也想不起來。

趙安琪低下了頭，肩膀輕輕抖動著，低聲抽泣。

「安琪……安琪……」孟誠的腦子裡開始有些劇痛，痛苦地捂住了頭，坐到了地上。

「既然不願意想起，就永遠忘記吧。」

記憶潮水般侵襲，終於在退潮的時候，往事歷歷浮現。

孟誠看見自己痛苦地對著山崖喊道，忘記是最好的解脫。

孟誠看見自己坐在公車上，漫無目的地開始旅程。

孟誠看見自己痛苦地倒在地板上，旁邊酒瓶歪倒。

孟誠看見趙安琪哭泣的臉和決絕的背影。

孟誠看見趙安琪和自己在西湖邊幸福地牽手、擁抱，在夕陽下接吻、奔跑。

孟誠看見趙安琪拉著行李箱焦急地站在路邊攔車……

回憶重播，是最後的別離和最初的相識。愛情過後，我們每個人都有病，孟誠的病是失憶症。似乎這一切都是偶然發生的事，但是串到一起卻又是必然。

孟誠有些迷惑了。

「安琪，爸爸不願意給我他的一切，但現在我偏要拿走一切。妳要跟我爭嗎？」趙子辰看著趙安琪說。

「我不要！我什麼都不要！都給你，都給你們！」趙安琪看著躺在地上的丁鐵和旁邊的孟誠，幾乎絕望了。

尾聲

趙子辰走到了窗邊，天已經濛濛亮了，東方露出了魚肚白。孟誠伸手想觸摸趙安琪，但是手伸到一半停了下來。死亡的恐懼已經散去，但是悲傷的氣息卻侵蝕著每一個人的心。

幾個小時後，趙子辰的助理來到了趙家祖宅。

不一會兒，員警也來到了現場。

丁鐵被帶走了，所有被害人的屍體也被抬走了。經過員警的現場勘察和孟誠以及其他人的口供，眞相浮出了水面。

鄧律師在離開的時候被送客的丁鐵殺害，杜琳幫忙佈置了劉婉墳墓裡的恐怖現場。等到一切都準備好了，再去通知大家。

當然，趙德培也是被丁鐵殺害的，殺一個裝死的人其實再簡單不過。趙子良和方雪梅，則是被杜琳先下藥後殺害的。

趙家祖宅的兇殺案讓媒體震驚，他們翻出了趙家祖宅以前的命案，甚至有人說那是之前的亡魂在索命。

趙安琪離開警局後便去了國外，再無音信。

德培集團的新任總裁順理成章地變成了趙子辰。在德培集團新聞發佈會結束的時候，孟誠在後台找到了趙子辰。本應春風得意的趙子辰臉色陰沉，就像孟誠第一次見他一樣，令人捉摸不透。

「關於安琪，按照法律規定，父親的遺產我一分錢都沒少給她。」趙子辰說。

「我想說的是，有些事你是不是早就知道了？比如，安琪並不是你的妹妹。」孟誠問。

「不，你錯了，安琪是我妹妹，不管她姓趙還是姓丁。」趙子辰說。

「我一直有個疑問，我在拘留所問過丁鐵，他拒絕回答。我想你也知道答案，只是不知道你會不會回答我？」孟誠往前走了幾步。

「什麼？」

「我只想問你，你父親眞的是丁鐵殺死的嗎？」孟誠盯著趙子辰問。

趙子辰盯著孟誠，「你的問題太多了。」

「法院明天就要宣判了，我想你應該去看一下丁鐵。我作爲目擊證人，已經給你們發揮了最大的作用。我只是不明白，你也那麼恨你的父親嗎？」孟誠轉過頭。

趙子辰沉默了幾秒，說道：「我母親上吊的時候，我就在她身邊。那一幕，我永遠忘不了。有些噩夢，永遠不會醒。孟誠，如果你和安琪還有緣，就幫我好好照顧她。」

孟誠沒有再說話，轉身離開，邊走邊從口袋裡拿出一張紙條扔到了地上。

紙條被風吹起，落到了趙子辰面前。

紙條上是一個電話號碼，後面是一串ＩＰ數字，還有一個位址。趙子辰的臉上顫了一下，那個電話號碼和地址，他很熟悉。那是他冒充父親通知孟誠來參加守靈計劃的電話。

第 5 章

故事裡的故事

夜晚遇上大雨，她們完全可以重新返回監獄，怎麼可能專門走進這裡？是不是馬麗和小葵在說謊呢？現在我該怎麼證明自己的清白，又或者揭穿馬麗的謊言呢？

噩夢

孟誠的故事看完了，神秘人要我們出來聽最後一個故事。這個故事，自然是我來講。大家都很期待，因為我的故事結束後，我們就能知道下一步會怎樣。

我的故事回到我來到這裡之前，從我們一起進入蘇子明祖宅，馬麗和小葵加入開始。

炭盆裡的火要滅了，我感覺到了一絲莫名的冷。

蘇子明簡單說過這座祖宅的情況，尤其是聽了民國時期發生的那樁離奇往事，我對這座宅子充滿了好奇，迫切地想要找人聊一聊。

於是，我上樓去找蘇子明。

可是，當我想推開蘇子明的房門時，卻發現門被反鎖了。無奈之下，我只好去找李峰，李峰開了門，但是卻拒絕我進去，說他晚上要趕一個漫畫。

「或者，你可以去找馬麗和小葵。」李峰笑著關上了門。

眞是鬱悶，我摸了摸腦袋，決定去睡覺。

二樓地板是木質的，有些年頭了，踩上去總有一種要陷進去的感覺。我拿著手電筒晃了晃，二樓右邊還有兩個房間，其中一個隱約透出些光亮，應該是馬麗和小葵的房間。於是，我朝另一個房間走去。

這裡眞的是太久沒有人住，到處都是灰塵。房間裡有木板搭的床，還有一張桌子，桌子上竟然有一截蠟燭。這讓我很意外，我拿出打火機，點著了蠟燭，房間亮了起來。

孤燈衾夜，我的腦海裡出現了小葵的模樣，此刻她就在隔壁房間。也許是剛才小葵的樣子感動了我，也許是她的故事讓我有了不一樣的感觸。我對她有種莫名的感覺。在搖曳的燭光下，我睡著了。

不知道過了多久，我似乎聽見門外有人在走動。蠟燭快要熄滅了，我透過門縫，藉著微弱的光亮望出去，果然，門外有個人影。

暗淡的光線下，看不清對方的樣子。

「誰啊？」我走到門邊問道。

聽見問話聲，那個人慌忙走開了，我立刻打開門跟了過去，他走得很快，轉身走進了李峰的房間。

我愣了愣，李峰在搞什麼鬼？

我走過去敲了敲他的門，卻沒有人應。

「快點出來，別裝！」我在外面喊道。

門還是沒有動。

「你要幹什麼？又要搞惡作劇嗎？我去！」我罵了一句，轉身準備離開。

這時候，門忽然開了條縫。我回過身，推開了門，看見李峰背對著我，坐在椅子上一動不動。

「這演技，你都能拿金馬獎了。」我笑著走進去。

李峰的面前是幾張他畫的草稿，也許是睏了，他坐在那兒，手支著頭，右手還拿著畫筆。

「讓你裝！」我用力拍了下他的肩膀。

李峰的身子一歪，栽倒在了地上，我看到他的心口插著一把尖刀，殷紅的血從裡面流出來，染紅了衣服。

我一下子睜開了眼，打了個哆嗦，原來是做了個噩夢。

砰砰砰！突然，傳來了急促的敲門聲。我擦了擦額頭上的冷汗，走到門邊把門打開。讓我意外的是敲門人竟然是小葵。

「不好意思，打擾到你了。」小葵怯怯地說。

「沒關係。」我笑了笑，「有什麼事嗎？」

「我可以進去嗎？」小葵說。

我點了點頭。

「我剛才做了一個噩夢。」小葵邊走邊說。

「噩夢？」我頓時聯想起自己剛才做的噩夢。

「我夢見有個人在我們房間外面來回走動，馬麗也不知道去了哪裡。我出來發現那個人走進了李峰的房間，然後我推門進去……」

「發現李峰死了？」我脫口說道。

「你怎麼知道？」小葵抬起了頭，眼裡充滿了驚訝。

我剛想回答她，外面傳來了蘇子明的驚叫聲。我一下子站了起來，拉開門，衝了出去。

鬼影

李峰的房門大開著，蘇子明臉色慘白地站在門口。我和小葵出來，正好看見馬麗從樓下走上來。

看到李峰房間裡的情景，我們都驚呆了。馬麗只是一名獄警，親眼看到案發現場還是第一次。

李峰躺在地上，心口插著一把尖刀，身邊散落著幾張漫畫手稿，和之前在夢裡見到的情形一模一樣。

我蹲下身看了看李峰旁邊那些畫好的手稿，似乎正在構思的一個故事，每幅漫畫裡都有一個黑色的人影。

「看來我們要報警了。」我站起身說道。

「最近的派出所離這裡有好幾公里呢。」馬麗說。

蘇子明拿起手機想打電話，卻沒有信號。面對著李峰的屍體，我們有些束手無策。最後，馬麗說可以去他們監獄那裡找人過來。不過，天太黑了，需要有人跟她一起過去。

「可以讓其他人去嗎？」小葵低聲說道。

「我陪著去吧。」我明白小葵的意思，她不願意再回到那裡。

「好，我們快去快回。應該半個多小時就能趕回來。」馬麗點了點頭。

「在我們沒回來這裡之前，你們不要再進現場。」馬麗又囑咐了一句。

蘇子明點了點頭。我穿上外套和馬麗一起往外面走去，蘇子明忽然拉了我一下，悄悄說道：「你小心點。」

我愣了一下。

李峰的死確實有些奇怪，兇手會是誰呢？馬麗的提議很好，第一時間找員警，可以避免後面更大的風險。

猛然間，我想起了小葵和我做的那個夢。

「李峰畫的是我們之前決定放棄的畫——《鬼影》。」蘇子明又補充道。

聽到這裡，我好像明白了蘇子明的意思。馬麗已經走了出去，我沒有再說什麼，跟上了她。

深夜的風很大，月光又暗，幾乎看不見路，手機上的手電筒是唯一的照明工具。馬麗走得很快。我的腦子裡很亂，出來的時候蘇子明的叮囑和李峰的那些漫畫，一直在我腦海裡翻騰。

十天前，李峰和蘇子明接了一個活，對方給了他們一個地點，說是見面細聊。爲了安全起見，他們去的時候帶上了我。

我們三個人下了地鐵，又換了兩次車，終於在一個幾乎要偏到山溝裡的地點見到了約我們的人——邵飛。

儘管是大白天，我卻感覺邵飛陰森森的。他帶著我們去了一間出租房，進去後從櫃子一個袋子裡拿出了五萬塊錢。

雖然李峰和蘇子明畫漫畫的時間不算短，但是這種見面就給五萬塊錢的事還是第一次遇見。

他們興奮地接過錢，詢問邵飛要他們畫什麼。

邵飛顫顫巍巍地點了根煙，說要畫的故事名字叫《鬼影》。他說在他們家鄉，一直有個傳說，每當人們睡著的時候，黑暗中便會出現一個詭異的人影，每夜每夜地遊蕩著，如果有人遇見它，它便會將那個人的靈魂帶走。

邵飛之前對這個傳說斥爲無稽之談，萬萬沒想到有一天晚上眞的遇到了那個鬼影。那個鬼影並沒有帶走他的靈魂，不過從那以後，他突然覺得自己時日無多，想要在離世之前，將這個鬼影的故事畫下來。

李峰和蘇子明答應了邵飛的請求，並且承諾一個月內將畫畫好。回去的路上，李峰和蘇子明格外高興。對他們來說，這活兒並不複雜，對方給的報酬豐厚，又這麼爽快，這讓他們異常興奮。

沒想到，當天晚上，就發生了恐怖的事情。

蘇子明租住的房子隔三室一廳。之前是他和李峰一人一個房間，後來我來了，便又在客廳支了一張床，不過有時候我會去李峰屋裡睡。那天晚上，我們在後海喝了很多酒，回到家的時候已經凌晨一點多了。

一進門，李峰便栽倒在沙發上睡著了，蘇子明回了自己的房間，我收拾了一下去了李峰的房間。

半夜裡，我被渴醒了，出來喝水時看見衛生間裡站著一個人。迷迷糊糊的我衝著那人喊了一聲。那個人逕自走向前面半開著的落地窗，一縱身跳了出去。

我猛地從迷糊中驚醒，腦袋發麻，大聲喊了起來。

第四個人

「怎麼了？」蘇子明從房間裡跑出來。

「李峰喝傻了，剛才從這兒跳下去了……」我的話音剛落，竟然看見李峰從沙發上坐了起來，一臉睡意地看著我們。

「大半夜的，瞎說什麼？他這不是好好的嗎？」蘇子明白了我一眼，回屋裡繼續睡去了。

我回想了一下剛才發生的那一幕，難道是我眼花了？我撓了撓頭，回了房間。很快，睏意襲來，我便睡著了。沒過多久，蘇子明就推開房門跑了進來，一臉恐懼地說：「眞的有人！」

這時，李峰也從沙發上爬了起來，走進屋裡。

蘇子明心有餘悸地告訴我倆：剛才他回到房間裡睡覺，剛躺下沒一會兒，便感覺有人進入他的房間。一開始他還以爲是李峰，沒有在意。後來就感到渾身冰冷，動彈不得。他雖然看不見，卻能感覺到那個人慢慢地躺到了他的身邊，並且死死地盯著他。

蘇子明覺得自己的心都要跳出來了，冷汗瞬間濕透了後背。幾分鐘過後，那個人慢慢站起來，走到窗戶旁邊，跳了下去。

這時候，蘇子明的身體才恢復了知覺，他想起我說過的話，慌忙連滾帶爬地衝進了我房間。

「不會招鬼了吧？」李峰看著我們說。

「你們說會不會是邵飛說的那個鬼影？」蘇子明忽然問道。

這麼一說，我們都有些害怕。天亮以後，蘇子明死活要去退掉邵飛的活兒。在他的堅持下，李峰只好同意。

現在想想，我之前做的那個看到人影走進李峰房間的噩夢，和那天晚上的情形非常相似。

「穿過這個林子，就到了。」這時，馬麗的話打斷了我的回憶。

順著她手指的方向，我看到前面似乎有燈光，看來那裡就是馬麗工作的監獄。

我舒了口氣，只是一想到那個鬼影的事，又禁不住有些恐懼。我緊了緊身上的衣服，快走了幾步，和馬麗並肩走在一起。

林子很黑，我的手機就是唯一的光。走著走著，手機的光忽然滅了。

「怎麼了？」馬麗停下來。

「不知道。」我拍了拍手機，似乎當機了。

我只好摸索著強制關機，再重新開機。

黑暗中，我覺得自己的心都要跳到嗓子眼了。終於，手機再次開機了。重新打開手電筒，我忽然發現，馬麗竟然不見了。四下照了照，身邊都是黑漆漆的樹林，根本沒有馬麗的影子，我的心一下子沉到了底。

邵飛的秘密

樹林裡沒有一點聲音，連風都安靜了下來。冷汗順著我的額頭流下來，彷彿有無數條蟲子在爬。

不久，我發現馬麗躺在一棵粗壯的大樹旁，眼睛瞪得又圓又大，舌頭外吐，樣子十分猙獰可怖。

我再也忍受不了內心的恐懼，撒腿往回跑。

門開了，我一頭栽了進去。

「怎麼了？」蘇子明趕忙扶住了我。

「馬麗……馬麗死了。」我上氣不接下氣地說道。

「管教死了？怎麼回事呀！」小葵走過來問道。

「我不知道，前一秒她還在我身邊。我手機當機了，等再開機後，她就不見了。

我四處去找，然後就發現她竟然……」我驚魂未定地講起事情的經過。

大廳炭盆裡的火熱力十足，我卻覺得空氣中似乎有種無形的東西在凝結，陰冷詭秘。我們三個人靜靜地坐在炭盆前，沉默像是潛伏的野獸，一寸一寸吞噬著我們的鎮定。

許久，蘇子明打破了沉默，「也許邵飛的話是對的，我們逃不了的。」

「邵飛是誰？」小葵問。

蘇子明沒有直接回答，說起幾天前發生的怪事。

那天晚上住處發生了詭異事件後，第二天一早，蘇子明和李峰就帶著那五萬塊錢去找邵飛。我因爲有事沒和他們一起去。蘇子明和李峰說明來意後，邵飛並沒有爲難他們，只是卻說有些事一旦開始了就很難結束。不過，既然他們不願意接下這個活兒，他只能再找別人。

和邵飛分手後，李峰忽然拉住蘇子明，說想要看看邵飛到底是什麼人。兩人決定跟蹤邵飛。

邵飛先是去銀行將錢存了起來，隨後坐上了一輛開往郊區的公車，最後在一個名叫拐子村的站點下了車。

拐子村是一個已經荒廢了的村子，裡面大部分人都搬到了市裡。李峰和蘇子明以前打CS眞人遊戲的時候來過這裡。

他們很納悶——邵飛來這裡做什麼？

他們見邵飛進了一處廢棄的院子，於是悄悄跟了過去，趴在窗戶一角偷看。只見邵飛跪在一個靈牌前將上衣脫了下來，又拿出一把閃著寒光的尖刀，在自己的胳膊上劃了一下，殷紅的血流出來，滴在了靈牌前的一只小碗裡。

看到這幕駭人的景象，李峰和蘇子明不禁頭皮發麻，慌忙退出了院子，踉踉蹌蹌地跑了出來。

「他是在餵養鬼魂。」小葵說：「我小時候見過，有個表演魔術的民間藝人，每天都要用自己的血去餵養鬼魂，等到他表演的時候，鬼魂就會幫他。就像很多人養小鬼一樣。」

蘇子明和我對視了一眼。這樣說來，邵飛應該是用自己的血餵養著一個鬼魂。他所說的那個詭異傳說也許是眞的。

想到這裡，只見蘇子明拿起了李峰畫的那張畫。

衆所周知，漫畫的讀取順序是反向的。我們看著李峰畫的那張格畫，很快明白了其中的內容。第一幅畫是一個人影從棺材裡爬了出來。第二幅畫是一個人影附到了一個人的身上。第三幅畫是一個人跪在地上，仰首望天的樣子。第四幅畫是一個人影站在一棟三層小樓面前。

「這樓……這樓該不會就是我們現在待的這座宅子吧？」小葵忽然指著第四幅畫說。

李峰和馬麗的詭異死亡，邵飛的秘密，空寂的孤樓，我的腦子像是被無數根繩子拉扯著，想要回房間休息一下。

這個時候，大門突然被撞開了，一個人衝了進來，竟然是馬麗！

馬麗回來了

看到我，馬麗的臉瞬間變得煞白。

「妳是人還是鬼？」蘇子明和小葵也驚呆了。

「廢話，我當然是人，他才不是人。」馬麗指向了我。

「妳說什麼？」我愣住了。

「到底怎麼回事？」小葵看著我們，疑惑不解。

馬麗說出了另一個事情經過。我的手機忽然關機的時候，馬麗隱約看到有個人影在我後面，她連忙追了過去，但那個人影卻一晃而過，不見了。等馬麗重新回到我身邊時，卻發現我躺在一棵粗壯的大樹旁，人已死了。

「開玩笑，我這不是好好的？」我拍了拍自己的臉說。

「可是，你也說馬麗死了。」蘇子明看了我一眼。

「是的，我親眼看見的，你們愛信不信。」我憤怒地轉身向樓上走去。

這到底是怎麼回事？我確信在樹林裡見到了馬麗的屍體。可是爲什麼馬麗沒有死，反而說看到我死了？

我忽然想起網上流傳的一個故事：

有一年，一支登山隊去登山，成員中有一對感情很好的情侶。這支登山隊在山下休息了一夜，第二天準備攻頂的時候，天氣卻突然轉壞了。但他們執意要上山去，於是就留下了那個女孩看守營地。

到了第七天，大家回來了，他們告訴那個女孩，她的男友第一天就遇難了。他們趕在這天回來，是覺得頭七這天他也許會回來看看她。於是，大家圍成一個圈，讓女孩坐在中間。等著等著，大家睡了過去。十二點，她的男友果眞出現了，女孩嚇得哇哇大叫，隊友們卻一動不動。這時，她男友告訴她，攻頂的第一天確實發生了山難，但其他人全都死了，只有他還活著。女孩嚇得半死，不知所措。男孩讓女孩留著這裡不要動，他去找人求救。

一天後的傍晚，來了四個人，說自己是救援人員。他們告訴女孩，所有人都已遇難，包括她的男朋友，現在屍體已全部運到救援營地，讓女孩去認一下，然後一起下山。

女孩跟著他們去了以後，發現所有的人都活著，但是大家看見救援人員之後，卻驚恐萬分。她的男朋友衝過來抓著她離開救援人員，並且告訴她，他以爲同伴全死了，其實是誤解，他們都順利逃生了。救援的人曾經來過，卻因爲去找她全部遇難了。

男朋友說，如果相信他就跟他走。女孩快崩潰了，自己一個人跑開了。不久，又碰上了救援隊，和藹地問她出了什麼事，勸她不要緊張。

天氣越來越壞，靠自己是離不開這座山的，那只得相信一組人，女孩快絕望了，應該相信誰？

我開始回憶馬麗和小葵來這裡時的種種跡象。夜晚遇上大雨，她們完全可以重新返回監獄，怎麼可能專門走進這裡？是不是馬麗和小葵在說謊呢？現在我該怎麼證明自己的清白，又或者揭穿馬麗的謊言呢？

我開始擔心蘇子明，如果馬麗和小葵眞的有問題，現在蘇子明一定有危險。想到這裡，我坐不住了。蘇子明正試圖打電話，看到我下來，一下子收起了電話，眼神有些閃躲。我能看出來，他開始不相信我了。

「眞沒想到，這次來這裡竟會變成這樣。」我坐到了他面前。

「是的，誰都沒想到。」蘇子明說。

「還記得我們第一次見面時的情形嗎？」我說著從行李箱裡拿出一本書，那是一本懸疑小說。

「當然，那時候我們在後海，你一個人占了一張桌子，正在看小說。來新客人時，老闆問你能不能跟我們一起併桌，我們便坐在一起聊了起來。沒想到，一聊起來就停不住，十分投緣。」蘇子明點點頭，說起我們第一次相見的情景。

「那你眞的相信馬麗的話？」我直截了當地問道。

「我……我不知道。」蘇子明遲疑了一下，用力搓了搓臉。

聽到蘇子明的答覆，我有些傷心。

「不過，天快亮了，到時我們就可以離開了，眞相總會大白的。」蘇子明說。

是的，天快亮了，答案與眞相也就不遠了。

故事裡的故事

時間一分一秒地過去了，每個人都在等天亮。

炭盆裡的火漸漸熄了，我靠著牆壁睡著了。睡夢中，我又看到了那個人影。他穿著黑色的披風，走得很快。我想喊他，但是卻無法開口；想阻止他，但卻怎麼也追不上。

這次，我目睹了所有的過程。那個人影來到蘇子明的房間，用一根鋼絲緊緊地勒住他的脖子，直到蘇子明的身體不再動彈。那個人影轉過了身，直直地看著我。黑色的披風裡，臉沒有五官，只有一片煞白。

我睜開眼，大聲叫了起來。小葵坐在我的面前，溫柔地看著我。她的旁邊綁著一個人，正在用力掙扎，是馬麗。

「怎麼回事？」我轉頭，看到旁邊的蘇子明躺在地上，脖子上緊繞著鋼絲。

「是妳？」我忽然明白了過來。

小葵依然溫柔地看著我，從口袋裡拿出一把閃著寒光的刀，輕輕刮了刮胳膊上的皮膚。

「妳到底是什麼人？」我問道。

「你真的不記得我了？」小葵看著我，眼睛笑瞇瞇的，似乎有些熟悉，卻又非常陌生。

「我給你看個東西吧。」小葵收起刀，拿出了一個筆記本，遞給我。

我打開筆記本，裡面是一篇手寫的小說，名字叫《招鬼遊戲》。

「你先看吧。」小葵說。

我低頭開始閱讀這篇小說。

A1

這是二〇一〇年的第一場雨，來得很突然，街上的人們紛紛拿起可以遮擋的物品抵擋大雨的襲擊，街道旁的小商販們也紛紛收攤。

整個街面一片凌亂，就像我此刻的心情。

老人說二〇一〇年是個「寡婦年」，不適合結婚，這個說法讓我的未婚妻葉眉非常惱怒。我們已經談了快一年的戀愛，打算結婚了。關於「寡婦年」的說法讓我有些動搖，但是葉眉卻根本不在乎，說這些都是封建迷信，甚至認爲那是我不願意結婚的藉口。

我們因此發生了激烈的爭吵，爭吵中，她摔門而去。

臨近春節，旁邊很多工作室紛紛關門放假，只有幾個本地人的門面還開著。本來我準備帶著葉眉一起回老家過年，但是現在發生了這樣的事情，只能改變計劃。

今天，我也打算關門回家過年，正拿著一張「關門過年」的紙條準備貼到門上，聽見樓道裡傳來一陣只有穿著高跟鞋走路才會發出的脆響，聽起來有點像葉眉。我轉過頭看著樓道口，聲音越來越清晰，一個穿著紅色大衣的女孩出現在我視線裡。大約二十歲，看起來像是個學生。

我還以爲葉眉想通了回來找我呢！我搖搖頭，心裡嘲笑了自己一下，繼續貼紙條，那個女孩卻走到了我身邊。

「你是夏安？夏安偵探？」女孩說話了。

「我是，有什麼事嗎？」我回頭看了她一眼。

「幫幫我，請你一定要幫幫我！」女孩的情緒瞬間變得激動起來，嘴角不住地顫抖著。

「進來說吧。」我推開門，把女孩請了進去，然後又把門上剛貼的紙條撕掉。我知道，今年是無法回老家過年了。

偵探室有些冷，女孩抱著雙臂坐在我的對面。她的樣子似乎有些緊張，很快她的緊張隨著敘說變成了恐懼與驚慌。

女孩名叫林欣，是東海學院藝術系大二的學生。一個星期前，她最好的朋友孟瑤出事了，死於非命。

林欣懷疑有不乾淨的東西殺了孟瑤。

「妳說什麼？不乾淨的東西？」林欣說到這裡，我打斷了她的話。

「是……鬼。」林欣點了點頭，然後緩緩地吐出兩個字。

「妳怎麼這麼肯定？能把整件事情從頭到尾講一下嗎？」我皺了皺眉頭，遲疑了幾秒讓她繼續說下去。

「事情要從一個月前的那個晚上說起，我記得那是南城冬天的第一場雪……」林欣陷入了回憶中。

那天，南城迎來了冬天第一場雪，雖然雪並不大，但是卻讓很多人興奮起來，尤其是林欣他們這些從南方過來求學的學生。那天下課後，林欣、孟瑤和丁冬約好一起去南城的天平山看雪景。

丁冬是孟瑤的同鄉。林欣和孟瑤收拾好來到約定地點的時候，發現丁冬還帶了兩個朋友——周一明和王克。

「人多熱鬧嘛！都是我朋友。」丁冬簡單介紹了一下，便一起出發了。

天平山位於南城西郊，他們這幾個從南方來的學生走到半山腰時，才發現雪天去山頂是一件多麼荒唐的事情，先不說路滑，僅是那些迎面吹來的風雪就讓他們吃不消。林欣和孟瑤幾次想放棄，但在丁冬和周一明鼓勵下，最終還是來到了天平山的山頂。

此刻，雪已經停了，天色也暗了下來，地面上覆蓋了一層薄薄的白雪，在淡淡月色的映照下格外美麗。幾個人大聲叫喊著，這樣的場景在南方是難以見到的，一群人興奮地忙著拍照留念。

也許是興奮過了頭，丁冬在拍照的時候，不小心失足栽到山頂左側的一條山溝裡。幾個人頓時慌了，急忙撥打求救電話。可是，等到救援隊和員警趕到把人救上來的時候，丁冬早已沒有呼吸。

回來後，幾個人除了受到學校的處分外，更受到了良心的譴責。救援醫生說如果當時能第一時間把丁冬從山溝裡拖上來，可能還會有一絲希望。

為了乞求丁冬的原諒，他們幾個人商量，決定通過一些民間鬼術對丁冬進行懺悔。他們試了許多傳說中的方法，卻都沒有什麼用。

一個星期前，周一明在網上又找到了一種新辦法，名叫「招鬼術」。據說在夜半時分，拎著兩個白燈籠，將元寶冥錢在亡靈的照片前燒掉，亡靈就會歸來。可是，這種辦法似乎依然沒有什麼成效。

第二天早上，林欣推開舞蹈室門的時候，卻發現了吊死的孟瑤。學校報了警，員警初步斷定為自殺。他們以為孟瑤是承受不了內心的譴責而自殺，萬萬沒想到，就在前幾天，他們離奇地收到了一張紙條，上面寫著一行字：我回來了。落款竟然是丁冬。

講到這裡，林欣停了下來，開始不停地咳嗽。故事彷彿還沒有結束，鬼魅的氣息在房間裡飄蕩。

A 2

林欣走了。

對於這樣一起案子，作為偵探的我當然欣然接受。不是因為它能讓我有多少收益，而是因爲我喜歡這種離奇詭異的案子。林欣的經歷聽起來就像是個詭異的恐怖故事。幾個尋找朋友亡靈的人，在傳說中的儀式後發生了命案。而我，即將踏入這個眞相不明的詭異漩渦裡。

沉思了一會，我撥通了南城刑警隊隊長高成的電話。

「喂，兄弟，什麼事？」電話裡傳來了高成略帶沙啞的聲音。

「高隊長，忙什麼呢？」

「我在調查一起影子殺手案件，現在在外地。眞是頭疼，我們跟蹤嫌疑人已經三天多了，但是對方卻一點馬腳都沒露出來。你找我有什麼事啊？」高成的聲音大了起來。

「我想讓你跟局裡打個招呼，我這有個案子需要查點資料。」我直接道出了自己的請求。

「好吧，我幫你聯繫一下。我這有點新情況，先掛了！」高成匆忙掛斷了電話。

關於林欣的案子，我已經有了一個大概方案。因爲是命案，必須要和警察局通氣，否則展開調查會很難。另外，現在我掌握的只有林欣的一面之詞，想深入瞭解這個案子，就必須到東海學院走一趟。

東海學院距離我的偵探所只有兩站。坐在擁擠的公車上，我看著窗外的風景，腦子裡卻不停地想著案子。我怎麼也想不透孟瑤自殺的動機，難道眞的只是因爲愧疚嗎？

直覺告訴我，孟瑤應該是被謀殺的。兇手應該是知道什麼秘密，殺死孟瑤，再利用亡靈傳說來脫罪。

可兇手是誰？又爲什麼要這麼做呢？

「東海學院到了，下車的乘客請準備下車。」這個時候，公車到站的提示音響了，我停止了思考，起身下了車。

東海學院已經放了寒假，此時只有少數學生還留在學校。整個校園裡人不多，偶爾有幾個學生經過。沒費多少工夫，我就找到了林欣的宿舍。

林欣正在宿舍收拾，沒想到我會來。

「宿舍太亂，我正在整理。」她不好意思地說道。

「沒事，我只是來看看孟瑤生前的一些東西。既然我接受了妳的求助，那麼就一定會盡力把眞相找出來。」我笑了笑。

「這是孟瑤的床鋪，她的東西沒人動，她的家人過一陣來取走。」

林欣指了指旁邊一張床鋪。

「妳忙妳的。」我點點頭，向孟瑤的床鋪走去。

孟瑤床鋪的牆壁上貼滿了明星海報。海報下面還有幾張大頭貼，那應該就是孟瑤，典型的南方女孩長相，很漂亮。床鋪乾淨得有些冷清，彷彿知道了主人的離去，床頭還放了一個調皮的猴娃娃。

孟瑤的書桌蒙了一層白布，揭開白布，我看到了一疊厚厚的信箋。簡單翻閱了幾下，都是些情書。

「那些都是男生寫給孟瑤的情書，孟瑤有點虛榮心，喜歡擺在桌子上。」林欣解釋道。

「那孟瑤有男朋友嗎？」我若有所思地問。

「沒有，她的眼光高，一般男生看不上，頂多也就做做普通朋友。」林欣搖了搖頭。

「那她和丁冬是什麼關係？僅僅是同鄉嗎？」我頓了頓問道。

「嗯，就是同鄉。不過，我感覺丁冬可能喜歡她，這個我也說不清楚……」

「林欣，在嗎？」

這個時候，一個男孩從外面走了進來，穿著一件黑色的羽絨服，鼻樑上戴了一副黑邊眼鏡，看起來文謅謅的。

「他是？」看到我，他愣了一愣。

「我是孟瑤的表哥，今天剛從廣州過來。」我搶先說話了，具體情況沒摸清楚之前，我不想讓別人知道我的身份。

「哦，這麼快就來了。」男孩顯得有些意外。

「這是周一明。」林欣似乎明白我的意思，把男孩介紹給了我。

「你就是周一明？」我打量了一下他。

他的眼神有些閃躲，似乎怕我發現什麼。

「是，我是孟瑤的朋友。」周一明有些猶豫地點了點頭。

這時候，我接到了警察局打來的電話，高成安排了一名員警幫我把想要的資料調了出來。

A3

我沒想到會在東海學院遇到葉眉。

我和林欣走出女生宿舍樓，準備一起去舞蹈室現場看看的時候，迎面看見了一個人，竟然是葉眉。

「妳怎麼會在這裡？」我脫口問道。

「我還要問你呢，她是誰啊？」葉眉的目光像刀子一樣落到林欣的身上。

「我一個客戶。」對於葉眉的不信任，我有些生氣。

「客戶？這麼說，爲了客戶你不準備回家過年了吧？」葉眉咄咄逼人地問道。

「別在這搗亂了，妳來這裡做什麼？」我又問了一遍。

「你管不著！趕緊陪你客戶吧！」葉眉說完，氣鼓鼓地離去。

我還想說什麼，葉眉卻頭也不回地走遠了。

「你女朋友？」林欣小心翼翼地問。

「是啊，正在鬧彆扭，唉……先不管她了。走，我們去現場吧。」

我聳了聳肩，向前走去。

林欣和孟瑤都是藝術系的學生，她們經常會去舞蹈室練習形體。爲了方便學生們練習，老師把舞蹈室的鑰匙給了她們一把。可是一把鑰匙滿足不了這麼多學生的需求，所以舞蹈室的門基本上是不鎖的。

那天，林欣一大早起來就發現孟瑤不在宿舍。因爲知道孟瑤一直在爲來年一個晚會做準備，林欣也沒有在意，自己去食堂買了早點便去了舞蹈室。沒想到，她推開舞蹈室的門，卻看見了吊死在裡面的孟瑤。

現在，站在舞蹈室門前，林欣依然心有餘悸。慢慢打開門，我先走了進去，她才跟進來。孟瑤上吊的地方是舞蹈室一個用來架條幅的鐵管，整個舞蹈室基本上也只有這個地方才能上吊。

突然，林欣的手機響了起來，她拿起手機走到一旁接聽。

我仔細看了看孟瑤的死亡現場，不明白為什麼她會選擇吊死。一般來說，漂亮的女孩都比較在意自己的樣貌，即使要死也會在意遺容，吊死後的樣子是非常難看的。如果延續我之前的推斷，謀殺者之所以會把孟瑤吊死在這裡，估計是將孟瑤約來這裡比較方便，並且這裡要比其他地方下手方便得多。

這個時候，林欣走了過來，「晚上，周一明他們要為孟瑤送行，你來嗎？」

「送行？」我愣住了。

「就在這裡，周一明覺得可能是丁冬的鬼魂殺死了孟瑤，希望孟瑤死後能幫我們說說情，別再讓我們出事……」

「胡說八道，你們是大學生啊，怎麼信這個？」我打斷了林欣的話。

「可是，如果不是這樣，孟瑤怎麼會死了？寧可信其有，不可信其無吧。」林欣低聲說道。

「那好吧，你們打算幾點開始？我倒想看看你們準備怎麼給孟瑤送行。」我緩和了一下自己的語氣。

「晚上十點，就在這裡。」林欣說道。

從東海學院出來，我去了一趟警察局，在那裡我重新確認了孟瑤的死亡原因以及現場的一些疑點。

確實，孟瑤死於自殺，可是卻找不到合理的動機。孟瑤的家人也曾質疑——孟瑤根本沒有充足的自殺理由。可是在沒有證據的情況下，只能悲憤離去，不得已接受了這個現實。

回到偵探所的時候，天已經快黑了，我拿起電話打給葉眉，卻怎麼也打不通，看來她真的生氣了。坐到桌子前，我忽然想起以前的一件事情，頓時明白了爲什麼葉眉會出現在東海學院。

葉眉跟我說過，她的叔叔把她調到一所學校做醫學助教，當時我沒有問她是哪所學校，想來應該就是東海學院。看來我這個未婚夫當得很不稱職，連未婚妻在哪個單位上班都不知道。

也許我應該替葉眉多想想，她是個女人，需要多關懷，而我卻總是忙案子，也難怪她生氣。

想到這裡，我給葉眉發了個訊息，「葉眉，對不起，原諒我之前對妳的疏忽，不管明年是『寡婦年』還是『光棍年』，我一定要娶妳，因爲我愛妳！」

時間一點一滴地過去了，距離晚上十點越來越近。我把檔案整理好，走出偵探所，順手將檔案袋扔進了樓下的郵筒裡。

年關將近，街上燈火通明，計程車載著我很快就到了東海學院。我來到舞蹈室，推開門，林欣和周一明已經到了。他們坐在地上，地上擺了幾根燃燒的蠟燭和一些元寶冥錢，還有一張孟瑤的照片。

「不是還有個人嗎？」我看著他倆問。

「王克一會兒就到。」周一明說。

「你們準備怎麼做？」我看著地上的東西問。

「招鬼術。」周一明的話剛說完，門外吹來一陣風，地上的蠟燭突然滅了。我的心一震，轉頭望去，一個男孩走了進來。

原來是有人來了，想必他就是王克。

「不會輕點啊，把蠟燭都弄滅了。」周一明瞪了王克一眼，然後拿起打火機重新點著了蠟燭。

「現在人齊了，我們開始吧。」林欣輕聲說道。

A4

這是我第一次見到所謂的招鬼術。

昏暗的燭光下，周一明、林欣和王克的臉顯得鬼魅異常，再加上這裡是孟瑤的死亡現場，毫無疑問，整個場面讓人不安。在這樣的氣氛下，就算眞的可以招到鬼，想必也是心理作用。

舞蹈室裡非常安靜，整個過程除了外面時不時傳來的風聲，以及舞蹈室幾個人的呼吸外，再沒有其他聲音。我坐在一邊看著那些元寶冥錢慢慢化爲灰燼。之後，周一明站了起來。

這個時候，我的手機忽然響了起來，低頭看了一眼，是葉眉打來的。我忙按下了掛斷鍵，想必是她看到了我給她的訊息。

周一明開始說話，聲音悲傷而低沉，內容是緬懷丁冬和孟瑤。

林欣和王克低著頭靜靜地聆聽著。

我的電話一次又一次響了起來，無奈之下，我起身走到舞蹈室外面接了電話。

「夏安，你在哪裡？」電話裡葉眉的語氣急切而焦慮。

「我在外面有事，回去再聯繫妳，好嗎？」我輕聲說道。

「不，你快回來，馬上，好嗎？」

「葉眉，我眞的有事，我一會兒聯繫妳，就一會兒。」說完，我掛掉了電話，往回走去。

走進舞蹈室，我一下驚呆了。周一明低頭坐在地上，手裡握著一把尖刀，林欣和王克暈倒在一旁。

我慌忙跑了過去。

「別過來，我要他死，誰能攔得住！」周一明抬起頭，發出了一個女聲。

「你怎麼了？」我頓時呆住了，無法相信眼前這一切。

「哈哈哈哈……既然招我來，那就跟我一起走吧！」周一明大聲笑了起來，笑起來的樣子就像一個女人。隨即，他拿著刀刺向自己的胸口，血水順著刀子噴出來，他卻彷彿渾然不知疼痛。

「你是孟瑤？」我突然想到了什麼，喊了出來。

「你知道我？」周一明停了下來。

「孟瑤已經死了，你不可能是她。」我的腦子裡忽然明白過來。

也許是眼前周一明受到了心理暗示，把自己當成了死去的孟瑤。這樣的案例在國外曾經發生過，簡單地說就是人格分裂。

「你說我是誰？」

「你說我是誰？」

忽然，暈倒在地的林欣和王克站了起來，發出了和周一明一樣的聲音。不，那是孟瑤的聲音。如果說周一明是受了心理暗示，把自己臆想成了孟瑤，可是林欣和王克不可能也同時這樣啊！難道眞的是孟瑤的鬼魂被招回來了？

「我讓他死，他就得死！」林欣和王克同時指著周一明，用一樣的語調說著一樣的話。

周一明笑了起來，將已經刺進胸口的刀使勁扎了進去。我驚呆了，眼前發生的事情簡直聞所未聞。

周一明的手停了下來，身體軟軟地栽倒在地上。林欣和王克大聲地笑著，那簡直就是幽靈的鬼笑，惡魔的狂笑。

我一步一步地退了出去，腦子炸開一樣轉身跑出了舞蹈室。在拐彎處，我迎面撞到了一個人，那個人穿著一件染血的大衣，頭髮低垂著，只能看見一雙只有白眼球的眼睛。

「啊！」我一屁股坐到了地上。那個人一步一步向我走來，身上的血一滴一滴地落到地上。

這時，有風吹進來，我看見了她煞白的臉。

「你不是想知道是誰殺死了孟瑤嗎？現在，我來告訴你。」這句話鑽進耳朵的同時，我失去了知覺……

B1

高成回到南城的那天已經是除夕夜了，車上的收音機正播放著春節聯歡晚會。這是全球華人齊聚一堂的盛大節日，高成沒有回家，自從妻子李月月死後，他總是覺得家裡空蕩蕩的。他開著車在街上漫無目的地轉了幾圈，然後想起了一個人。

車子在財富大廈停了下來，商戶都已關門歇業。高成走進電梯裡，按下四樓。電梯到四樓後，高成來到走廊中間的一個房間門口，門口的招牌上寫著幾個工整的楷體字：明安偵探所。

這是夏安的偵探所。高成、夏安兩人曾經一起參加過很多次案件推理活動，有時夏安找高成幫忙，高成就在自己能力範圍內幫助他。當然，高成也曾幾次請夏安幫忙破案。前幾天，高成接到過夏安的電話，說正在調查一起案子。

敲了幾下門，卻沒有人開。

高成拿出手機撥了夏安的號碼，卻是忙音。難道他回家了？高成疑惑著剛準備轉身離去，偵探所的門開了。

「你找誰？」一個女人從裡面走出來，看上去二十三四歲，頭髮披在肩上，神情有些憔悴。

「夏安在嗎？」高成問道。

「你是什麼人？找他做什麼？」女人有些警惕，上下打量著高成。

「我是他的朋友，剛從外地回來……」

「他……他出事了。」女人沒等高成說完，哀聲哭了起來。

「到底怎麼回事？」高成心裡一緊，急聲問道。

「他在精神病醫院，那天他說去調查案子，結果就出了事。」女人抽泣著把事情大概講了一遍。

女人叫葉眉，是夏安的未婚妻。出了這樣的事情，對她而言顯然是個致命的打擊，她說夏安是在三天前的晚上出事的。之前她給他打過幾個電話，他說正在忙，等回來後再聯繫。誰知道，再接到電話卻是醫院打來的。

講到這裡，葉眉的眼淚又流了出來。這樣的情景讓高成有些不知所措，沒想到夏安竟然出了這樣的事情。

簡單安慰了葉眉幾句，高成便離開了。

回到車裡，高成撥出之前他安排幫助夏安調資料的警員電話，想知道夏安到底在調查什麼案子，是什麼樣的案子能讓夏安瘋掉！

「喂，高隊。」電話通了，聽得出來，電話的另一端熱鬧非凡。想到此刻正該是全家團圓的時候，高成心裡不免有些辛酸。

「小陳，還記得上次我讓你幫夏安找資料的事情嗎？我想知道他讓你幫他查的是哪起案子的資料。」高成調整一下自己的情緒。

「哦，是東海學院的案子。就是幾個學生玩招鬼術，結果有個學生吊死了。法醫鑑定是自殺，但是夏安說是他殺。怎麼了？」小陳說道。

「東海學院，招鬼術？哦，好，我知道了。你去忙吧，新年快樂！」高成掛了電話。

B2

開車回警局的路上，高成的目光落到了副駕駛座位的文件袋上，那是夏安前幾天剛寄給他的。

夏安有個習慣，每次辦案總會把過程用文字記錄下來，然後快遞給高成，讓高成瞭解案件，跟他一起看著案子從迷茫到清晰。

這次的招鬼術案也不例外，夏安把自己調查的資料以及一些疑點記錄下來，然後寄給了高成。

高成停下車，打開文件袋。夏安寄來的資料截止於他去參加招鬼術之前，他恰巧也是在那天晚上出事的。當晚，周一明自殺，當著夏安和另外兩個朋友的面拿著刀扎進了自己的心口。

高成決定先去精神病醫院見見夏安。

說明來意後，護士很快把高成帶到了夏安的病房。夏安穿著病號服安靜地坐在窗戶前，看起來根本不像是精神病人。

「夏安！」高成走進病房喊了他一聲。

夏安回過頭，看到高成後微微笑了笑，「你好，歡迎光臨。」

「還記得我嗎？」高成也衝著他笑了笑。

「當然，你是神探福爾摩斯。」夏安一臉嚴肅地說道。

「……那你還記得那天晚上的招鬼術嗎？」高成歎了口氣，換了個話題。

「招……鬼……術……」夏安的表情一震，像是被觸到了心底最深的秘密一樣，身體開始瑟瑟發抖，臉色也變得極其蒼白，「鬼！有鬼，是鬼啊！」

高成沒有再問下去，看夏安的樣子根本不可能問出什麼東西來。他甚至懷疑那天晚上夏安是不是眞的見到了鬼，否則一個相信科學邏輯、重視推理證據的偵探怎麼會變成這樣？

如果不是鬼，那麼夏安到底看到了什麼？也許只有找到當時也在現場的林欣和王克才會知道。

高成找到林欣和王克的時候，他們正在食堂吃飯。也許是預料到警方會前來調查，高成亮出自己的員警身份時，林欣和王克顯得很平靜。

「那天晚上到底發生了什麼事情？希望你們能告訴我眞相。」

高成用略帶壓迫的語氣說道。

王克從口袋裡掏出一支手機，翻到一個影片檔案，遞給了高成。

高成接過手機，按下了視頻播放鍵，雖然有些模糊，但當晚發生的一切基本都記錄了下來。

「哈哈哈……」手機裡傳來一個女人的聲音，那個聲音竟然是從周一明的嘴裡發出來的。接下來，畫面讓高成更加意外，林欣和王克站了起來，聲音竟然也是同一個女聲。

畫面戛然而止。

「說實話，高隊長，我們什麼都不知道。我們當時都被周一明打暈了，他先打暈了林欣，如果不是我及時按下手機攝錄鍵，根本不知道當時發生了什麼事情。更不可能知道自己會發出孟瑤的聲音。」王克說道。

「你說那個女聲是孟瑤的聲音？」高成一怔。

B3

高成能想像出那個晚上夏安的驚恐。一個相信科學不信鬼神之說的偵探，在那樣的情況下見到孟瑤回魂，巨大的衝擊或許讓他難以承受。可即使是這樣，他也不應該瘋掉，除非有另外一種不名的力量。

林欣和王克以及周一明那天晚上的舉動又該如何解釋呢？視頻中的女聲以及周一明的舉動，如果是造假的，周一明卻是確確實實地死了。

招鬼術，莫非眞的把鬼招來了？

高成坐在辦公桌前，點了根煙，百思不得其解。他瞭解夏安，一般的詭異事件只會讓他更加興奮，怎麼會被嚇到崩潰呢？

砰砰砰……一陣敲門聲傳來。高成回過頭，進來的是鑑定科的人。高成一回局裡就把王克手機裡的那段影片送去鑑定科，春節値班的人手有限，只剩下小鄭一個人，直到現在才把結果送了過來。

「這個影片是眞的，沒有任何剪接。」小鄭說道。

「確定是眞的？」高成又問了一遍。

「是眞的，不會錯。」小鄭點了點頭，然後把鑑定結果放到桌子上。

既然影片是眞的，那麼那天晚上發生的事就再也找不出疑點了。可是，這樣的事情太過詭異，也許正是因爲這點，所以才造成夏安的崩潰。

一根煙抽完，高成把煙頭摁滅，然後坐到了電腦前。電腦上顯示著夏安的人際關係圖，和他關係最直接的人是葉眉。

「葉眉，葉眉……」高成念叨著這個名字，然後輸入了內部網查找了一下。

整個南城一共四個叫葉眉，篩選年齡和性別這些條件後，符合條件的只有一個，看到資料上的工作資料，高成愣住了。

葉眉竟然在東海學院當助教。彷彿一根絲連著一條線一樣，高成的思維開始擴展起來。東海學院的案子，牽扯進來了偵探，偵探的未婚妻又是東海學院的助教，難道眞的是巧合？

想到這裡，高成撥出了一個電話。

「好的，我幫你查一下。」對方沒有掛電話，很快回話了，「葉眉代的課是醫學臨床解剖，你提供的人裡面，周一明是她的學生。」

掛掉電話，高成在眼前的結構圖上，把葉眉和周一明的名字聯繫到了一起。現在，整個案子彷彿陷入重重迷霧。想找到眞相，必須找出其中的一根線頭，只有找到那根線頭，才能把最終的眞相拉出來。

這根線頭恐怕只能從線索裡的細節入手。

高成移動著滑鼠，最後將箭頭落在葉眉這個名字上。

葉眉沒想到高成會找到家裡來。她正在和家人吃飯，如此喜慶的日子，員警造訪讓人有些不愉快，不過她還是把高成請到了自己的房間。

「妳認識周一明嗎？」高成開門見山。

「是我的學生，之前不太熟悉，他在夏安出事的那天死了。後來我才知道的。」葉眉說道。

「之前你們的關係熟嗎？」高成問道。

「不熟，不是說過了嗎？怎麼？你懷疑是我殺了周一明？」葉眉抬眼反問道。

「不，當然不是，只是問問。」高成不自然地笑了笑，然後開始打量起葉眉的房間。床頭邊放了一個相框，裡面放著葉眉的藝術照，那張照片的下面還壓著一張葉眉和別人的合照。

「我去醫院見過夏安，他的情況不太好。」高成說著走到那個相框面前，那是一個十寸的水晶相框，下面還寫著一句「愛是永恆」。

「醫生說恢復情況有些慢，唉。」葉眉歎了口氣。

「妳和夏安感情不錯吧？」高成回過頭問道。

「一直很好，只是他總是忙，有時候會疏忽我。不過，我並不生氣，因爲我愛他。」葉眉說著眼角閃出了淚花。

「不好意思，提起了妳的傷心事。」高成有些愧疚地說道。

葉眉剛想說什麼，手機響了。她拿起電話放到耳邊，剛聽了一句，不禁臉色大變，「你說什麼？夏安出事了？」

夏安被人刺中了左肺。護士說那個人從窗戶逃走了，因爲事情發生得太突然，沒人看清楚對方的樣子。

一直到第二天早上，夏安才脫離了危險。

這一夜，高成和葉眉一直守在醫院。看得出來，葉眉對夏安的感情很深，高成甚至覺得自己的懷疑方向有些錯誤。

離開的時候，高成接了一個電話。電話是鑑定科科長打來的，他們重新做了鑑定，結果發現高成交給小鄭的那個影片有些問題。

「什麼問題？」高成怔住了。

「影片的確是眞的，沒什麼問題。有問題的是裡面那個女聲，通過技術分析，是機器聲。也就是說，當時現場那個男的和旁邊一男一女發出的聲音，其實是事先錄好的聲音，不是什麼鬼聲。」

聽到這裡，高成茅塞頓開，他感到一直尋找的那根線頭終於出現在眼前，並且再一次證明，世界上根本沒有什麼所謂的鬼，不過是有人在搞鬼。

高成給警察局打了個電話，調了幾名幹警趕去東海學院將林欣和王克帶回來。

審訊工作回到警察局就展開了，面對鑑定科給出的鑑定結果，林欣和王克承認他們串通假裝被孟瑤附身的事情，卻對動機只字不提。

高成猜測，從林欣去找夏安開始，整個案子就是一個局，目的就是夏安。在高成反覆追問下，林欣開口了。

丁冬的事情的確是個意外，但這個意外卻引發了一個計劃，而引發這個計劃的原因只有一個——葉眉。

從葉眉出現在東海學院的第一天，周一明便深深愛上了她。這樣的愛是無法圓滿，甚至是畸形的。爲了能夠和葉眉在一起，周一明費盡了心思，爲葉眉做了很多很多，卻發現葉眉馬上就要和夏安結婚了，這樣的結局讓他根本無法接受。

在這樣的心情下，周一明跟著丁冬去天平山散心，沒想到丁冬卻發生了意外。事實上，丁冬並不是因爲拍照而失足，而是在追逐打鬧中摔下去的。剛摔下去時，丁冬還曾向他們大聲呼救，然而他們卻因爲害怕摔下山溝，不敢施救，只能撥打求救電話。

不知爲何，周一明心裡雖有愧疚卻也有種很刺激的感覺。那個時候，他的腦海裡便浮出了一個瘋狂的計劃，要讓大偵探夏安受挫無助，要讓葉眉對他失望，也要讓葉眉對自己愧疚和懷念。

首先，他把目標鎖定在口無遮攔、虛榮自傲的孟瑤身上。

那天晚上，周一明把孟瑤約到舞蹈室，趁著孟瑤不注意的時候用皮帶勒死她，然後把她吊在鐵管上面，造成自殺的假象。

周一明殺死孟瑤的第二天，便把眞相告訴了林欣和王克，希望林欣和王克能幫他完成後續的計劃，並用丁冬的事情威脅他們。周一明也答應林欣和王克，成功完成計劃後，他便自殺，向孟瑤謝罪，丁冬的事情從此不會有人知道。

於是，他們按照事先的計劃，讓林欣出面找到葉眉的未婚夫夏安。對於如此離奇詭異的案子，夏安當然興趣盎然。

在林欣帶領下，夏安一步一步落入他們的陷阱。那天晚上，在舞蹈室的招鬼術現場，林欣、王克和周一明假裝被孟瑤附身，周一明當著夏安的面，將刀刺進了自己的胸膛。

夏安受到了極大的驚嚇，跑了出去，遇到一個面目猙獰的女人，並且被嚇暈。

高成感覺這眞是一個玩笑，學生對老師愛而不得，這樣的動機是不是太過荒唐？但是，人性誰又能完全瞭解？有人可以爲了愛付出自己的性命，當然也有人可以爲了自己的愛而傷害別人。

只是，這場罪惡的計劃中，誰都沒有得到好處。失去的生命再也回不來，只給活著的人帶來無盡的懊惱與悲傷。

真相

夏安……夏安……這個名字像是決壩的水，一下子闖進了我的腦子裡，掀開了我所有的記憶。

三年前，我從精神病醫院出來後，一直到處流浪。這篇小說也是我之前寫的，只是爲什麼我記不得？

「醫生說了，你的病每過兩年就會遺忘一次。這麼些年，我一直在你的身邊，三年前我叫葉眉，後來叫小葵。三年前你叫夏安，一年前你叫薛峰。」小葵淚眼婆娑地看著我。

「難道李峰和蘇子明都是我殺的？」我猛地明白了過來。

「不，他們是另一個人殺的，那個人一直藏在你的身體裡面。每當你快犯病的時候，他就會出現。你在夢裡見到的那個人，就是兇手。」小葵說道。

原來，這是眞相。

記憶如同重播的電影，一幀一幀在我面前播放。

遇見李峰和蘇子明之前、改名薛峰之前、招鬼遊戲之前……所有的一切終於在我面前眞相大白。

「那馬麗呢？」看到眼前被綁著的馬麗，我問道。

「我當然不能讓別人知道。」小葵說著拿起了那把尖刀，向馬麗刺去。

「不要！」我叫了起來……

最後的謝幕

大廳裡的炭火已經熄滅，裡面坐著一個人。

臉上露出了開心的笑容。我剛想問她其他人呢？

卻看見旁邊綁著的馬麗，地上還躺著蘇子明，

他們的胸前一片鮮紅，儼然已經死去多時。

終 章

連環局

每個人的心裡都住著一個惡魔，等待被喚醒。周國昌把何英身上的繩子慢慢綁緊，何英的臉色越來越蒼白，看著周國昌戴上手套，拿起一塊濕毛巾，面目猙獰地蓋向自己的鼻口間。

古月軒

故事結束了。

沒有人說話，大家都在等神秘人的聲音。

但是，喇叭裡一直沒有任何聲響傳來。

「是不是耍我們啊？」周遠一拍桌子站了起來。

這時候，門響了一下，一個男人走了進來。

「就是你把我們關在這裡的？」孟誠看著他說。

「不好意思，委屈各位了。」那個男人愧疚地說道。

「到底搞什麼鬼？」周遠已經完全沒了耐心。

「各位稍安勿躁，我會解答你們的疑問。」男人畢恭畢敬地低著頭，「我的名字叫胡峰，我的兒子叫胡軒，他從小喜歡看懸疑恐怖的東西，無論是電影還是小說，他都喜歡得不得了。沒想到，他卻患上了絕症。醫生勸我們放棄治療回家的時候，他說他希望能有一個隱密的空間，可以聽喜歡的朋友講恐怖故事。也許你們對於他的網名不會陌生，他的網名叫古月軒。」胡峰說道。

古月軒？

這名字我有些印象，看了一下其他人，從他們的表情可以看出來，胡峰說的話讓他們若有所思。

「為了滿足胡軒的願望，我用給他看病剩下的錢聯繫了這個地方，然後又找人把你們帶到了這裡。」胡峰說道。

「其實，你大可不必這樣，如果你說出真實情況，我們都會幫忙的。」周遠的語氣緩和了很多。

「是的，但是胡軒說只有這樣，才能讓大家發揮出真正的潛力。」胡峰說。

「現在我們故事都講完了，是不是可以離開了呢？」一直沉默的張致恆這時說話了。

「不，還有最後一個故事，希望各位可以幫忙。胡軒也想講一個故事，希望你們能聽完他講的故事。」胡峰用帶著乞求的目光看著我們。

大家沒有再說話，安靜地坐了下來。

投影儀啟動了，很快，畫面上出現了一個小男孩。他戴著一頂黑色的帽子和一個白色的口罩，只露出兩隻撲閃撲閃的大眼睛。

「胡軒因為不能說太多話，他的故事已經寫好了，由我講給大家聽吧。」胡峰說著從口袋裡拿出一份列印稿，坐到了我們面前。

良心不安

二〇〇三年七月十三日，晚上八點半。

我和妻子葉紅帶著三個月大的兒子從超市出來。一輛黑色奥迪轎車突然從後面急駛過來，我們猝不及防，我的妻子和兒子被車撞飛，當場死亡。

車禍的陡然發生，讓我從幸福的三口之家墜入悲傷的地獄中。

肇事者叫周國昌，是這個城市最大的上市公司的老總。事發後，他給我送來了一張一百萬元的現金支票，我拒絕了。

一個月後，法庭審理，周國昌被判交通肇事罪，拘役三個月，罰金二千元。

周國昌用金錢買通了一切，即便他的過失帶走了兩個生命。

當天晚上，我找到周國昌，要走了那張一百萬元現金支票。因為有了一次審判，支票要得不是特別順利，周國昌讓我在報紙上聲明我的妻兒是自己撞上的，然後讓我永遠離開這座城市。

我全部答應，並且照做。

——迪南日記

最近周國昌睡得很不好，只要一閉上眼就能看見一個滿頭是血的女人抱著一個小男孩看著他。

事情其實已經結束了，葉紅的丈夫也已經離開了這座城市，並且在報紙上刊登車禍與周國昌無關的聲明。

可是，周國昌知道，那怎麼會和自己沒關係呢？金錢可以買通一切，但是買不通事實和良心。

已經是深夜，身旁的妻子何英睡得正熟。周國昌歎了口氣，準備重新躺下。砰砰砰！臥室外傳來一陣奇怪的撞擊聲。周國昌坐了起來，走出臥室，尋著聲音而去。

聲音是從書房傳來的。周國昌推開書房的門，書房的電腦開著，聲音從音響裡傳出來。砰！砰！一聲接一聲。

周國昌點了一下滑鼠，顯示器裡出現了一幅模糊的畫面，但是周國昌卻覺得清晰無比。畫面上一輛奧迪車正撞向一個女人，那個女人抱著一個小孩，幾秒時間，女人便被撞飛。

這正是周國昌撞死葉紅的錄影。怎麼會在這裡？畫面並沒有結束，讓周國昌驚恐的是，倒在地上的葉紅竟然站了起來，慢慢走到了鏡頭前，畫面開始拉伸，定格在她的臉上。

「還我命來！」葉紅清楚地說道，頭髮垂在臉前，鮮血淋漓。

「啊！」周國昌叫了起來，連滾帶爬地跑出了書房。

「怎麼了？」聽到叫聲的何英從臥室跑了出來。

「書房裡的東西是誰弄的，是誰弄的？」周國昌顫抖著嘴唇，哆嗦著問道。

書房裡靜悄悄的，只有顯示器的開關亮著，但是螢幕一片漆黑，什麼都沒有。周國昌愣住了，難道剛才的一切是幻覺？可是，螢幕裡葉紅的臉，還有那句話，太真實了！

「肯定是心理作用，我看不如明天去燒燒香吧。」何英扶起了周國昌。

回到臥室，周國昌歎了口氣，想起下午收到的那個快遞。那是一封寫著奇怪文字的信，上面的字像蟲子一樣趴在紙上，看著讓人很不舒服。

最近的事情讓家裡很不安寧，尤其是網上很多網友對他進行各種侮辱。周國昌也很無奈，那次車禍他眞的不是故意的。

現在，周國昌最擔心的就是葉紅的老公迪南。

一想起迪南的眼神，周國昌就渾身發抖。

那簡直就不是一個正常人的眼神。雖然他已經拿走了支票，但周國昌的內心還是覺得隱隱不安。

死籤

怎麼樣讓一個人痛苦？殺了他？殺死他最愛的人？奪取他的一切？

不，這些都不夠。對於一個讓我仇恨的人來說，我恨不得用一千種復仇的方法殺死他，讓他一遍遍感受什麼是痛苦，什麼是失去。

今天是葉紅和兒子死去的第五十三天，也是我第五十三次詛咒周國昌。

我要用世界上最殘忍的方法殺死他，讓他償命。

現在，開始吧。

——迪南日記

靈通寺。

佛音嫋嫋，香火鼎盛。周國昌和何英包裹得很嚴實，怕別人認出來。他們購買了許願香，按照寺裡的規矩燒香，拜佛。

「叮！」旁邊負責敲佛音的和尚突然停住了。

「怎麼了？」周國昌抬起了頭。

「能來後面一下嗎？」和尚低聲說。

周國昌和何英對視一眼，兩人站起來跟了過去。

後面人很少，擺著一張桌子，桌子旁邊坐著一位老人，老人面前放著一個籤筒。剛才喊他們的和尚站在老人旁邊，一語不發。

周國昌剛想說話，那老人卻把籤筒遞給了他，示意他抽一支。周國昌猶豫了一下，在籤筒裡摸了一支。

老人伸手接了過去，看了籤一眼，搖了搖頭站了起來。

「怎麼樣？」何英問。

老人低頭看了看那根籤，歎了口氣。周國昌拿起那根籤看了一下，上面只有兩個字：死籤。

他的腦子轟的一聲，一片空白。

「胡扯！」周國昌吸了口氣，又去籤筒裡抽了一根，翻過來一看，還是死籤。

「怎麼會這樣？」何英驚呆了。

周國昌伸手還想抽，旁邊的和尚攔住了他。「施主，一筒裡只有兩根死籤，再抽也沒什麼意思了。」

周國昌頓時渾身冰冷，冷汗涔涔，直到走出靈通寺，仍感覺頭暈乎乎的。

「迷信，胡扯！什麼死籤活籤的，都是騙人的！」何英咒罵著。

司機發動了車子，周國昌閉上了眼，感覺胸口越來越悶，渾身冒汗。他慌忙拉住了妻子的手，「藥，帶藥了嗎？」

何英立刻從包裡拿出了一個小藥瓶，取出兩粒藥，遞給了他。

周國昌將藥吞下，才漸漸緩了過來。

靈通寺是遠近有名的靈寺，其實不用抽籤，周國昌就知道迪南不會放過自己。想當初看迪南堅持要打官司的樣子，就知道他一定不會罷休的。

想到這裡，周國昌睜開了眼，一抬頭，就看見有雙眼睛正從反光鏡裡看著自己，看那眼神分明就是迪南。

「停車！」周國昌叫了起來。車子瞬間停了下來。

「周總，您怎麼了？」前面的司機一臉不解地問道。

「哦，沒……沒什麼。」周國昌這才看清，司機並不是迪南。他揮了揮手，閉上了眼睛。

也許是藥物發生了作用，周國昌睡著了。迷迷糊糊的，等他醒過來的時候，發現車子竟然開在一條陌生的路上。轉頭，周國昌看見旁邊坐的不是何英，而是一個年輕女子。

「妳……妳是誰？」周國昌吸了口涼氣。

陌生女子沒有說話。周國昌看了一眼前面，車子還在跑，可是駕駛座上竟然沒有司機。

「這是什麼地方？」周國昌叫了起來，想打開車門，車門卻鎖著。

女子緩緩轉過了頭，臉上全是血，衝著周國昌露出一口白森森的牙齒，「我來帶你去陰間打官司。」

「什麼……什麼官司？」周國昌顫抖著問。

他終於看清眼前的人是誰，赫然是被自己撞死的葉紅。

「陽間你能買通，陰間你還能買通嗎？」女子吃吃地笑了起來。

「啊！」周國昌感覺有人扼住了自己的脖子，眼前一黑，暈了過去……

催命醫生

現在臨時演員太貴，最主要的是不能保密。畢竟我做的事情是在犯罪，我需要找到一個絕對可靠的人。

幸運的是，周國昌人品太差，曾經強姦過一個叫劉敏的秘書。現在我要和劉敏一起，對周國昌來一次徹底報復。

劉敏化妝一下很像葉紅，這讓我有些傷感。不過，這正是周國昌致命的弱點。

——迪南日記

周國昌醒過來的時候，已經在醫院了。眼前沒有葉紅，也沒有鮮血。天花板是白的，牆壁是白的，床單也是白的。

門被推開了，何英走了進來。

「我怎麼在這裡？」周國昌問。

「你快嚇死我了。」何英說著坐到了旁邊，「坐在車上，你不停地說有鬼。這不，送你來醫院了。」

周國昌拍了拍腦袋，感覺頭暈乎乎的。

「我看就是你心裡放不下，要不要找個靈媒驅驅晦氣？」何英湊到耳邊說。

周國昌沒有動，眼前又出現了葉紅的樣子，還有那個籤筒裡的死籤。可是，這個世界眞的有鬼嗎？

閉上眼，周國昌的心裡亂糟糟的。

不知道過了多久，房間裡就剩下他一個人。周國昌從病床上下來，感覺病房的門有些不對勁，開著一條縫，彷彿有隻眼在外面偷窺。

走到門邊，門忽然關住了。

周國昌一下子感覺頭皮發麻，渾身冰涼，後背像是有什麼東西慢慢爬過。

似乎門外眞的站了一個人，他和對方之間隔了一扇門。

呼吸幾乎停頓了，猛地，周國昌拉開了門。門外眞的站了一個人，是醫生，穿著白大褂，戴著口罩，看不清樣子。

「怎麼下來了？」醫生是一個女人，聲音冷冰冰地問道。

「哦，躺太久了，有些不舒服。」周國昌鬆了口氣。

「這是要吃的藥，記得多喝水。」醫生放下幾個藥瓶，走了出去。

門重新關上了，周國昌看了下那幾個藥瓶，無奈地拿了起來。難道眞的是現世報？周國昌想起了之前自己做的那些事，當時覺得天不怕地不怕的，現在竟然怕成這樣。也許是越老越膽小了，他甚至刻意去照顧那些自己曾經傷害過的人。尤其是撞死葉紅後，他從公司挪用了一大筆錢，現在公司其他股東對他意見很大，如果不是因爲他的股份多，可能早被踢出董事會了。

不管怎樣，先把身體養好再說吧。想到這裡，周國昌拿起了藥瓶，按照藥瓶上寫的劑量取出藥片，塞進了嘴裡。

幾分鐘後，周國昌感覺肚子裡一陣絞痛，眼前開始眩暈。他慌忙去按床頭的呼叫器，卻怎麼也搆不到，慌亂間從床上滾了下來。

劇烈的疼痛加上眩暈，讓他漸漸不再動彈。意識模糊中，門開了，一名穿著白大褂的醫生衝了進來，迷迷糊糊中，他聽見那名醫生附在他耳邊說：「是你老婆找人害你啊！」

周國昌覺得耳邊說話的人聲音有些熟悉，可是卻想不起來，只感覺眼前越來越模糊，最後徹底暈了過去……

鉅額保險

劉敏很好奇為什麼我要救周國昌。

我問她，你知道讓一個人最痛苦的事是什麼嗎？那就是生不如死。

周國昌害得我家破人亡，害得我們痛不欲生，怎麼能輕易讓他去死？當然，更不可能讓他死在別人手裡。

我們要看著他一點一點地死，直到最後。

——迪南日記

三年前，周國昌出軌了。

進家門的時候，他就已經想好如何跟何英攤牌。房子留給何英，並且再給她五十萬，如果何英不同意，他決定一分錢都不給她。

出乎意料的是，何英竟然什麼都不要，只要求周國昌陪她去照套婚紗照。那天晚上，何英抱著一個相框坐了一整夜，那個相框是當初結婚的時候周國昌送給她的。那時候他們沒有錢，沒去拍婚紗照，周國昌便買了一個相框送給她，然後把兩人的合影放了進去。

這麼些年過去了，他們有了錢，但是卻沒有再去照過相。

第二天，兩人去了一家婚紗攝影店。

有些事情就是這樣，再乏味的婚姻，都曾有過愛情。一套照片拍下來，周國昌回憶起曾經的點點滴滴，慢慢沒了離婚的念頭。何英也沒有再提周國昌出軌的事情，只是變得更加沉默了。

人越沉默越可怕。

似乎從周國昌撞死人開始，何英忽然忙碌了起來。之前她就像一個隱藏在黑暗中的透明人，現在一下子跑了出來，興奮異常。

周國昌的心裡打了個冷顫，徹底暈過去前聽到的那句話，清晰地刺進腦子裡。

何英要殺他！

那個冒充醫生的女人給自己送來的藥是毒藥，幸虧發現得早，否則他現在早死了。還有，從靈通寺出來，在車上自己犯病，吃的藥也是何英給的。

手機忽然響了起來。

周國昌快速拿起來，接通了電話。

「周總，我查到了，除了您辦理的保險之外，還有一筆五百萬的保險，受益人是……」

「好了，不要說了。」周國昌掛了電話。

現在他可以確定，何英背著自己買了這麼大一筆保險。看來，一定是她趁著自己撞死葉紅的這段時間進行的陰謀計劃。

這個時候，何英從外面走了進來，周國昌收起了情緒。

「好點了嗎？」何英問。

周國昌微微點了點頭。

「這家醫院怎麼這麼不安全，我看不如我們回家吧。」何英說。

周國昌睜大眼，盯著何英看了幾秒鐘才說：「好。」

一路上，周國昌都在思謀著如何揭開何英的畫皮。怎麼也沒想到，一向沒有心眼的何英竟然背著自己做了這種事。仔細想來，一定是當初自己要和她離婚讓她起了異心。

不過，何英一個人一定做不來這種事。

回到家，家裡竟然來了客人，是何英的小侄子何剛。

「姑姑說電腦壞了，我剛才看了一下，是被人植入了惡意軟體，現在已經修好了。」何剛說。

「哦，那就好。」何英點了點頭。

周國昌的心裡更明白了，什麼修電腦，何剛是學電腦的，那個惡意軟體想必就是他安的。

「何英，我準備給妳買一筆保險，妳覺得怎麼樣？」周國昌準備將計就計。

「什麼？」何英愣住了。

「我給妳買個一百萬的保險吧。想想結婚這麼多年，也沒讓妳享過什麼福。」周國昌說道。

何英沒有說話，只是默默地把周國昌的衣服掛到衣櫥裡。周國昌盯著她的背影，冷冷一笑。

謀殺

保險公司不明白為什麼我又把保險退了，那麼多違約金，他們覺得可惜。但是我一點都不可惜，反正這些都是周國昌的錢。

這是他買命的錢，但是不一定能買得到。

現在還差一把火，這把火要靠劉敏幫忙點著。劉敏似乎很有把握，那我就安心等待吧。

——迪南日記

怎樣才能讓一個人說出眞話？

每個人的心裡都住著一個惡魔，等待被喚醒。周國昌把何英身上的繩子慢慢綁緊，然後叫醒了她。

「你做什麼？」何英掙扎著，驚恐地看著他。

「別以爲我不知道妳做了什麼，沒想到竟然是妳要害我。」周國昌惡狠狠地說。

何英的臉色越來越蒼白，看著周國昌戴上手套，拿起一塊濕毛巾，面目猙獰地蓋向自己的鼻口間。

「惡魔在身邊，家賊難防，妳這個蛇蠍女人。」周國昌喃喃地說著，用力把毛巾按了下去。

何英身體用力扭動著，但是徒勞無功，很快就寂然不動。

周國昌鬆了口氣，癱坐到了一邊。幾分鐘後，他站了起來，開始收拾現場。突然，外面傳來了一個聲音，似乎有人在笑。

周國昌剛剛鬆弛的神經頓時又繃緊了，立刻走了出去。

怪異的聲音還是從書房傳來的。

推開書房的門，周國昌看見電腦開著。

啪！螢幕上閃出一幅畫面。畫面上的周國昌正死死按著妻子何英，那是他謀殺何英的現場錄影。

「誰？是誰？」周國昌慌忙衝過去，想關掉畫面，但是無論怎麼按都不管用。

這個時候，畫面突然停住了，音響裡傳出一個聲音。

「周先生，一百萬，明天中午十二點在三口巷交易，否則這些畫面將會出現在各個視頻網站裡。還有，我設置了自動發送，即使你報警，員警抓了我，這些東西仍會發出去。」

周國昌驚呆了，等他明白過來的時候，電腦螢幕已一片漆黑了。很顯然，有人偷拍了他剛才殺死妻子的過程。想到這裡，周國昌立刻回到臥室，最後在衣櫃旁邊的角落裡發現了一個隱蔽的攝影鏡頭。

一百萬不算多，錢能解決的問題就不是問題，但是現在他需要處理另一個問題，那就是躺在床上的屍體。

連環局

周國昌顯然很驚恐。

其實每個人都一樣，殺人如同上台演講，第一次慌，第二次還好，第三次就得心應手了。這話不是我說的，是一本書上說的。同樣，當我偷偷把周國昌處理掉的屍體運回來的時候，心裡也是緊張到了極點。不過，為了葉紅和孩子，我相信自己會得心應手的。

——迪南日記

十一點。

周國昌出發了。副駕駛上有一個包包，裡面是一百萬現金。車子繞過城區，七拐八拐，最後來到了三口巷。時間一點一點地接近十二點，電話卻靜靜的，沒有任何聲響。

周國昌開始冒汗，對方為什麼沒打電話？是決定報警還是出了什麼意外？

十二點十分，電話終於響了。

「我……我到了。」周國昌急不可待地說。

「你可以回去了，敲詐你的人不會來了。」電話裡傳來一個低沉的聲音。

「什麼？」周國昌愣住了。

電話掛斷了。

周國昌渾身被汗浸透。他覺得自己陷入了一個巨大的迷陣，外面有很多人看著他，但是他卻看不到外面的人。

一路上，周國昌失魂落魄，這種狀態讓他想起昨天晚上拋屍的時候。

周國昌想過很多種處理何英屍體的辦法，分屍、燒毀、扔進河裡，甚至想過用冷櫃保存到家裡。但是這些都被他否定了，最終他選擇了偷偷送到火葬場，那裡是死人的最佳去處。

剛回家不一會兒，就有人敲門。

打開門，門外站著兩名員警，周國昌腿有些軟了。

「周先生，請問你認識這兩個人嗎？」員警手裡拿著兩張照片，一男一女。

周國昌看了一眼，點點頭，「男的是我媳婦的侄子何剛，女的是我以前的秘書劉敏。」

「哦，那他們是什麼關係？你知道嗎？」員警問。

周國昌搖搖頭，「不知道，他們，他們怎麼了？」

「哦，今天有民衆發現他們從羅林山上摔下來，可能是爬山的時候不小心。」員警說道。

「是嗎？我剛從外面回來，還不知道。」周國昌說。

員警沒有再多問什麼，轉身離開了。

何剛和劉梅怎麼搞到了一起？周國昌似乎有些明白了。只是，心裡隱隱有個疑問，那個在醫院救自己的人，還有在三口巷給自己打電話的又是誰呢？

先不管了，周國昌需要馬上編造一個妻子何英外出的謊話，可不能讓別人發現妻子失蹤的事。

我是迪南。

劉敏的最後一把火就是何剛，他們本來打算敲周國昌一筆錢，然後甩開我，離開這個城市的。

可是，我要的不是這樣的結局，我要讓周國昌付出百倍的代價。

所以，在何剛和劉梅準備去拿錢的時候，我阻止了他們。當然，阻止的最好辦法就是殺了他們。一點小意外，還是很容易搞出來的。

那個在三口巷給周國昌打電話的人就是我。那個周國昌殺死妻子的影片也被我毀了。我尋找了一千種復仇的方法，但是我覺得不夠，我要用的是第一千零一種方法，這種方法是不殺死他。

打開冰櫃，裡面躺著的是何英的屍體。現在我要開始眞正的復仇了。當然，我覺得應該先給周國昌一個提示，比如把何英屍體的照片發給他一張。這個主意不錯，你覺得呢？

尾聲

聽完故事，我第一個拍起了手，其他人也跟著站了起來。畫面上，古月軒笑了起來，眼裡帶著淚花。

「我多麼希望能夠將來出版一本屬於自己的懸疑小說，只可惜，怕是完成不了了。」古月軒對著鏡頭說話了，聲音羸弱無力，似乎用盡了全身的力氣。

「你放心，一定會的。」張致恆對著鏡頭，堅定地說道。

走出門外，我們看到了來接我們的車。

胡峰站在門口，畢恭畢敬地看著我們離開。回過頭，我彷彿能看見古月軒站在窗戶邊，淚眼婆娑地望著我們。

我在半路下了車。我要去找蘇子明和李峰，迫不及待地要和他們分享我的經歷和我聽到的精采故事，這一定會讓他們靈感大發。下車之前，我和張致恆約定，要寫一本給古月軒的書，旁邊的孟誠和周遠也說要寫一部關於古月軒的電影劇本。

這是我們對古月軒的約定，更是對懸疑的約定。

走了大半個小時，我終於來到了蘇子明家的祖宅。我能想像出他們一定充滿了各種疑問，而當我告訴他們我的經歷時，他們肯定會覺得難以置信。

推開門，我興奮地衝了進去。

大廳裡的炭火已經熄滅，裡面坐著一個人。

她是小葵，看見我，她站了起來，臉上露出了開心的笑容。

我剛想問她其他人呢？卻看見旁邊綁著的馬麗，地上還躺著蘇子明，他們的胸前一片鮮紅，儼然已經死去多時。

我忽然想到了我講過的故事。

「歡迎你回來，夏安。」小葵深情地看著我，手裡拿著一把滴血的尖刀……

・全書完

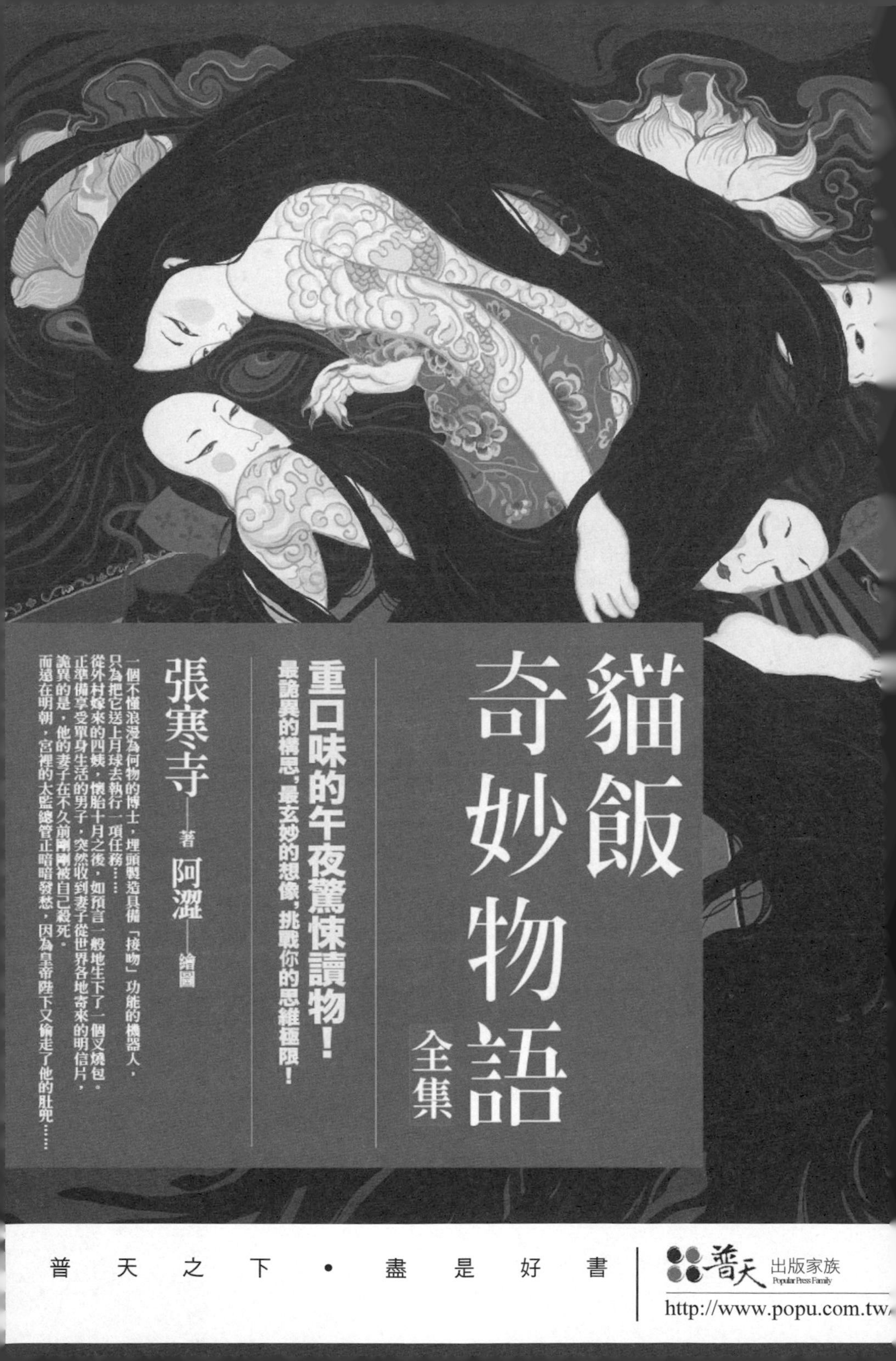
貓飯奇妙物語
全集
重口味的午夜驚悚讀物！
最詭異的構思，最玄妙的想像，挑戰你的思維極限！
張寒寺——著
阿澀——繪圖
一個不懂浪漫為何物的博士，埋頭製造具備「接吻」功能的機器人，
只為把它送上月球去執行一項任務……
從外村嫁來的四姨，懷胎十月之後，如預言一般地生下了一個叉燒包。
正準備享受單身生活的男子，突然收到妻子從世界各地寄來的明信片，
詭異的是，他的妻子在不久前剛剛被自己殺死。
而還在明朝，宮裡的太監總管正暗暗發愁，因為皇帝陛下又偷走了他的肚兜……
普 天 之 下 • 盡 是 好 書
普天 出版家族
Popular Press Family
http://www.popu.com.tw/

飛行城堡

160

凶宅怪談

作　　者　風雨如書
社　　長　陳維都
藝術總監　黃聖文
編輯總監　王　凌
出 版 者　普天出版社
新北市汐止區康寧街 169 巷 25 號 6 樓
TEL / (02) 26921935 (代表號)
FAX / (02) 26959332
E-mail：popular.press@msa.hinet.net
http://www.popu.com.tw/
郵政劃撥 19091443 陳維都帳戶
總 經 銷　旭昇圖書有限公司
新北市中和區中山路二段 352 號 2F
TEL / (02) 22451480 (代表號)
FAX / (02) 22451479
E-mail：s1686688@ms31.hinet.net
法律顧問　西華律師事務所・黃憲男律師
電腦排版　巨新電腦排版有限公司
印製裝訂　久裕印刷事業有限公司
出 版 日　2019 (民 108) 年 11 月第 1 版第 1 刷
ISBN◉978-986-389-689-0　條碼 9789863896890

國家圖書館出版品預行編目資料

凶宅怪談

風雨如書著.—第 1 版.—：新北市,普天

民 108.11 面； 公分. - (飛行城堡；160)

ISBN◉978-986-389-689-0 (平裝)

普天之下・盡是好書

普天出版家族
Popular Press Family

凌雲文創
A-Plus Creative Company